Karen Duve (196 … der-
tien jaar lang ta … ijke
ervaringen met p … nde
mensen') liggen … en
ontluisterende man- en mensbeeld in *Regenroman*: de pooier, crimineel en bokstrainer Pfitzner en zijn handlanger Harry zijn zo ontstaan.

In 1999 debuteerde Duve gelijktijdig met de roman *Regenroman* en de verhalenbundel *Keine Ahnung* bij twee verschillende gerenommeerde literaire uitgeverijen, Eichborn Verlag en Suhrkamp.

Het grote succes van *Regenroman* in Duitsland werd verklaard uit het zogenoemde 'Fräuleinwunder' (naar analogie van het Wirtschaftswunder). Duve werd door de bekende feministe Alice Schwarzer afgeschilderd als de 'moeder-overste' van deze beweging, maar de schrijfster, die zichzelf als feministe ziet, voelt zich daardoor met een 'idioot begrip' geëtiketteerd. Haar commentaar: 'Einfach dumm.' Het boek werd in elf talen vertaald.

Karen Duve zette haar succes voort met *Dit is geen liefdeslied* (2004), gevolgd door *De ontvoerde prinses* (2007). *De ontvoerde prinses* is een sprookje, met de lengte van een roman en gegoten in een jasje van het populaire fantasy genre. Maar… met afwijkingen. Het is ook een pleidooi voor deelname van het vrouwelijke geslacht aan de stoere ridderroman, want waarom zou een vrouw het zwakke geslacht moeten zijn en er zich bovendien nog voor moeten schamen?

Karen Duve

Dit is geen liefdeslied

Uit het Duits vertaald door Gerrit Bussink

DE GEUS

De vertaler ontving voor deze vertaling een werkbeurs van de Stichting Fonds voor de Letteren

Oorspronkelijke titel *Dies ist kein Liebeslied*,
verschenen bij Eichborn

Omslagontwerp Mijke Wondergem
Foto auteur © Thomas Müller
Omslagillustratie © Mark Richards/Corbis/TCS
Druk GGP Media GmbH, Pößneck
ISBN 978 90 445 0988 5
NUR 311

Wat hier volgt is een verzinsel. Plaats en handeling hebben maar weinig met echte plaatsen en gebeurtenissen gemeen. Boeken en films worden slordig geciteerd. En jullie worden geen van allen bedoeld.

Voor de arme Heinrich

Op mijn zevende heb ik gezworen nooit van iemand te houden. Op mijn achttiende gebeurde het toch. Het was net zo erg als ik al had gevreesd. Het was vernederend, pijnlijk en volkomen oncontroleerbaar. Mijn liefde werd niet beantwoord; ik kon niets doen om het te veranderen en ik werd bijna gek van mijn poging om zelf geen liefde meer te voelen. Zodra je beseft dat je je verstand verliest kun je de kwestie maar beter voor je houden en doen of je geestelijk gezond bent en je gedragen als alle anderen. Alle anderen hadden vrienden en seks, ze hadden werk, ze gingen naar feestjes en op reis en ze keken vijf dagen uit naar het weekend. Dus ging ik ook met mannen naar bed en met vrouwen naar bars, ik had het ene baantje na het andere, verveelde me op feestjes en elders en sneed 's zondags met een aardappelmesje figuren in mijn bovenarmen. Intussen werd FC Bayern München acht keer kampioen van Duitsland. Iedereen die ik kende kocht een horloge met digitale weergave en verruilde zijn *bell bottom* voor een strakke spijkerbroek of een trainingsbroek. Iran bestempelde de VS als de grote Satan en MTV begon zijn uitzendingen met 'Video killed the Radio Star' van The Buggles. Engelse soldaten vielen de Falklandeilanden binnen en Russische soldaten Afghanistan en Amerikaanse soldaten Grenada. Iedereen die ik kende ruilde zijn digitale horloge weer om voor een gewoon horloge met wijzers en een wijzerplaat en kocht een walkman. Reactor 4 van de kerncentrale van Tsjernobyl sproeide zijn splijtproducten over heel Europa en er werd geadviseerd twintig jaar geen paddestoelen uit het bos meer te eten, en twee jaar lang werden er inderdaad minder paddestoelen gegeten. De Sovjet-Unie trok zich weer terug uit Afghanistan en de Koude Oorlog ging voorbij; en toen er allang niemand meer in geloofde viel de Berlijnse Muur. De modellen werden steeds beroemder en steeds dunner, de computers kleiner en het gat in de ozonlaag groter, en de joggers jogden 's zomers alleen nog in de vroege ochtend- en de late avonduren. En de man van wie ik hield verhuisde naar Londen. Er werd oorlog gevoerd aan de Golf, op de Balkan en in Tsjetsjenië, en Amerika intervenieerde in Somalië. In Uganda en Liberia en Georgië braken burgeroorlogen uit en Azerbeidzjan vocht tegen Armenië. En in de hitparade bleef men de liefde bezingen, en mannen en vrouwen bleven kinderen op de wereld zetten en liepen bij relatie- en andere therapeuten en scheidden. Wat er om me heen ook gebeurde, nooit had ik het gevoel dat van dat alles ook maar iets met mij te maken had. De hele tijd hield ik als het ware mijn adem in en wachtte op mijn optreden, wachtte op de beslissende woorden die moesten vallen om vanuit de coulissen het toneel op te kunnen stappen en mee te spelen. Maar het leven ging verder en verder, de woorden vielen niet en de jaren hoopten zich op als rommel en afgevallen bladeren in een dakgoot. Op een dag, om precies te zijn op een donderdag, op 20 juni 1996, besloot ik dat het maar eens afgelopen moest zijn, goedschiks of kwaadschiks, als het maar afgelopen was. En ik ging naar een reisbureau en kocht een vliegticket naar Londen zoals anderen een strop gaan kopen.

* * *

Dus zit ik nu in het vliegtuig. Bij het raampje. Op de stoel aan het gangpad zit een jongeman in een opvallend lichtblauw pak. Hij bladert in een gratis exemplaar van het weekblad *Die Woche*. Gelukkig is de stoel tussen ons in vrij, maar misschien hebben de stewardessen daar wel speciaal voor gezorgd. Intussen weeg ik namelijk honderdzeventien kilo en mijn in kaki verpakte dijen blubberen onder de armleuningen door op de zitting van de stoel naast me. Daar zou nu toch niemand meer kunnen zitten. Ik vind mijn benen verschrikkelijk. Ik wou dat ik andere had. Met dunne benen zou het veel makkelijker zijn om op bezoek te gaan bij iemand van wie jij wel houdt, maar die niet van jou houdt. Niet dat ik denk dat de man in kwestie dan opeens zijn gevoelens voor mij zou veranderen, maar met dunne benen zou ik er beter tegen kunnen dat iemand niet van me houdt. Een vrouwelijke luidsprekerstem – pantomimisch begeleid door een stewardess – legt uit dat je in het onwaarschijnlijke geval van een plotseling wegvallen van de druk het zuurstofmasker zó naar je toe moet trekken en dat je het eerst op je eigen neus en je eigen mond moet zetten voordat je je minder handige medepassagiers helpt het elastiek over hun oren te trekken. De elegante vrouw schuin voor me laat haar elegante dochter een foto uit *Vogue* zien. De vrouw draagt een oudroze deux-piècesjasje met daarbij een groen crêpe sjaaltje, dat haar vast is aangepraat door een kleurenconsulente. Haar blonde haar is op een idiote manier asymmetrisch gekapt, aan de linkerkant tot net over haar oor en aan de andere kant tot aan de kin. Aan de lange kant valt het natuurlijk steeds voor haar ogen, zodat ze het met haar wijsvinger weg moet strijken als ze wil lezen. Haar gazelleachtige dochter buigt zich over het tijdschrift. Achter me zitten drie mannen luidruchtig over Paul Gascoigne te praten. Ik durf te wedden dat ze op weg zijn naar de halve finale van het WK voetbal in Londen, Engeland tegen Duitsland. Het is het soort mannen waaraan ik de grootste hekel van allemaal heb, het is het soort dat met vertrokken gezicht voor de televisie 'Schiet dan! Schieten!' zit te brullen. Paul Gascoigne daarentegen mag ik wel. Hij doet me denken aan het springpaard Meteor. Ook Meteor was voor een topsporter verbazingwekkend zwaar, traag en ongedisciplineerd, maar toch was hij iedereen de baas. De voetbalsupporters achter me zeggen weer iets vervelends over Gascoigne, waarop ze stompzinnig eendrachtig beginnen te lachen. Daardoor missen ze waar de zwemvesten verstopt zijn en hoe je het snelst bij de nooduitgangen kunt komen. In het onwaarschijnlijke geval van een noodlanding op het water van het Kanaal zullen ze de verkeerde kant op rennen, de elegante vrouw en haar dochter onder de voet lopen, elkaar de weg versperren en alles blokkeren, terwijl ik – muurvast op mijn stoel bij het raampje – moet toezien hoe het water buiten onophoudelijk langs het glas omhoogkruipt.

We taxiën naar de startbaan, uit het plafond komt zachte muziek, flarden van melodieën die onmiddellijk worden opgeslokt door de diverse geluiden van het vliegtuig. Het is moeilijk te zeggen wat ze draaien, maar het is in elk geval niet de muziek die je als laatste wilt horen voordat je bij een vliegtuigramp om het leven komt. Het passende lied zou 'No Milk Today' van Herman's Hermits zijn. De Hermits beginnen heel verdrietig, terwijl de vleugel vlam vat krijgt hun melancholie een opgewonden trekje en als de wanhoop op zijn hoogtepunt is – met viool en al – is opeens het zinloos hoopvolle gebeier van een klok te horen.

Je zou het misschien niet zeggen, maar eigenlijk vlieg ik graag. Ik vind dat ik mazzel heb dat ik leef aan het einde van een eeuw die allemaal wonderbaarlijke machines heeft voortgebracht. In mijn sociale milieu laat mijn vliegticket of mijn oude Quelle-tv iedereen Siberisch. Maar een Ottomaanse koning zou er ongetwijfeld zijn halve koninkrijk voor over gehad hebben om op mijn plek te kunnen zitten.

Op het projectiescherm verschijnt een groen-blauwe landkaart. Een klein, wit vliegtuig beweegt met schokjes langs een stippellijn, die van Hamburg (rood) naar Londen (eveneens rood) loopt. De muziekflarden vallen weg. In plaats daarvan is nu de stem van de captain te horen. Hij heet Hermann Kahr of Tahr, en voordat meneer K. ons een prettige vlucht toewenst maakt hij nog melding van de gunstige wind en zegt dat de temperatuur hier in Hamburg achttien graden bedraagt. Wat hij precies zegt, is: 'De temperatuur hier in Hamburg is op dit moment achttien graden Celsius – de gevoelstemperatuur bedraagt zestien graden.'

Dat heeft hij waarschijnlijk van de televisie, dat rare gedoe van de laatste tijd om verschil te maken tussen de gemeten en de gevoelde temperatuur. Alsof iedereen hetzelfde voelt en ook nog eens tot op de graad Celsius nauwkeurig. Je zou zo'n verdeling ook heel goed op andere terreinen kunnen toepassen: het statistische gevaar om met dit vliegtuig neer te storten: één op tien miljoen; gevoelsgevaar: één op twintig. Het statistische gevaar vloeit voort uit het aantal ongelukken van deze luchtvaartmaatschappij tot nu toe, de veiligheidssituatie op de luchthavens Hamburg-Fuhlsbüttel en Londen-Heathrow en het feit dat we boven water moeten vliegen. Het gevoelsgevaar vloeit voort uit mijn bedenkingen tegen de zin van deze reis, uit een algemeen wantrouwen tegenover het lot en uit de films die ik heb gezien. Terwijl het vliegtuig bulderend stuwkracht verzamelt, speelt mijn lievelingsscène uit Alive door mijn hoofd. *Alive* is de verfilming van een echt vliegtuigongeluk, waarbij een rugbyteam uit Uruguay in de Andes neerstortte. Een paar spelers overleefden het ongeluk en moesten zich zeventig dagen in de ijzige kou zien te redden voordat ze werden gevonden. Aan het eind krabden ze met glasscherven vlees uit de bevroren lijken van hun medepassagiers en aten het op. In de film maakt een van de overlevenden zich op om hulp te gaan zoeken en hij vraagt de achterblijvers zijn dode moeder als laatste aan te snijden. Maar dat is niet de scène waaraan ik nu denk, mij schiet een eerdere scène door het hoofd: die waarin het vliegtuig tegen een berg slaat en doormidden breekt. Het voorste stuk van de romp vliegt zonder vleugels nog een eind door de lucht, en in plaats van de motoren is opeens alleen nog de sissende, huilende wind te horen. Verstard klampen de vastgebonden passagiers zich aan hun stoelen, de huid van hun gezicht flabbert in de wind, lippen leggen tandvlees bloot, achter de passagiers gaapt dat enorme gat, de slordig opgeborgen handbagage dwarrelt door de lucht, de laatste rijen stoelen worden achterelkaar door de zuigkracht losgerukt en het gevoelde en het feitelijke gevaar zijn volkomen identiek.

We racen over de startbaan. Demonstratief zit de lichtblauwe jongeman naast me in het economische katern van zijn krant te lezen. Op mij als ervaren luchtreiziger maakt dit allemaal geen enkele indruk, wil hij daarmee zeggen. Waarschijnlijk maakt het inderdaad geen enkele indruk meer op de arme ziel. De grond zakt weg. We vliegen. We vliegen echt. Achtentwintig procent van alle vliegtuigongelukken vindt plaats tijdens het opstijgen.

* * *

Mijn eerste vriendje heette Axel Vollauf. Axel was blond en slank en had grote, ronde, altijd wijd opengesperde ogen, alsof hij ooit een slachtpartij of het inslaan van een meteoriet had moeten aanschouwen en deze gelaatsuitdrukking daarna nooit meer was kwijtgeraakt. Onze liefde was opgewekt en onspectaculair. We zaten in dezelfde klas en liepen 's morgens hand in hand naar school. Axel in zijn bruine anorak en met een gele bivakmuts die hij van de verkeerspolitie had gekregen, ik in een donkerblauw clubjack met een geborduurd wapen op het borstzakje. In het wapen stond de eerste letter van mijn naam: een krullerige A – voor Anne. Het hoofddoekje van de verkeerspolitie was ik al op mijn tweede schooldag kwijtgeraakt. We ontmoetten elkaar altijd op dezelfde kruising en gingen daar ook weer uit elkaar. Daar spraken we ook af voor de middag, die we doorbrachten onder een rododendron in de tuin van mijn ouders. Op dat bemoste en door zon en schaduw gevlekte stukje grond had ik een ziekenhuis voor dieren ingericht. In het begin deed ik alles alleen en was ik arts en verplegend personeel tegelijk. Axel keek alleen maar. Toen wilde hij ook dokter zijn en toen hij dokter was, wilde hij dat ik een van mijn beroepen opgaf.

‘Je kunt niet zuster en dokter tegelijk zijn’, zei Axel terwijl hij me met zijn grote ogen aanstaarde. Ik besloot mijn beroep van dokter aan de wilgen te hangen om het verpleegsterskapje te kunnen blijven dragen. Aan de taakverdeling veranderde het niets. Ik opereerde omdat Axel dat vies vond en Axel bleef assisteren en verzorgde het mostapijt in de ziekenzaal. Van oranje sigarettenpakjes maakten we bedden. Ze moesten steeds vervangen worden omdat ze door de nachtelijke dauw en het vocht van de patiënten vlug doorweekt raakten. Het waren kikkerbedden. In Barnstedt zaten abnormaal veel kikkers. Ze kwamen uit de natte, nog niet bebouwde weilanden achter de tuinen en stortten zich linea recta in de splinternieuwe motormaaiers waarmee onze buren over hun pas ingezaaide gazons knetterden. De huizen in de straat waren hoogstens vijf jaar oud. De mensen bouwden als gekken, schiepen dingen van blijvende waarde, legden de fundamenten voor een gelukkig gezinsleven en hielden het gras kort. Ze staken zich in de schulden en vertrouwden erop dat het met hen en de economie ook in de toekomst steeds beter zou gaan. Soms vertelde mijn moeder dat de overburen twee jaar lang elke middag alleen maar een worst hadden gegeten om het geld voor hun nieuwe huis bij elkaar te sparen. Twee derde van de worst werd opgegeten door meneer Lange en een derde door zijn vrouw. Als mijn moeder eenmaal over de worstverdeling was begonnen, kwam automatisch ook ter sprake hoe onze vader ons eigen huis had gemetseld.

‘Jullie vader heeft elke steen van dit huis in zijn handen gehad – elke steen afzonderlijk’, zei ze.

Wij waren het ijverigste volk van de wereld. Daarom werden we door de andere volken gehaat en benijd. De huizen die wij bouwden hadden allemaal een schaarhek, naast de voordeur een strook glazen stenen en aan de achterkant een panoramaraam waartegen kleine vogels hun nek braken.

In mijn ziekenhuis was ook een bed voor vogels, een sigarendoos die ik had gestoffeerd met een zakdoek en een matras uit een bonbondoos. De kikkers sliepen op gras.

De meeste middagen brachten Axel en ik door met wachten. Intussen beluisterden we elkaars longen, klopten met de rubberhamer op elkaars knieën en bereidden de volgende operatie voor. We legden de plastic scalpel, speelgoedspuit en wattenstaafjes op een sinaasappelkist, maar het enige wat we echt nodig hadden – een heuse schaar en een rolletje plakband – liet ik in de dokterstas zitten tot we in actie kwamen. Omdat ik nog niet zonder toezicht met een spitse schaar mocht omgaan en omdat plakband zo duur was had ik die bij mijn moeder uit de keukenla moeten pikken. Op het terras lag mijn vader op een ligstoel te slapen. Hij had een geheimzinnig beroep waarvan ik de zin niet begreep en waar geen echte naam voor bestond. Op school hadden we moeten vertellen wat voor werk onze vaders deden. Ik wist het niet. In elk geval hoefde de mijne altijd maar tot vroeg in de middag te werken. Als het weer het ook maar enigszins toeliet, pakte hij daarna zijn klapstoel, installeerde zich achter zijn zelfgebouwde huis, rookte Ernte 23, las het *Hamburger Abendblatt* en viel onder het lezen in slaap terwijl hij in de zon bruiner en bruiner werd. Hij begon daar al in maart mee. Terwijl andere mensen nog handschoenen droegen schoot hij zijn korte broek al aan, en hij deed dat alle zachte middagen en weekends, het hele voorjaar en de hele zomer door, tot in de herfst. Hij had een lichte, onrustige slaap. Net als wij wachtte mijn vader op het geluid van een motormaaier. Hij haatte gemotoriseerde grasmaaiers. Hij haatte het lawaai dat ze maakten. Als eerste hoorde je een vergeefse startpoging, het korte geronk van een meteen verzuipende motor, vaak nog een tweede en derde poging en dan weerklonk gelijkmatig gedreun, waarop mijn vader overeind sprong, langs zijn schaarhek beende en er over heggen, coniferen en rododendrons heen achter probeerde te komen wie hem dit nu weer flikte.

'Weigoni', brieste hij en kruiste zijn armen voor zijn borst. 'Dat komt bij Weigoni vandaan. Tussen de middag mag er helemaal niet gemaaid worden.'

Dan zette ik mijn verpleegsterskapje op en greep de dokterstas. Axel pakte een rieten mandje en volgde me. De meeste tuinen hadden aan de kant van de nog niet bebouwde weilanden geen hek, zodat we zonder problemen bij de buren konden komen. Meneer Weigoni wist al wat we wilden. Over zijn ronkende en rokende grasmaaier heen knikte hij naar ons en maakte een uitnodigend gebaar, waarmee hij aangaf dat hij het prima vond dat we op de gemaaide stukken gazon naar gewonde kikkers gingen zoeken. We mochten niet voor de grasmaaier uit lopen om de kikkers te redden. Meneer Weigoni was bang dat we met onze voeten in de messen zouden komen. Axel hield het mandje vast en ik legde de kikkers erin: kikkers zonder armen en benen, grote dikke beesten bij wie de grijzige darmen uit de buik puilden en armen en benen zonder kikkers. We behandelden principieel alle slachtoffers, zelfs de hopeloze gevallen: onthoofde kikkers en kikkers die doormidden waren gesneden. Als we in de tuin van mijn ouders terugkwamen was ons mandje boordevol, terwijl meneer

Weigoni nog steeds aan het maaien was. De geur van gemaaid gras en benzine vulde de lucht. Mijn vader was intussen naar binnen gevlucht, maar om de tien minuten kwam hij naar buiten om te luisteren of het eindelijk weer stil was. Axel kieperde de patiënten op de sinaasappelkist en telde het aantal ledematen dat we hadden gevonden. Ik begon met de buikwonden. Ze bewogen niet meer en waren daarom het makkelijkst te behandelen. Ik propte de ingewanden terug in de buikholte.

'Ik zou dat niet kunnen', zei Axel telkens even walgend als bewonderend. Hij trok een stuk plakband van het rolletje en stak het me toe om het af te knippen. Ik plakte de wond dicht en legde de patiënt in een van de oranje bedden. De wond barstte meteen weer open en er sijpelde een doorzichtige vloeistof uit. Ik drukte er een nieuw stuk plakband op en pakte de volgende kikker. De kikkers met geamputeerde armen en benen spartelden als gekken. Het lukte me bijna nooit om de ledematen vast te plakken, dus legde ik die patiënten gewoon zo in bed. Ze rolden er onmiddellijk weer uit en verdwenen strompelend met hun overgebleven beentjes onder de rododendron. We achtervolgden ze niet, maar legden alleen hun afgehakte benen, handen en voeten onder de struik voor het geval de kikkers ze later wilden komen ophalen. Dat was het frustrerende van ons ziekenhuis: de volgende morgen hadden alle patiënten zich óf uit de voeten gemaakt, óf ze waren dood. Ik kan me niet herinneren dat we er ooit één hebben genezen.

Het was niet alleen mijn vader met zijn grasmaaiers – iedereen had wel iets waar hij niet tegen kon. Mijn moeder had een hekel aan hoge vrouwenstemmen. Welbeschouwd had ze waarschijnlijk een hekel aan de stem van mijn grootmoeder, die op de half verbouwde zolderverdieping van ons huis woonde. Maar ze zei dat nooit rechtstreeks. Het enige wat ze altijd zei was: 'Krijsende stemmen, ik kan niet tegen die krijsende vrouwenstemmen. Daar kan een mens toch niet bij werken!'

Mijn oma kon niet tegen het geluid van de mannen die 's nachts haar zolderkamertje binnendrongen. Ze beweerde dat er elke nacht mannen naar haar zolderkamertje kwamen. Die mannen trokken stiekem haren uit haar hoofd en pakten de deksels van de pannen om ermee over de muurtegels van haar keuken te schrapen. Het verbazingwekkendst was misschien nog wel dat mijn oma helemaal geen pannen en geen keuken had. Ze kookte niet eens zelf, maar at beneden met ons mee.

Mijn oudere zus had een hekel aan zingende vogels. Als ze haar huiswerk zat te maken en met verschillende kleuren op een landkaart de rivieren en heuvelruggen inkleurde, of wat je als vierdeklasser verder voor opdrachten kreeg, dan smeet ze opeens haar waskrijtjes op de grond en ze riep: 'Die stomme vogels ook altijd! Bij die herrie kan een mens toch niet werken!' Behalve aan zingende vogels had mijn zus ook een hekel aan alle geluiden die ik maakte.

Zelf kan ik het tot op de dag van vandaag niet uitstaan als iemand in een zakje bakpoeder knijpt en het net zo lang heen en weer wrijft tot het een knerpend geluid produceert. Maar dat heeft verder niet veel invloed op mijn leven. Mijn broertje was de enige in ons gezin die geen hekel had aan welk geluid dan ook. Maar hij kon weer niet tegen het aanraken van paarlemoeren knopen. Mijn moeder moest altijd alle knopen van zijn pyjama's knippen en de knoopsgaten dichtnaaien. Aan de andere kant was hij dol op munten. Hij had een spaarpot die mijn vader van een conferentie in Finland had meegebracht. Een kleine doorzichtige kunststofglobe, waarvan je de bodem met een sleuteltje kon openmaken, zodat mijn broertje de munten er steeds weer uit kon schudden en tellen. Toen hij genoeg had gespaard, wisselde mijn vader zijn munten om voor een glimmende mark, die mijn broertje vanaf dat moment in een kartonnen doosje onder zijn bed bewaarde. Elke avond haalde hij het doosje tevoorschijn, zoende en streelde zijn geldstuk en legde het weer in het kartonnen doosje.

Op een avond kwam ik na een lange en vermoeiende middag in het kikkerziekenhuis terug in de kinderkamer, hing mijn dokterstas aan het Sneeuwwitje-knaapje en zag hoe mijn broertje zijn arm door de tralies van zijn ledikantje stak om naar het doosje met het geldstuk te grabbelen. Hij kon er niet bij omdat mijn moeder de vloer had geboend en daarbij het doosje tegen de muur had geschoven. Hoewel hij al vijf was, sliep hij nog altijd in een ledikantje. Hij sliep zo onrustig dat hij anders uit bed gevallen zou zijn. Nu begon hij te krijsen.

'Mijn geld, ik wil mijn geld', jankte hij. Mijn zus kwam binnen. We woonden met z'n drieën in deze ene kamer, mijn zus, mijn broertje en ik. Mijn zus ging op de grond liggen, zette zich met haar handen af en gleed onder zijn ledikantje. Ze droeg een roodgeruite jurk, die mijn moeder van dezelfde stof had gemaakt als mijn jurk, en daarmee kon je op het geboende linoleum lekker glijden. Toen ze weer onder het bed vandaan kwam, richtte ze zich op en gaf het doosje aan mijn broer. Hij haalde zijn mark uit het doosje, streelde hem en poetste hem toen met de punt van zijn kussen. Mijn zus bleef op de grond liggen, ze trok en duwde zich met haar handen vooruit en gleed op haar buik de hele kamer door. 'Ik ben een krokodil', zei ze. 'Pas op! Een snelle, gevaarlijke krokodil.'

Met een zwierige beweging dook ze onder mijn bed. Wij sliepen in een stapelbed, zij boven, ik beneden. Voordat ik in slaap viel keek ik tegen een matrasbeschermer vol eskimo-, indianen-, neger- en Chinezenkinderen aan. Ik hoorde mijn zus rommelen, toen zette ze zich met haar voeten af tegen de muur en suisde vanuit het donker tevoorschijn, recht voor mijn voeten. In haar hand had ze de schoenendoos waarin ik mijn geheimen bewaarde. En voordat ik haar tegen kon houden, maakte ze de doos open en haalde er een matchbox-auto uit.

'Hoe kom je daaraan? Die heb je gestolen.'

'Nee,' zei ik, 'die heb ik van Holger Deshusses gekregen.'

Holger Deshusses was een buurjongen. Niemand kon de achternaam van de familie goed uitspreken. Zelfs de volwassenen niet. We zeiden allemaal 'Desjuus'. Het had geen enkele moeite gekost om dat autootje te pikken. Een eitje, zoals wij in die tijd zeiden. De matchbox-auto was een volmaakt onopvallende grijze Opel, die Holger Deshusses samen met honderdduizendmiljoen andere speelgoedauto's bewaarde in een met behangpapier beplakte waspoederton. Toen Holger met mijn zus in de badkamer was en ik alleen in zijn kamer was achtergebleven, had ik de Opel in mijn onderbroek gestopt en mijn jurk weer gladgestreken. Ik was natuurlijk niet zo stom geweest om zoiets opvallends als een politie- of brandweerauto of de Batmobiel met de uitklapbare cirkelzaag in de grille te pakken. Niemand zou ooit gemerkt hebben dat de Opel weg was.

'Je liegt', zei mijn zus. 'Morgen ga ik op school met jou naar Holger Deshusses en dan vraag ik het hem. En o wee als je liegt!'

Die avond kon ik niet goed in slaap komen en de volgende morgen werd ik ook niet goed wakker. Ik moest meteen weer aan de dreigende confrontatie denken. Ik hoopte dat mijn zus 's nachts alles was vergeten en ik keek haar niet aan terwijl ik naast haar in de badkamer in slowmotion mijn tanden poetste en ten slotte de kam pakte. De kam zat vol berkenwater, een vettig goedje waarmee mijn vader zijn haaruitval bestreed. Alleen de grote tanden waren nog redelijk droog. Ik treuzelde net zo lang tot mijn moeder binnenkwam en me hielp bij het wassen, want mijn oma stond al voor de deur te wachten. Mijn ouders hadden hun late wirtschaftswunder-huis voorzien van drie kinderen en een grootmoeder, maar van slechts één badkamer. Terwijl mijn moeder met een washandje over mijn uitgestoken armen streek, klom mijn zus naast me op een kinderstoel om zich in de spiegel te bekijken. Ze verdraaide haar lichaam en zei toen tegen mij: 'Mijn billen zien eruit als appels. De jouwe als zachte broodjes.'

Ik draaide mijn hoofd om en keurde mijn billen. Ze zagen er net zo lelijk uit als ik al had gedacht. Als zachte broodjes. Mijn zus sprong van de stoel, keek me streng aan en zei: 'Straks gaan we Holger Deshusses zoeken.'

'Ik voel me niet lekker', zei ik tegen mijn moeder. 'Ik heb daar zo'n pijn! Het steekt. Daar ergens.' Ik wees naar mijn buik. 'Volgens mij heb ik koorts.'

Mijn moeder legde haar hand op mijn voorhoofd.

‘Je hebt helemaal geen koorts’, zei ze en trok haar hand weer terug.

‘Jawel,’ – ik schreeuwde bijna – ‘voel nog maar een keer!’

Ze legde haar hand voor de tweede keer op mijn voorhoofd. Ik stuurde een golf van hitte vanuit mijn buik naar mijn hoofd.

‘Inderdaad. En niet zo’n beetje ook! Je gaat meteen weer naar bed.’

Ik slofte terug naar de kinderkamer, trok mijn nachthemd weer aan en kroop onder de nog warme deken. Ik keek naar mijn kleine broertje, die in zijn ledikantje lag en met de punt van zijn kussen over de plek tussen zijn mond en zijn neus wreef. Mijn zus en mijn moeder kwamen binnen, mijn zus pakte een badstoffen onderbroek van de tafel en trok hem over haar appelbillen. Mijn moeder had een doosje Nivea in haar hand. Ze ging bij me op bed zitten en doopte de punt van een thermometer in de Nivea.

‘Ga op je buik liggen!’

Ik had negenendertig graden koorts. Ik concentreerde me op het vasthouden van de koorts tot de dokter kwam. Toen hij eindelijk kwam, was ik door die inspanning volkomen uitgeput. De dokter keek in mijn mond.

‘De mazelen’, zei hij. Mijn moeder trok de gordijnen dicht.

De mazelen betekenden dat Holger Deshusses dagenlang niet in deze kamer mocht komen. En daarna zou dat van de matchbox-auto allang vergeten zijn. Vanaf nu was ik veilig. Niet alleen wat Holger Deshusses betrof, maar voor altijd. Altijd als er iets misliep, kon ik gewoon ziek worden. Echt ziek, serieus en aantoonbaar – niet zomaar een beetje verhoging of gesimuleerde buikpijn. Ik kon de mazelen, rode hond, waterpokken of roodvonk krijgen – en dat alleen met pure wilskracht. Het leven lachte me toe. Want als het slecht met me ging, ging het echt goed met me. De mazelen betekenden een nieuw puzzelboekje, koekjes en Sunkist op bed en verder een koebel waarmee ik maar hoefde te bellen en mijn moeder kwam aangesneld met wat ik nog meer wilde. De mazelen betekenden dat het vogelnest met het piepkleine eitje, dat oom Horst aan het hele gezin had gegeven om naar te kijken, naast míjn bed werd gezet. Oom Horst was de oudere broer van mijn vader, een magere vrijgezel die in een klein houten huisje op een volkstuinencomplex woonde en 'van een uitkering' leefde. Een bezoek aan hem was altijd een bron van verveling. Hij had geen radio en ook geen televisie. Mijn vader moest de lottogetallen voor hem opschrijven en elke keer zei oom Horst: 'Wat zijn dat nou voor suffe getallen, daar komt toch niemand op!'

De sigaretten die mijn vader voor hem meebracht, stelde hij echter buitengewoon op prijs. Ik kreeg altijd het lege pakje van de vorige keer. Soms zaten we voor het huisje en dan maakte oom Horst ons attent op vogelgeluiden: 'Horen jullie dat? Een koolmees: zietoeiet zietoeiet. En dat is een pimpelmees: zii-zii-tututu.'

Hij imiteerde de vogelgeluiden ongelofelijk slecht. Alsof hij ze voorlas uit een van zijn determineerboeken. Bij ons vertrek kregen we elke keer een cadeautje van hem, een grote dennenappel, het bot van een ree, een gemummificeerde pad die mijn moeder thuis meteen in de asemmer gooide, of dat vogelnest dat naast mijn ziekbed werd gezet.

De mazelen betekenden ook dat Axel, die de mazelen al had gehad, op bezoek kwam en een bos geel en rood gevlamde papegaaitulpen voor me meebracht. Papegaaitulpen zijn de mooiste bloemen van de wereld. Het zijn de ware bloemen van de liefde. Maar omdat de meeste mensen niets van de liefde begrijpen kopen ze in plaats daarvan rode rozen. Mijn moeder deed de papegaaitulpen in een vaas en zette die op de kinderstoel waar eerst het nest had gelegen. Het nest was weggehaald omdat ik had geprobeerd het ei uit te broeden. Het was gebroken en ik had mijn pyjama vies gemaakt met de dooier en het piepkleine vogelembryo. Axel kwam op de rand van mijn bed zitten en haalde twee rubberbeestjes ter grootte van een kwartje uit zijn broekzak. Hij wist dat ik rubberbeestjes verzamelde.

'Wat een mooie... octopus', zei ik terwijl ik hem tegen het licht hield. De octopus was zwart en merkwaardig tweedimensionaal, wat hem nog griezeliger maakte.

'En het schaap', zei Axel. Het schaap had ik ook nog niet.

Axel kwam me elke dag opzoeken. Hij haalde mijn moeder over om de radiogrammofoon van de woonkamer naar de kinderkamer te slepen en ons een album vol singeltjes te geven. De radiogrammofoon was een vierkante houten doos op dunne, enigszins uit elkaar staande poten. De ronde luidspreker ging schuil achter een gevlochten matje, maar je kon hem wel voelen, en de scala van golflengtes van de radiostations lichtte groen. In een van de fotoalbums van mijn ouders zit een foto van mijn vader, die met een plaat tussen zijn vingertoppen en een kleine sombrero op zijn achterhoofd voor die radiogrammofoon zit. Hij lacht in de camera en zijn – toen nog veel vollere – haar glanst van al het berkenwater. Mijn moeder staat schuin achter mijn vader en heeft alvast haar armen gebogen alsof ze het liefst meteen zou gaan dansen. Ze draagt een Capribroek en een coltrui en ze ziet er prachtig uit, en dat vindt ook de vreemde jongeman die zijn arm om haar schouder heeft geslagen. Het is een leuk feestje, ze doen allemaal lekker gek, ze zijn heel uitgelaten en hebben kennelijk echt plezier. De foto is uit een tijd dat mijn ouders al getrouwd waren maar nog geen kinderen hadden.

Axel haalde zes singeltjes uit het album, legde ze op elkaar op de wisselaar in het midden van de draaitafel en deed de platenhouder erop. De radiogrammofoon werkte zo dat de onderste plaat omlaagviel en werd afgedraaid, waarna de volgende omlaagviel en op de vorige kwam te liggen, zodat we zonder onderbreking alle platen achter elkaar konden beluisteren. Daarna stemden we welk singeltje we het mooist vonden. En dat draaiden we dan nog een keer. De eerste keer won 'Pigalle' van Bill Ramsey, de tweede keer 'Banjo Boy' van de Deense jongens Jan en Kjeld en de derde keer 'Café Oriental', opnieuw van Bill Ramsey. Bill Ramsey was trouwens de beste van allemaal. Soms deden mijn broertje en zus ook mee met het kiezen van de tophits. Mijn moeder zei dat ze zich maar door mij moesten laten aansteken, zodat we de mazelen 'in één moeite door' konden afwerken. Maar ik vond het prettiger als alleen Axel en ik bepaalden wie er won. We hadden bijna altijd dezelfde smaak.

Toen ik weer beter was, brachten we de middagen opnieuw onder de rododendron door. Soms nam mijn vader ons en mijn broertje en zus mee naar de nabijgelegen open vijver. Dan waarschuwde hij ons telkens niet in 'onbekend water' te springen. En vooral niet met het hoofd vooruit.

'Je moet altijd eerst controleren hoe diep het water is

voordat je erin springt', zei hij. 'Het ziekenhuis Boberg ligt vol met mensen die in te ondiep water zijn gesprongen. Allemaal dwarslaesies.'

Het was de zomer waarin de Amerikanen op de maan landden. Ik herinner me dat het hele gezin met gesloten gordijnen in de woonkamer zat, hoewel buiten de zon scheen. Anders leverden mijn broertje en zus en ik vergeefs strijd om op zonnige middagen naar de televisie te mogen kijken. Mijn vader zag het programma al voor de tweede keer. Het televisiebeeld was een beetje bibberig. Soms schokte het ook. Net als wanneer mijn vader het DDR-programma probeerde te krijgen. Een astronaut klom in zijn witte pak oneindig langzaam een ladder af. Toen werd het beeld ook nog stilgezet en legde iemand iets uit en daarna waren er borden te zien waar iets op stond wat ik niet begreep. Ik vond het allemaal niet erg opwindend. Ik was pas zeven, de meeste dingen waren nieuw voor mij, zelfs de elpees van mijn ouders uit de jaren vijftig. Op school had ik net geleerd dat er een God bestond, die overal voor verantwoordelijk was. Thuis had nog nooit iemand daar melding van gemaakt. Ik accepteerde het bestaan van God even onaangedaan als het bestaan van vliegtuigen, telefoons en stromend warm water. Volgens mij is zeven jaar een leeftijd waarop je het je gewoon niet kunt veroorloven bovenmatig onder de indruk te zijn van nieuwe ervaringen. Wat me echt hoog zat was dat onze juf vertelde dat dieren geen ziel hadden. Ik hield van dieren. Dieren waren de kleine vrienden die professor Grzimek meebracht naar de tv-studio. Vrolijke apen of ranke jachtluipaarden die weigerden stil te zitten en waarvoor ik bij wijze van uitzondering tot na acht uur mocht opblijven. Ik begreep absoluut niet waarom zij geen ziel zouden hebben. Voor ruimtevaart kreeg ik pas belangstelling toen je bij de tankstations van Shell munten kon verzamelen die je in de passende gaten van een stuk karton moest drukken. Op het karton stond een afbeelding van de draagraket die de Apollo 11 in een baan rond de maan had gebracht, en daarboven stond: 'De verovering van de hemel'. Telkens als mijn vader tankte kreeg hij een klein zakje met een munt erin. Eigenlijk bracht hij de munten mee voor mijn broertje, maar mijn broertje verkocht ze voor een dubbeltje aan mij en ik verzamelde ze in zijn plaats. Het was mijn eerste serieuze verzameling, waarmee ik bedoel dat ik haar compleet probeerde te krijgen. Bij mijn verzameling rubberbeestjes was het enige doel geweest heel veel en zo gevaarlijk of ongewoon mogelijke dieren te bezitten. Van de muntenverzameling miste ik er ten slotte nog twee: Apollo 8 en J. Alcock. Charles A. Lindbergh daarentegen had ik drie keer. Ik moest de munten telkens ongezien van mijn broertje kopen. Hij maakte de zakjes weliswaar van tevoren open, maar ik mocht er pas in kijken als ik had betaald. De twee munten die ik nog miste heb ik nooit weten te bemachtigen. De serie werd stopgezet en met Axel, die uit trouw aan mij ook Shell-munten was gaan verzamelen, kon ik niet meer ruilen omdat we geen vriendjes meer waren.

Op een gegeven moment was het te koud geworden om te zwemmen, het dierenziekenhuis had bij gebrek aan patiënten moeten sluiten en Axel en ik speelden nu binnen. Vreemd genoeg deden we dat bijna altijd bij mij. Het kwam haast nooit voor dat we naar Axel gingen, hoewel we daar veel meer ruimte hadden gehad. Hij was enig kind. In plaats daarvan kibbelden we zo erg met mijn broertje en zus over de ruimte in de kinderkamer dat mijn moeder ons ten slotte opdracht gaf muren van lego te bouwen, waarmee we de vloer van de kamer in drie even grote stukken verdeelden. Dat waren antibroederlijke en antizusterlijke verdedigingsmuren van een paar centimeter hoog, waarvan elke schending luid gekrijs veroorzaakte. Maar het was niet het gekibbel dat de rest van het gezin tegen Axel innam – eerder het tegendeel. Ik weet niet precies meer hoe het begon, maar op een gegeven moment ontwikkelde Axel de gewoonte om zich plotseling op iemand te storten. Eerst deed hij dat alleen bij mij. Minstens twee keer per dag viel hij me aan en klampte hij zich net zo lang aan mijn nek vast tot ik geen lucht meer kreeg. Eigenlijk was ik daar niet van gediend, maar omdat ik op hem gesteld was accepteerde ik het en wachtte gewoon tot hij uit zichzelf weer losliet. Maar toen begon hij zich ook op mijn zus en mijn moeder te storten, hij sloeg zijn armen om hun taille, weigerde los te laten, duwde zijn hoofd tegen hun heupen en was alleen met geweld tot inkeer te brengen. Vooral mijn zus vond dat verschrikkelijk.

'Hou op, stommerd,' schreeuwde ze dan en sloeg met haar vuist op zijn hoofd, 'hou onmiddellijk op!', waarop Axel zich alleen maar nog steviger aan haar vastklampte. Zelfs mijn moeder was min of meer hulpeloos aan zijn aanvallen overgeleverd.

'Als je daar niet mee stopt, mag je niet meer komen', zei ze een keer tegen Axel nadat ze zich moeizaam aan zijn om haar heupen geslagen armen had ontworsteld. Axel sperde zijn grote ogen nog verder open, stortte zich onmiddellijk op een van haar benen en klampte zich zo onstuimig aan haar vast dat mijn moeder bijna viel.

Die avond nam ze me apart.

'Zeg tegen die Axel van je dat hij daarmee moet ophouden. Dit kan zo niet langer. Telkens als ik hem zie ben ik bang dat hij me zal aanvallen. Ik durf bijna niet meer met mijn rug naar hem toe te gaan staan.'

Maar al sneed je het onderwerp nog zo voorzichtig aan, elke keer was het enige resultaat dat Axel zwijgend zijn ogen opensperde en zich onmiddellijk weer op je stortte. Intussen hing hij minstens vijf keer per dag aan mijn nek en zag ik hem met steeds minder enthousiasme steeds vroeger naar ons toe komen.

Op een keer wilden we net gaan lunchen toen er werd aangebeld. Meteen richtten alle ogen zich verwijtend op mij, en mijn vader, die altijd al tegen halftwee van zijn werk kwam en daarom ook aan tafel zat, zei: 'Hè nee, het schoteloog! Nu al?'

'We doen gewoon niet open', stelde mijn moeder voor en verdeelde de karbonades. Haar man kreeg een hele en haar schoonmoeder en alle kinderen een halve. Zelf at ze alleen groente en aardappelen. Ze beweerde dat ze niets om vlees gaf. Opnieuw ging de bel.

'Het jochie. Het wilde jochie is er weer', weerklonk het hoge stemmetje van mijn oma, die zich bij de komst van Axel meestal in haar zolderkamer verstopte. Toch had hij háár nog nooit aangevallen.

'Is het nou echt nodig dat hij elke dag komt?' vroeg mijn zus. Alleen mijn kleine broertje kraaide enthousiast: 'Schoteloog, schoteloog!' en hij strooide zijn blikerwten over de formica tafel.

'Sst,' zei mijn moeder en keek mijn vader aan: 'zeg niet

steeds "schoteloog". De kinderen zeggen het na.'

Mijn oma haalde een vochtige vaatdoek uit de zak van haar schort en veegde de erwten bij elkaar. De doek was van bruingrijze stof. Je hoefde er met je neus niet eens erg dichtbij te komen om te merken hoe hij stonk. Mijn zus noemde hem altijd 'de bacillenlap'. Overal waar met de bacillenlap was geveegd rook het daarna net zo smerig als de lap. Mijn oma rolde de erwten zorgvuldig in de vaatdoek en stak het pakje weer in de zak van haar oranjegroen gebloemde schort. Axel liet de bel nu niet meer los. Mijn zus probeerde haar halve karbonade met de mijne te verwisselen omdat ik het stuk had gekregen met het bot erin, maar ik merkte het op tijd en trok mijn bord weg, waarbij de erwten weer over het tafelblad rolden.

'Wat zijn jullie toch een viespeuken! Nog even en jullie kunnen de rest op de wc opeten!' probeerde mijn moeder de deurbel te overschreeuwen. Het was altijd hetzelfde dreigement, maar ze maakte het nooit waar. Ik vond het niet eens zo'n gekke gedachte om alleen in de badkamer te eten. Mijn oma haalde haar bacillenlap tevoorschijn en begon opnieuw erwten te verzamelen om ze in haar schort te laten verrotten. Toen stopte het bellen, mijn moeder glimlachte opgelucht en even luisterden we allemaal naar de stilte. Ik haakte mijn voeten achter de stoelpoten en we begonnen te eten. Plotseling verslikte mijn vader zich. Vanaf zijn plaats kon hij in de tuin kijken en hoestend zwaaide hij met zijn vork die kant op. We draaiden ons allemaal om naar het panoramaraam. En daar stond Axel Vollauf, hij drukte zijn gezicht tegen het glas en staarde met ogen als molenraderen naar binnen. Ik draaide me vlug weer om en deed of ik naar de blikgroente op mijn bord keek.

'Laat hem maar binnen, anders maakt hij het hele raam nog vies', verzuchtte mijn moeder. Mijn zus stompte tegen mijn arm en siste: 'Kom, opstaan! Schoteloog zoekt je.'

'Schoteloog, schoteloog!' kraaide mijn broertje.

Jaren later vertelde mijn therapeut me over een pedagogische truc die volgens hem wordt toegepast door de eskimo's als ze hun kinderen ervan willen weerhouden te dicht bij de levensgevaarlijke rand van het ijs te komen: zodra het eskimokind de dingen een beetje begint te begrijpen, komt het hele dorp bijeen. Zijn vader of moeder zegt dan tegen hem: 'Loop eens naar de ijsrand daarginds, waar de open zee begint', en gevleid door alle plotselinge aandacht begint het kind onder het toeziend oog van het hele dorp te lopen. Maar nauwelijks heeft het de gevaarlijke zone bereikt of alle eskimo's beginnen te lachen. Het kind blijft staan, kijkt verward om zich heen, aarzelt misschien of het mee moet lachen. Maar dan beseft het dat het is beetgenomen en dat de anderen alleen maar lachen om zijn domheid. En terwijl het kind aan de rand van het ijs staat te huilen blijven de anderen gewoon lachen, net zo lang tot het de gevaarlijke plek weer heeft verlaten. Mijn therapeut beweerde dat een op die manier beschaamd eskimokind nooit van zijn leven meer vrijwillig naar de ijsrand gaat en dat die manier van opvoeden effectiever is dan welk streng verbod ook. Ik weet niet of hij gelijk heeft. Misschien is het alleen maar zo'n verhaal van mensen die denken dat andere volkeren hun leven principieel beter op orde hebben. Misschien spelen de eskimo's in werkelijkheid allemaal bingo terwijl hun kinderen achter elkaar in het ijzig koude water vallen. Maar wat de methode betreft twijfel ik er niet aan dat ze werkt.

Toen Axel die middag om mijn nek viel, zich aan me vastklampte en me daarbij zoals gewoonlijk half wurgde, was voor mij de maat vol. Ook omdat mijn broertje en zus stonden te kijken. Ik sloeg meteen om me heen, stompte hem in zijn maag, trapte tegen zijn schenen en duwde hem ten slotte op de grond.

'Hoepel op,' schreeuwde ik tegen hem, 'ik wil dat je ophoepelt! Ik haat je! Ik wil je nooit meer zien!'

En ik meende wat ik zei. Axel werd helemaal groen in zijn gezicht. Wie weet had ik te hard in zijn buik gestompt. Hij knipperde met zijn ogen, die opeens niet meer star en opengesperd waren maar er heel klein uitzagen, met naakte, zachte albino-oogleden. Toen begon hij te huilen; hij snotterde en snoof, veegde met zijn mouw over zijn gezicht, krabbelde overeind, duwde me opzij en rende zonder ook maar één poging te doen om zich aan iemand vast te klampen vanuit de kinderkamer de gang op. Terwijl zijn gehuil escaleerde tot een steeds schriller gekrijs en geblèr rukte hij zijn bruine anorak van de kapstok en propte zijn voeten in zijn schoenen. Mijn moeder kwam uit de keuken en vroeg wat er nu weer was. Axel trok de voordeur open en rende met losse veters en zijn anorak half aan naar buiten. Nog altijd krijsend en schreeuwend. Mijn broertje en zus en ik keken hem na.

'Ik wil je nooit meer zien!' schreeuwde mijn broertje.

De eerste tijd was het wel prettig om Axel niet meer op mijn nek te hebben. Het was prettig om niet meer verwijtend aangekeken te worden als er werd aangebeld en prettig om niet gewurgd te worden. Het was prettig om alleen naar school te gaan en eindelijk ook eens met andere kinderen te kunnen spelen. Alleen kon ik met de andere kinderen helaas lang niet zo fijn spelen. We deden precies dezelfde dingen die ik met Axel had gedaan, we bouwden legohuizen, ensceneerden ongelukken met onze matchbox-auto's en voerden de Steiff-teddyberen jam of bonden hun armen op hun rug. Maar het was toch anders. Ten slotte werd ik telkens ziek als een kind uit mijn klas met me wilde afspreken. Soms deed ik mijn best en werd ik echt ziek en soms deed ik alleen alsof. Van toen af zat ik 's middags en 's avonds in de muffe zolderkamer van mijn grootmoeder. Mijn oma had namelijk haar eigen televisie meegebracht toen ze bij ons introk. En nu had ze iemand nodig om aan de knoppen of aan de antenne te draaien of op het toestel te kloppen als het beeld verschoof. Het kostte haar de laatste tijd moeite om uit haar stoel te komen en telkens als ik op het toestel moest kloppen of aan de antenne moest draaien kreeg ik een dubbeltje voor de kauwgomautomaat. Bovendien kon ik op die manier tv-kijken zonder dat mijn moeder me beperkingen oplegde. Helaas interesseerde het mijn oma nooit of Flipper nog op tijd uit het net van de visser kon worden bevrijd voordat de daar ook in vastzittende mijn tegen een rots dreef. Zij keek alleen naar sportreportages en speelfilms waarin veel werd gezongen en getelefoneerd. De mannen telefoneerden heel normaal, maar de vrouwen in die films klampten zich altijd met beide handen vast aan de hoorn. Als ze zwart haar hadden of heel elegant waren, speelde hun ene hand met het snoer. Nog liever dan naar die telefoonmusicals keek mijn grootmoeder naar operettes en 'komedies met zang'. Verschrikkelijk. Altijd als het verhaal net een beetje op gang was gekomen, begonnen de circusprinses en de csardasvorstin te zingen. Zodra Marika Rökk haar heupen voor- en achteruit begon te zwaaien wist ik: het is weer tijd voor een pauze. Dan bladerde ik in de *Neue Post* of in *Het Beste uit Reader's Digest*, die bij mijn oma op tafel lagen. De *Neue Post* las ik altijd van achteren naar voren. Eerst de achterpagina met de advertenties voor saunapakken en bh-vullingen en vermageringsgordels en voor een folie die je op een zwartwit-tv kon plakken om er een kleuren-tv van te maken. Dan las ik de getekende mopjes en daarna bladerde ik door allemaal saaie reportages naar het midden, waar een dubbele pagina zat met gemengde berichten, uitspraken van kinderen, lotgevallen van dieren en meer van dat soort dingen. Mijn favoriete rubriek was: 'Ouders, opgelet! Verleid op weg naar school'. Het gevaar loerde overal. Een meisje werd overvallen omdat ze in de bus lipstick op haar lippen had gesmeerd. Gelukkig liep het ook deze keer weer goed af en het meisje beloofde dat ze zich nooit meer in het openbaar zou opmaken. Ook *Het Beste uit Reader's Digest* stond vol angstaanjagende verhalen waarin iemand meteen zijn hele onderkaak verloor als hij zo onvoorzichtig was om op een grassprietje te kauwen. Bij bloedend tandvlees kunnen de bacteriën die op een grassprietje zitten namelijk tot in het bot van de kaak doordringen.

Als de csardasvorstin klaar was met zingen volgde er weer een beetje actie, maar veel te weinig, en prompt begon er weer een nieuw lied. Mijn oma vond het zingen mooi, maar mijn oma had ze natuurlijk niet allemaal op een rijtje. Soms zong ze de liederen met haar lelijke falsetstem mee en tijdens de sportprogramma's beweerde ze steeds dat zij dat allemaal ook wel kon. Zelfs toen Pele zijn duizendste doelpunt maakte, zei ze: 'Dat kan ik ook.'

Op een keer, toen ik de televisie voor mijn oma had aangezet en de beeldbuis warm genoeg was om iets te kunnen zien, verschenen er geen sporters of zingende telefonistes op het beeldscherm, maar mannen met glad haar tot aan hun middel, die gitaar speelden op een manier dat ze bijna achterovervielen. Een zwetende vent in een hemd ramde op zijn drumstel.

'Ach, die stomme Beatles – zet hem maar gauw op een andere zender', riep mijn grootmoeder met haar hoge stemmetje. De Beatles waren de enige nieuwe band waarvan zelfs ik de naam had gehoord. En nu wist ik ook hoe ze eruitzagen. Het duurde altijd wat langer eer de verschijnselen uit de moderne wereld tot Barnstedt doordrongen. Stadsrechtelijk maakten we weliswaar deel uit van Hamburg, maar qua mode, moraal en muziek liepen we vijf tot tien jaar achter. De belangrijkste, zo niet enige verbinding met het heden werd gevormd door het tv-toestel. Het heeft jaren geduurd voordat ik begreep dat de Beatles helemaal geen heavy metal speelden.

Helaas waren mijn ouders en mijn broertje en zus mij voor het feit dat ik Axel voor hen had opgeofferd minder dankbaar dan ze volgens mij hadden kunnen zijn. Mijn zus plaagde me nog steeds. Alleen nu in de verleden tijd.

'Jij was verliefd op schoteloog, hartstikke verliefd was je op schoteloog', beweerde ze. Holger Deshusses stond erbij.

'Nietes,' schreeuwde ik, 'helemaal niet waar. Ik heb altijd een hekel aan hem gehad.'

'Je wilde zelfs met hem trouwen!'

'Ik heb nooit met schoteloog willen trouwen!' schreeuwde ik tegen beter weten in. Ik had het Axel zelf voorgesteld. Hij had het trouwens een prachtig voorstel gevonden. 'Welles. Jij hebt gezegd: "Ik wil later graag met hem trouwen."

Je was hartstikke verliefd op schoteloog!'

'Nietes', schreeuwde ik. 'Ik hou van niemand. Nooit! Ik zal nooit van iemand houden!'

Mijn vader wilde me voor mijn verjaardag geen hond geven. Hij zei dat honden handenbinders waren en dat je dan niet meer op reis kon gaan wanneer en waarheen je wilde. En dat terwijl wij alleen nog maar in Denemarken waren geweest. In werkelijkheid zat mijn vader allang in de val. Hij had deze drie kinderen en daarom kon hij zich geen vakantie in Italië of Spanje veroorloven, maar hoogstens zo nu en dan een verregend verblijf aan de Noordzee. Hij was zo onvrij als wat. Ik dacht: als ik maar sterk genoeg naar een hond verlang, dan geeft hij hem uiteindelijk wel. Als ik beloofde nooit meer schoolvriendjes op mijn verjaardag uit te nodigen dan zouden mijn ouders inzien dat ik een hond had verdiend.

Toen kwam de verjaardag met de cadeaus. Chocola van mijn broertje en mijn zus, een roze wollen onderbroek en twee halflege zakjes koekjes van mijn verwarde oma, hondenboeken en een pluchen hond van mijn ouders. Ik deed alsof ik blij was. Het was niet helemaal logisch, maar diep in mijn binnenste wist ik dat mijn belangrijkste taak in het leven bestond uit het aanvoelen van wat anderen van mij verwachtten. Dus klemde ik de pluchen hond enthousiast tegen mijn lijf, terwijl ik zo teleurgesteld was dat ik geen woord kon uitbrengen. Misschien wilden mijn ouders me de echte hond pas 's middags geven als alle gasten er waren en konden zien hoe blij ik was, als de verrassing des te geslaagder was omdat ik er al niet meer op rekende. 's Middags kwamen oma twee, oom Horst en een vroegere collega van mijn moeder op bezoek, een oud mens dat altijd met ondergoed kwam aanzetten. Van oma twee kreeg ik een sprookjesboek en van oom Horst een doosje kattentongen. Geen hond. Toch was er nog altijd een kans. Er was een kans dat mijn vader plotseling zou opstaan en met een samenzweerderige grijns zou verdwijnen. Er was een kans dat hij plotseling met een mandje onder zijn arm in de woonkamer terug zou komen. Aan het mandje zou een enorme strik zitten, zodat ik aanvankelijk helemaal niet zou kunnen zien wat erin zat. Pas op het laatste moment zou ik het hondje te zien krijgen. Ook was er een kans dat ik opeens geblaf en gekrab zou horen. Mijn ouders zouden elkaar glimlachend aankijken en dan tegen mij zeggen: 'Ga maar eens kijken waar dat lawaai in de kast vandaan komt.' Die kans was er ook. Opeens zou ik ergens zacht gejank horen.

'Neem maar veel slagroom, dan glijdt het beter', zei de oud-collega van mijn moeder tegen mij terwijl ze een witte wolk op mijn punt perzikentaart kletste. Alle anderen waren al bezig met hun stuk taart. Mijn grootmoeders produceerden zachte, klikkende geluiden als ze met hun taartvorkje tegen hun gebit stootten. Mijn vader schoof zijn stoel naar achteren en liep de kamer uit. Ik staarde naar de deur tot hij weer binnenkwam. Maar hij was alleen naar de wc geweest. Ik stond ook op, pakte het snoepgoed en het sprookjesboek en trok me terug in de stoel voor de televisie, in de verste hoek van de woonkamer. Ik draaide de stoel zó dat de leuning tussen mij en de koffietafel kwam te zitten en propte vervolgens de kattentongen, twee stukken marsepein en een zakje Haribo 2000 in mijn mond. Intussen las ik het sprookje van de vliegende koffer. Plotseling stond de oud-collega van mijn moeder naast me. Ze moest naar me toe geslopen zijn.

‘Kijk nou eens,’ riep ze terwijl ze in haar handen klapte, ‘kom eens kijken’ – ze had het tegen mijn moeder – ‘hoe ze zit te genieten.’

Mijn moeder kwam inderdaad en met z’n tweeën stonden ze me aan te gapen. Ik had de stoel achterover gezet, zodat ik me in een half liggende positie bevond, en met mijn wangen nog vol drop keek ik naar hen omhoog. Naast de stoel lag een hoop lege verpakkingen.

‘Zie haar eens genieten’, kraaide de collega nog een keer. Ze droeg een zware gouden ketting om de oude vette vleesrol die haar nek vormde.

‘Ja, daar houdt ze van’, zei mijn moeder en ze lachte. Ik grijnsde geforceerd, maar ik besefte heel goed dat wat ik hier deed zich beter zonder getuigen kon afspelen.

Ook de middag verstreek en mijn moeder dekte de tafel voor het avondeten. Misschien had de fokker het de hele dag druk gehad en kon mijn vader de hond pas ’s avonds ophalen. De oma’s, oom Horst en de oud-collega van mijn moeder gingen zich te buiten aan de waldorfsalade en legden kleine, droge, gouden visjes op hun brood. Mijn kleine broertje en mijn zus maakten ruzie om de garnering die bestond uit een nepvliegenzwam: een ei met daarop als kapje een halve, met mayonaise bespikkelde tomaat. Daarna namen de volwassenen nog een borrel en iedereen nam nog wat nootjes uit de Chinese porseleinen schaaltjes en mijn vader sjouwde de projector naar de woonkamer om zijn zelfgemaakte filmpjes te laten zien. Ik haatte dat. In bijna elke film zat wel een scène waarin ik huilde. Deze keer vertoonde mijn vader de scène bij het zwembad. Die was drie jaar geleden opgenomen, maar helaas was ik nog steeds herkenbaar. Eerst zag je mijn broertje en zus, sportieve, vrolijke, gebruinde kinderen in rode zwemkleding. Hup en nog een keer hup sprongen ze in het water, kwamen als jonge zeehonden weer boven en spuugden water uit. Toen ik: zachtebroodjesachtig wit en slap in mijn donkerblauwe badpak. Ik liet me meer vallen dan dat ik sprong – en zelfs dat mislukte. Ik schramde mijn billen aan de rand van het zwembad en hing toen krijsend en met een rood hoofd in mijn zwembandjes. Stuitend lelijk en onbeheerst. Een absoluut weerzinwekkend kind. Mijn vader had ingezoomd op mijn gezicht, zodat je mijn samengeknepen ogen en mijn trillende, kwijlende lippen heel goed kon zien. De oma's en de collega van mijn moeder lachten. Zij vonden dat lief.

'Je bent nu eenmaal een kleine huilebalk', zei mijn moeder. 'Dat heb je van mij. Ik was ook zo.'

Na de film bracht mijn vader oma twee, oom Horst en de collega van mijn moeder naar het station. De laatste kans. Het was alleen maar verstandig om het hondje pas te halen als de grote drukte voorbij was.

Maar mijn vader kwam terug zonder hond en ik zette de boeken en de chocola en de stoffen hond in de boekenkast, pakte mijn oude teddybeer, ging in bed liggen en drukte de deken net zo lang op mijn mond tot ik door gebrek aan zuurstof in slaap viel.

Natuurlijk kwam Kerstmis nog en kon ik daar mijn hoop op vestigen. Op kerst en op alle volgende verjaardagen. Ik begon nu al op aanwijzingen te letten. Kocht mijn moeder niet opvallend veel vlees? Een vreemd echtpaar met een poedel liep door onze straat. Misschien wilden die mensen hun hond op die manier ongemerkt aan mijn ouders laten zien. Een goede truc, maar ik merkte het natuurlijk toch. Als het me lukte om de hele weg naar school nergens op een streep tussen de stoeptegels te stappen dan zou ik de poedel krijgen. Als ik alle kruiswoordpuzzels in mijn puzzelboekje helemaal kon invullen, als ik het voor elkaar kreeg om mijn sommen binnen vijf – nee, laten we zeggen acht – minuten te maken, als ik het klaarspeelde deze stopnaald voor de helft – nee, laten we zeggen voor twee derde – in mijn arm te steken, dan zou ik deze keer een hond krijgen. Maar niets waarover ik zelf controle had, had ook maar de geringste invloed op mijn leven.

'Een heel kleintje maar,' bedelde ik, 'een klein pekineesje helemaal voor mij alleen. Omdat ik niet meer met Axel speel.'

'Niemand legt je een strobreed in de weg als je met schoteloog wilt spelen', zei mijn vader.

Axel had na ons laatste afscheid geen woord meer tegen me gezegd. En ik niet tegen hem. Hoewel we maar twee schoolbanken van elkaar vandaan zaten en onze paden elkaar tijdens de pauze steeds weer kruisten, bleven we doen of we lucht voor elkaar waren. Als we elkaar op weg naar school tegenkwamen, versnelde Axel zijn pas terwijl ik langzamer ging lopen en deed of ik mijn veters strikte of iets bestudeerde wat ik in de berm zag. Dan vergrootte Axel zijn voorsprong tot ik hem op een afstand van ongeveer twintig meter volgde. Dat hielden we vol tot aan het eind van de vierde klas. Toen hij me ten slotte toch nog aansprak, hadden we net gym.

Ik herinner me de gymlessen op de basisschool als een aanvankelijk vrolijk en onschuldig gebeuren. Kleine meisjes en jongens liepen in donkerblauwe gymbroekjes en witte hemdjes in een kring rond terwijl onze juf, de mooie, grote mevrouw Müller – gescheiden, wat in die tijd nog het vermelden waard was – op haar tamboerijn de maat sloeg. De blauw-witte kleding was door de school voorgeschreven, ze moest in een speciale winkel worden gekocht en samen met de gymschoenen in een zwarte, muffe gymtas worden bewaard. De schoenen hoefden geen bijzondere kleur of vorm te hebben, maar als op afspraak kochten alle moeders voor hun zonen blauwe gymschoenen met witte veters en voor hun dochters zwarte balletschoentjes. In het begin was dat verschil niet erg storend. Kniebuigingen, haasje-over, krijgertje of verstoppertje spelen, ballen gooien en vangen, touwtjespringen en over de vloer van de gymzaal rollen waren dingen die met balletschoentjes aan bijna net zo goed gingen als in schoenen met veters. Als mijn moeder mij als enig meisje met fatsoenlijke schoenen had uitgerust, dan had ik me vermoedelijk hevig beklaagd. Echt onaangenaam werd het pas vanaf de derde klas toen we met balspelen begonnen en er voortdurend iemand op je voeten stond. Het ergste was trefbal. Twee teams – ook wel volkeren genoemd – probeerden elkaar met een bal te raken en op die manier uit te roeien. Als je werd geraakt moest je eruit en kwam je achter de lijn van de tegenstander in het gevangenkamp. De jongens probeerden de bal zo hard mogelijk tegen de bovenbenen van de meisjes te gooien – dat was het zachte en aardige type. De minder aardige jongens deden hun best de bal 'vol op de bek' te knallen. Ik had het hun met genoegen betaald gezet. Maar net als alle andere meisjes gooide ik daar gewoon te zacht voor. Een paar meisjes gooiden zelfs niet ver genoeg om iemand te raken, ook al mikten we uitsluitend op andere meisjes. Als we zelf het doelwit waren dan dachten de meeste meisjes niet eens serieus aan vluchten. In een hoek wachtten we op een kluitje de stekende pijn af, die we tegelijk als een bevrijding ervoeren omdat we dan 'uit' waren en niet meer bang hoefden te zijn. Meteen in het begin uitgegooid worden was eigenlijk het beste wat je kon overkomen. Op één heel sportief kind na – ze heette Steffi – deed geen van ons ook maar een poging om een van die ballen te vangen. Onze enige eerzucht was niet in het gezicht geraakt te worden. Soms gilden we een beetje en soms moest een van de meisjes huilen, twee keer sneuvelde er een bril, één keer moest een meisje met een hersenschudding naar de dokter worden gebracht. Mevrouw Müller was er in haar onschuld rotsvast van overtuigd dat dit 'in de hitte van de strijd' onvermijdelijke ongelukjes waren, en voor elke gymles strikte Margit Holst de veters van Jens Kleinschmidt, die dat ook in de vierde klas nog steeds niet zelf kon. Vervolgens mikte hij dan tijdens het spel alleen op haar. Toen ik weer eens uitgegooid was – een keurige, niet erg pijnlijke treffer op mijn heup, die niet meer dan een blauwe plek zou achterlaten – en langs de kant van het veld naar het gevangenkamp van de tegenstanders holde, stonden daar al een paar meisjes op Axel te wachten. Axel en de dikke Helmut waren de enige jongens die soms nog eerder dan de meisjes werden uitgegooid. Axel keek naar me. Hoewel het spel intussen doorging, concentreerde hij zich volledig op mij. Hij keek hoe ik zijn kant op kwam. Ik werd zenuwachtig. Jarenlang had hij vlug zijn hoofd omgedraaid als onze blikken elkaar toevallig kruisten, en omgekeerd had ik hetzelfde gedaan. Ik deed mijn best zo achteloos mogelijk langs de lijn te draven, maar ik was me van elke stap pijnlijk bewust, elke beweging van mijn armen leek verkeerd. Axel bleef staren, hij staarde zonder met zijn ogen te knipperen, tot ik vlak voor hem stond, toen liet hij zijn blik langs mijn lichaam omlaag glijden en vroeg vol weerzin: 'Waarom lillen de bovenbenen van de meisjes bij het rennen eigenlijk altijd zo?'

Als een medicijnbal, vol op de bek.

Natuurlijk verlies je niet van het ene moment op het andere je gevoel van eigenwaarde, alleen maar omdat een jongen de hoedanigheid van het vrouwelijk bindweefsel in twijfel trekt. Je raakt je vertrouwen in je uiterlijk en je waarde niet van de ene dag op de andere kwijt. Je raakt het kwijt gedurende een lange periode, stapje voor stapje. Terwijl ik nog nadacht over dijen, over meisjesdijen in het algemeen en over die van mij in het bijzonder, kwam onze juf op het idee om een weegschaal mee naar de klas te brengen, alle leerlingen te wegen, hun gewicht op te schrijven en daar rekensommen mee te laten maken.

Wie is de zwaarste jongen van de klas?

Wat is het gemiddelde gewicht van alle leerlingen?

Wie is het op een na lichtste meisje?

Bereken het verschil tussen het zwaarste meisje en de lichtste jongen!

Wat is het gemiddelde gewicht van de vijf zwaarste meisjes?

Voor het eerst kreeg ik te horen hoeveel ik woog, namelijk tweeënveertig kilo. Daarmee was ik het op een na zwaarste meisje van de klas. Dat kwam vooral doordat ik het op een na langste meisje was. Maar ik zou nu niet meer kunnen zeggen hoe lang ik toen eigenlijk was. Daarentegen kan ik me nog precies herinneren dat ik tweeënveertig kilo woog. En ik weet ook nog dat er een meisje was dat maar achtentwintig kilo woog.

Bereken het verschil tussen het op een na zwaarste en het lichtste meisje van de klas!

Ik zou er alles voor overgehad hebben om maar achtentwintig kilo te wegen.

'Als je het erg vindt dat je zo zwaar bent dan moet je gewoon op dieet gaan', zei mijn moeder. De dagen dat ik met smaak, zonder enige remming of spijt had gegeten, behoorden voorgoed tot de verleden tijd.

Het besluit om voor het eerst te gaan lijnen is een heel ingrijpend moment – zo niet het belangrijkste – in het leven van een meisje. In elk geval betekent het meer dan de mateloos overschatte gebeurtenis van de ontmaagding. Het is een soort initiatie, alleen ben je daarna niet honderd procent vrouw maar moet je steeds weer van voren af aan beginnen. Je bent elf of twaalf, misschien nog maar tien, en je begrijpt dat je in geen geval kunt blijven zoals je bent. Voortaan zul je proberen anders te zijn, en wel beter – dus minder.

De gymles waarin Axel me op mijn dijen attendeerde was het laatste uur van die dag. De klas ging niet meteen naar huis, maar ravotte eerst nog een tijdje op een verlaten bouwterrein naast de school. Bij die gelegenheid gaf ik Axel Vollauf, toen hij stralend, fanatiek en zelfverzekerd een zandhoop probeerde te bestormen, zo'n optater dat hij helemaal naar beneden rolde. Deze keer brak ik niet zijn hart maar alleen zijn sleutelbeen.

* * *

Het vliegtuig wiebelt terwijl we allang op vlieghoogte zijn, en de daling naar Heathrow kan dit ook nog niet zijn. Het vliegtuig wiebelt gewoon maar wat. Het zou verschrikkelijk zijn om nu al te moeten sterven. Ik wou dat ik meer van mijn leven had gemaakt, of in elk geval meer plezier had gehad. Ik wou dat ik toen niet alleen Axel Vollaufs sleutelbeen had gebroken maar ook zijn beide armen. Behalve ik maakt geen van de passagiers zich druk over het gewiebel. Dus zal het wel niet zo erg zijn. De vrouw voor me houdt haar dochter een zak Engelse drop voor. Het zijn natuurlijk heel normale Haribo's die ze eten. Een zak van drie ons voor 1,39 bij Aldi. Maar deze vrouw zou haar Haribo's nooit bij Aldi kopen. De winkel waar zij haar boodschappen doet heet Snoep-Paradijs, op z'n minst, en daar is de losse drop met een klein schepje voor haar in een cellofaanzakje gedaan, één ons voor 2,99. De vrouw houdt haar dochter het knisperende zakje voor. De dochter kijkt erin en neemt dan één dropje, en daarna neemt haar moeder ook één dropje en stopt het zakje weer in haar handtas. Hoe bestaat het! Over een halfuur zullen ze het zakje opnieuw tevoorschijn halen en nog een keer elk één dropje nemen. Als er iets is wat ik niet kan uitstaan dan is het maat houden en bescheidenheid. Moge God verhoeden dat ik ooit zo word als deze gedisciplineerde troela's. Dan ben ik nog liever verslaafd aan drugs. Of aan alcohol. Liever kruip ik laveloos op handen en voeten door de goot en door mijn eigen kots dan dat ik op een dag een cellofaanzakje vol veel te dure Haribo's openmaak om er vervolgens met duim en wijsvinger zegge en schrijve één dropje uit te halen. Dan blijf ik nog liever mijn leven lang rampzalig vet, één groot lichamelijk debacle, het doemscenario voor alle *Fit For Fun*-lezers. Als ik maar niet van die benen had die op geen enkele vliegtuigstoel passen. Ik kan er niets aan doen, maar die benen lijken echt nergens naar.

Mijn walkman zit helemaal onder in mijn tas. Eerst moet ik alle cassettes eruit halen; ik heb er zes meegenomen. Ze zijn opgenomen door zes verschillende mannen met wie ik ooit iets heb gehad, en ze zijn allemaal niet erg nieuw. Als je een man een cassette voor je laat opnemen kom je meer over hem te weten dan wanneer je met hem naar bed gaat. Deze hier heeft bijvoorbeeld een zelfgemaakte cover. Voorzover je bij een cassette van een cover kunt spreken. De man die hem voor me heeft opgenomen, heeft er een foto uit een nummer van *Mad* op geplakt, een tekening van weerzinwekkende mutanten-mensen met nekken vol wratten. Aan de binnenkant staan alleen de namen van de artiesten: Laibach, Sisters of Mercy, Nick Cave, Lords of the New Church, Screaming Blue Messiahs, Snake Finger, Yello. Titels ontbreken en de volgorde klopt ook niet. Als je tegen de man die deze cassette voor me heeft opgenomen een opmerking zou maken over de verkeerde volgorde, dan zou hij zeggen: 'Je hoort toch meteen wie wat zingt.'

Of deze hier, nummer twee: op die cassette staat 'home taping', en de zelfgemaakte cover bestaat uit een tijdschriftfoto van Modern Talking. Dat betekent uiteraard dat hier geenszins en in geen geval Modern Talking in zit, maar alleen muziek waar nog nooit iemand van heeft gehoord behalve de man die het destijds voor me heeft opgenomen. Hij heeft geen artiesten en titels opgeschreven. Helemaal niets. Ik moest hem vragen hoe het vierde nummer op de B-kant heette, de liveopname met de rondzingende gitaar aan het begin. En hij antwoordde: 'Wat? Wat bedoel je? Ik snap absoluut niet wat je bedoelt.' Ik moest eerst de melodie voor hem neuriën voordat hij met het antwoord kwam: 'O dat, bedoel je dat! Dat is Nation of Ulysses met "Shake Down".' En op zijn gezicht stond te lezen dat ik natuurlijk weer had gevraagd naar een gewoon nummer, dat iedereen kende, een nummer dat hij alleen maar had opgenomen als concessie aan mijn conventionele smaak. Daardoor had ik opeens absoluut geen zin meer om de plaat van Nation of Ulysses te kopen.

De derde cassette heeft geen zelfgemaakte cover. Deze is voorzien van een keurige tekst. Links op het gelinieerde kartonnetje staan met zwarte letters de titels van de songs en rechts in rood de namen van de artiesten. De cassette begint met 'The Belle of St. Mark' van Sheila E. Dan volgt 'Midnight Man' van Flash and the Pan. Dat is een nummer dat die man niet zelf heeft uitgezocht, maar waar ik hem om had gevraagd. Hij moest de plaat van een vriend lenen om het voor me te kunnen opnemen. Die man luistert normaal gesproken alleen naar reggae, maar hij heeft niet zijn favoriete stukken voor me op de band gezet. Hij heeft niet eens geprobeerd indruk op me te maken. Hij heeft de muziek uitgekozen waarvan hij dacht dat ik die het liefst hoorde. Hij is de man die van allemaal het meest van me heeft gehouden. Helaas is hij ook de man die dacht dat ik graag naar 'Hitler Rap' van Mel Brooks zou luisteren.

Ook de vierde cassette heeft geen cover, maar een titel die een Bowie-citaat en tegelijk een liefdesverklaring aan mijn adres is: 'I, I will be king and you, you will be queen'.

Er staan alleen songs van David Bowie op. Die cassette is van een man die van zichzelf denkt dat hij van allemaal het meest van me heeft gehouden. Op alle cassettes die hij voor me heeft opgenomen staan alleen maar nummers van Bowie.

Bij cassette vijf is de cover vermoedelijk mislukt, want de man van wie ik hem heb gekregen, heeft het kartonnetje daarna helemaal volgekliederd met een zwarte edding. De zwarte edding is trouwens toch een populaire viltstift van mannen die covers voor cassettes maken. De muziek is voor het grootste deel opgenomen van de radio. Misschien omdat de platenverzameling van deze man niet meer up-to-date was. Misschien ook wel vanwege de supercoole aankondigingen van het supercoole Engelse radiostation – die zijn namelijk net iets te vaak ook opgenomen. Anyway, qua muziek is het een van mijn beste cassettes.

Maar toch ga ik nu naar nummer zes luisteren, de cassette waarbij het hele originele kartonnetje is vervangen, en wel door een stuk mooi, stevig paisley-papier. Misschien is het afkomstig van het omslag van een *Quelle*-catalogus, maar de wollen deken die het ooit geweest kan zijn, is niet meer herkenbaar, je ziet alleen nog het patroon. Op het paisley-patroon is de zin geplakt 'It's just a hell of a good time' en daaronder zit een postzegelgrote zwartwitkopie van een foto van Helmut Kohl en François Mitterrand, die elkaars hand vasthouden. Aan de binnenkant zijn met keurige, kleine letters in volle lengte alle artiesten en songtitels opgeschreven: 'The Mood-Mosaic: A Touch of Velvet – A Sting of Brass; The Jesus and Mary Chain: Just Like Honey; Der Plan: Europa Hymne; Box Tops: The Letter...' De overgang van de A-kant naar de B-kant wordt aangegeven door drieëntwintig piepkleine diagonale streepjes. Aan de binnenkant van de vouw – of op de rug of hoe zoiets ook heet – staan de initialen van de man die deze cassette heeft opgenomen: P.H. De letters zijn op een vreemde manier in de breedte door elkaar heen geschreven. Daarnaast staat niet alleen het jaar, maar ook de maand waarin hij de cassette heeft opgenomen: 10-'85. Want de cassette zou een halfjaar later eens in handen kunnen vallen van een andere man die ook verstand van muziek heeft en die zou dan kunnen zeggen: 'Niet gek, maar veel nieuws zit er niet bij', maar dan zou hij de datum zien en alleen nog maar waarderend kunnen snuiven. Die cassette was van de man van wie ik hou. Het heeft lang geduurd voor ik toch nog van iemand ben gaan houden. Ik kijk weer uit het raampje. Alleen maar blauwe hemel en onder me een wolkenbed.

* * *

Na de vier jaar van de basisschool had ik de keuze tussen het als liberaal en progressief aangeschreven staande, respectievelijk voor links uitgemaakte, later tot Carl von Ossietzky Gymnasium omgedoopte gymnasium Heddenbarg en een nogal conservatieve instelling, het gymnasium Bellhorn, dat altijd al Bellhorn had geheten en eeuwig Bellhorn zou blijven heten. De enige reden waarom ik voor het Heddenbarg koos was dat de meeste kinderen uit mijn oude klas naar het Bellhorn gingen. Ik kon geen getuigen van mijn verleden gebruiken. Mijn leven tot nu toe had vol doodlopende wegen gezeten. Dit hier was de uitgang. Tijdens het kennismakingsgesprek vroeg de rector met welke vriendin ik wilde blijven optrekken.

'Met geen enkele', antwoordde ik. 'Ik wil in een klas waar ik niemand ken.'

Hij keek me verwonderd aan.

'Natuurlijk heb ik wel vrienden,' zei ik geforceerd opgewekt, 'maar ik wil er nog veel meer bij krijgen.'

Als het me zou lukken om in een klas geplaatst te worden waar niemand me kende – zo had ik bedacht – dan kon ik een volledig nieuwe identiteit aannemen. Ik kon dan zijn wat ik wilde en mezelf helemaal opnieuw uitvinden. Deze keer zou ik vanaf het begin alles goed doen.

Ik werd geplaatst in klas 1.4. De klassen op het Heddenbarg werden niet alfabetisch maar cijfermatig gerangschikt.

'Daar zullen ze wel een bedoeling mee hebben', zei mijn moeder.

Mijn plannetje slaagde bijna. Alleen was Gertrud Thode ook in 1.4 gekomen. We hadden een paar keer met elkaar gespeeld omdat onze moeders elkaar kenden, maar ik was niet haar vriendin. Als zij dat tijdens het kennismakingsgesprek had beweerd, dan had ze gelogen. Toen we op de eerste schooldag onze nieuwe plek zochten, kwam Gertrud prompt naast me zitten. Ze deed dat zo vanzelfsprekend dat ik het totaal overrompeld accepteerde. Voor me zat een heel mooi, lang meisje met gitzwart haar, het type dat bij sprookjesuitvoeringen onder alle omstandigheden de rol van Sneeuwwitje krijgt. Op een streepje donker donshaar op haar bovenlip na was ze volmaakt. Waarom was zij niet naast me komen zitten? Onze klassenlerares pakte een krijtje en schreef 'Schott' op het bord. Meteen klonk er gegiechel en van verschillende kanten werd er 'Scheet' gefluisterd. Weliswaar had mevrouw Schott kort haar en droeg ze een vlot mantelpakje, maar ze was niet zo jong meer. Ze deelde opgevouwen kaartjes uit, waarop we onze namen moesten schrijven, en daarna verzocht ze ons een klassenvertegenwoordiger te kiezen.

'Wie wil er iemand kandidaat stellen', riep mevrouw Scheet terwijl ze met haar handen op de lessenaar steunde. Een van de jongens stak zijn vinger op.

'Anne Strelau', zei hij. Hij stelde mij voor. Ik keek vlug naar zijn naambordje. Hij heette Volker Meyer. Volker Meyer had een rond gezicht, een pleeborstel en er zat viezigheid op zijn kin. Mijn nieuwe fantastische leven vol betekenis en vriendschap begon hier, op dit moment. En als ze mij zouden kiezen... – o, ik hoop dat ze me kiezen – ik zou ze niet teleurstellen. Ik zou de beste klassenvertegenwoordigster zijn die deze school ooit had gehad. Mild en goedhartig zou ik over mijn klas heersen, ik zou onrecht bestrijden en misverstanden uit de wereld helpen. Iedereen zou met zijn zorgen bij mij terecht kunnen en ik zou voor ieder probleem een oplossing weten. Ik zou uitbundige zomerfeesten organiseren, met gele lantaarns in de bomen, en nadat ik alles in goede banen had geleid en me ervan overtuigd had dat er voor iedereen genoeg te drinken en te eten was, zou ik uitgeput maar met een glimlach naar de dansvloer gaan. De maan zou zich weerspiegelen in mijn zilveren mini-jurk en iedereen zou stoppen met dansen om voor mij te applaudisseren.

Behalve ik werden er nog twee jongens kandidaat gesteld, Bernhard en Till. De verkiezing was geheim. Mevrouw Scheet deelde papiertjes uit, die ze uit een rekenschrift had gescheurd, en ze schreef de namen van de drie kandidaten op het bord. Ik schreef 'Till' op mijn briefje, dat ik zo liet liggen dat iedereen die dat wilde het kon zien. Pas op het allerlaatste moment, toen mevrouw Scheet me haar oude, vettige mannenhoed al toestak, vouwde ik het briefje op.

'Ik heb op jou gestemd', fluisterde Gertrud Thode tegen me terwijl ze haar briefje in de hoed legde.

Het was een nek-aan-nekrace, het was erg spannend. Ik deed alsof het me koud liet, maar bij elk kaartje dat werd opengevouwen en voorgelezen trilde ik vanbinnen en bezwoer ik mijn naam. Zoals gezegd: het was erg spannend, maar uiteindelijk stonden achter mijn naam toch de meeste krijtstreepjes. Mevrouw Scheet kwam me feliciteren en vroeg of ik de uitverkiezing aanvaardde. Ik knikte. Ik kon niet voorkomen dat ik bloosde. Terwijl ze Till, de jongen met de op een na meeste stemmen, vroeg of hij bereid was mijn plaatsvervanger te zijn, zat ik me af te vragen of ik nu eigenlijk niet een feest moest geven en of het niet gepast was om bij die gelegenheid al mijn kiezers een cadeautje te geven, en uit grootmoedigheid ook degenen die niet op mij hadden gestemd. Een jongen, die een naambordje met FALKO LORENZ voor zich had staan, stak zijn vinger op. Hij zag er best knap uit met zijn verwarde bruine haardos.

'Zeg het eens', zei mevrouw Scheet.

'We hebben er nog eens over nagedacht,' zei Falko, 'en we vinden... we willen de verkiezing graag overdoen.'

Overdoen? Hoezo overdoen? Het bloed suisde in mijn oren. We hadden toch al gekozen. Namelijk mij. De klassenvertegenwoordigster en haar vervanger hadden hun uitverkiezing aanvaard en volgens de eenvoudige, beproefde regels van de democratie was de zaak daarmee geregeld.

Wat was er mis met deze verkiezing?

'Ik wil Kiki graag voordragen', zei Falko. Schuin achter hem zat inderdaad een meisje dat KIKI op haar naambordje had geschreven, niet Kirstin of Corinna of hoe ze in werkelijkheid ook mocht heten, en ook geen achternaam, maar simpelweg KIKI. Ze was klein en frêle en had lang blond haar. Opeens vond de hele klas dat er absoluut moest worden overgestemd. Kennelijk was iedereen nu warmgelopen. Mevrouw Scheet vroeg aan mijn plaatsvervanger en mij of we akkoord gingen, en wat zat er anders voor ons op.

Bij de tweede telling bad ik niet meer om elke stem. Ik wist al wat er ging gebeuren – nog voordat mevrouw Scheet ook maar één briefje had opengevouwen. De eerste ronde was een verschrikkelijk misverstand geweest. Niemand was zo gek om op iemand als ik te stemmen. Hoe had ik zo stom kunnen zijn om mijn uitverkiezing te aanvaarden? Ze hadden me er ingeluisd. Ik was niet goed bij mijn hoofd! Ik had me helemaal niet kandidaat moeten laten stellen! Natuurlijk won Kiki. Kiki's winnen altijd. Zo gaat dat nu eenmaal in deze wereld. Je moet de weg daarheen niet onnodig ingewikkeld maken. Ik werd haar plaatsvervangster. Ik was niet van plan om ooit ook maar één vinger uit te steken voor dit zootje, maar ik accepteerde de uitslag omdat anders iedereen zou denken dat ik beledigd was. Alleen uit onverschilligheid had ik me na de eerste verkiezing bereid verklaard klassenvertegenwoordigster te worden. Iemand moest het tenslotte doen. En nu was ik gewoon plaatsvervangster, wat deed het ertoe.

Ik maakte geen vrienden of vriendinnen in mijn nieuwe klas. Ik deed er ook geen enkele moeite voor. Op die manier dekte ik me in. Naast me zat nog altijd Gertrud Thode. Telkens als ze een afspraak met me probeerde te maken, draaide ik mijn hoofd de andere kant op en deed ik net of ik niet had gehoord wat ze zei. Ik had niemand nodig om me mee te vermaken en het maakte me ook niets uit dat niemand mij aardig vond. Maar daar was natuurlijk niets van waar. Een tijdje leek het of Tanja Kehlmann, het meisje met het Sneeuwwitje-haar, mijn vriendin zou worden. Ze nodigde me bij zich uit en we maakten samen huiswerk en speelden barricade. Het was zoals ik altijd had gewild. Alleen was ik de hele tijd vreselijk gespannen. Bij Tanja thuis was alles even vreemd voor mij. In de halflege kamers hing abstracte kunst aan de muur en zelfs wat Tanja's moeder een keer als lunch voor ons klaarmaakte was merkwaardig: aardappelen met kwark. Geen vlees. En niets uit blik. Wat was ik blij dat mijn ouders normaal waren. Bovendien wilde ik een goede indruk op Tanja maken, maar hoe kon ik een goede indruk op haar maken als alles aan mij verkeerd was? Ik had het verkeerde figuur en de verkeerde spijkerbroek, ik lachte verkeerd en ik zei de verkeerde dingen; zelfs mijn fiets was geen echte fiets maar een vouwfiets. Het is overbodig om al mijn fouten op te sommen – ikzelf was de fout. Als ik afscheid van Tanja had genomen en op mijn vouwfiets naar huis reed, voelde ik me meteen een stuk beter. Na een poosje verzon ik smoesjes om niet bij haar op bezoek te hoeven gaan. Het was een ellendige tijd. Nog altijd wilde ik dat ze mijn vriendin was, maar tegen haar vriendschap was ik nog minder opgewassen dan tegen mijn eenzaamheid. En toen sprak ze opeens af met Gertrud Thode. Misschien zocht ze bewust de lelijkste meisjes uit om naast hen nog meer te stralen. Maar goed dat ik me op tijd had teruggetrokken.

Het was niet erg om alleen te zijn. Het alleenzijn zelf was prima. Maar ik wilde absoluut niet dat iemand doorhad hoe eenzaam ik was. Daarom deed ik steeds alsof ik het heel erg druk had. Als de anderen vóór de volgende les nog zaten te praten, was ik al bezig met het huiswerk van de vorige of zat ik te lezen. Daardoor viel het niet op dat niemand met me praatte. Tijdens de lessen kon ik een beetje ontspannen. Het duurde niet lang of ik was de favoriete leerling van mevrouw Scheet. Ze mocht me omdat ik altijd bij de les was en volledig tot haar beschikking stond. Waarschijnlijk dacht ze dat ik haar lessen Duits waardeerde, maar het enige wat me interesseerde was dat ik op die manier vijfenveertig minuten geen last had van de anderen. Ik was trouwens toch het meest gesteld op de oude, strenge leraren. De jongere wilden steeds dat we de tafeltjes in een kring zetten. Voortdurend lieten ze ons in groepjes werken. Waarschijnlijk omdat ze dan het lokaal uit konden om op de gang een sigaret op te steken. De meeste inspanning vergden de grote pauzes. Ik bleef net zo lang in de klas rondhangen tot de surveillant me betrapte en naar buiten stuurde. Wat leerlingen volgens de leraren het hardst nodig hadden was frisse lucht. Ik dreutelde dan zo langzaam mogelijk de trap af. De pauze duurde nog veertien minuten. Op het schoolplein liep ik met een grote boog om de leerlingen uit mijn klas heen en zette koers naar een plek waar ik niemand kende. Ik deed alsof ik iets belangrijks te doen had en liep met mijn onverstoorbare gelaatsuitdrukking kriskras over het schoolplein, maar natuurlijk zag iedereen dat ik gewoon niemand had om naartoe te gaan. Het was slopend. Ten slotte kwam ik op het idee om me tijdens de pauzes in het meisjestoilet te verstoppen. Vanaf dat moment bracht ik heel wat tijd door in toiletten.

Het was maar goed dat ik niet meer probeerde populair te zijn of ergens bij te horen. Daardoor bleef het ergste me bespaard. Nee, het ergste bleef me natuurlijk niet bespaard. Het ergste waren de gymlessen, die nu sport heetten. Ik was in een klas vol pezige, gespierde sportievelingen beland, en dat gold zowel voor de meisjes als voor de jongens. Enthousiast teisterden ze elkaar bij trefbal, ze genoten oprecht als ze werden uitgegooid, ze kreunden extatisch en probeerden zelfs de bal nog te vangen. Het kon ze niet schelen of ze daarbij een vinger verzwikten. Ze waren dol op pijn en inspanning en gymzaalstank. De meisjes droegen nu allemaal zwarte of donkerblauwe gymbroekjes, waarvan de elastische stof licht en stevig, maar toch strak om de benen spande. Natuurlijk zweette je je op die manier een ongeluk. De broekjes zakten ook af, en het was niet eenvoudig om ze op te trekken zonder een rare indruk te maken. Maar ze hielden het schokkende vlees in toom en in mijn gymbroekje leken mijn benen zwart, glad en stevig als kunststof.

Nog altijd had ik een hekel aan trefbal. Maar zolang we trefbal speelden hoefden we tenminste niet aan de toestellen te werken. Gymtoestellen waren het ergste van het ergste, een marteling die niet met menselijke waardigheid in overeenstemming te brengen viel. Al na twee weken verdeelde onze gymleraar de klas in drie niveaugroepen. De eerste groep was de 'Jeugd-traint-voor-Olympia-groep'. Hij bestond uit acht meisjes, die deden wat de naam al zegt. Elk jaar reisden ze daarvoor naar West-Berlijn, waar een grote wedstrijd werd gehouden, en als het regende haalden ze van die stomme kleine capes uit hun tas waarop JEUGD TRAINT VOOR OLYMPIA stond en die ze nog over hun regenjas heen trokken. Die meisjes hoefden niet meer mee te doen met de gewone gymlessen. Zij hadden in de gymzaal een hoekje voor zich alleen, waar ze ongelooflijke dingen met hun lichaam deden. Zonder enig hulpmiddel sprongen ze omhoog, verdraaiden zich tot schroeven en sloegen over de kop. De tweede groep bestond uit bijna de hele rest van de klas, die weliswaar zonder dubbele salto's maar toch met een eenvoudige handstandoverslag over de bokken en paarden wist te komen. De derde groep was de 'dat-wordt-nooit-wat-groep'. Daar zaten maar drie leerlingen in; ik was er natuurlijk een van, de nogal dikke Helga Steinhorst en Ines Dubberke waren de andere twee. Ines Dubberke droeg een bril zoals God die altijd alleen aan toch al minderbedeelde figuren geeft om ze definitief een kopje kleiner te maken – glazen als jampotjes van ongeveer plus achtentwintig. Als ik aan die tijd denk dan zie ik mezelf als een meelbaal aan de onderste knoop van een klimtouw hangen. Ik zie mezelf vergeefs over de laagste bok proberen te springen. Ik zie mezelf moeizaam een beetje aan de brug heen en weer zwaaien, ik voel de misselijkheid als ik met mijn maag tegen een van de leggers knal zonder ook maar een greintje soepelheid in mijn zwaai te krijgen, ik voel opnieuw vernedering, machteloosheid, pijn en schaamte, vreselijke schaamte als ik onder het toeziend oog van alle anderen mijn lichaam moet bewegen, ik voel het gewicht van dat lichaam dat me onbarmhartig naar de grond trekt. Het snapte niet waarom ik al die dingen moest doen. Waarom stond sport als vak gelijk aan wiskunde of Engels? Er bestond geen enkel beroep waarvoor je over een bok moest springen, tenzij je gymleraar wilde worden. Zelfs een brandweerman hoefde geen handstandoverslag te kunnen. Waarom lieten ze die sportidioten niet gewoon voor de Olympische Spelen trainen en mij met rust?

Als ik uit school kwam, at ik, maakte mijn huiswerk en ging dan op bed liggen, waar ik een van de boeken opensloeg die ik met stapels tegelijk uit de bibliotheek haalde. Ik mocht niet meer naar mijn oma, omdat ze intussen luiers moest dragen en de bijbehorende lucht verspreidde. Mijn moeder vond het heerlijk dat ik nooit vrienden mee naar huis nam. In haar ogen was ik een ongecompliceerd kind dat zich prima in haar eentje kon vermaken. Ergens was dat ook zo. Mijn bed was een eiland in de van haaien vergeven oceaan des levens. Als ik ook maar een voet over de rand stak kon het me slecht vergaan, maar in deze kussens was ik veilig. Het zou me niets uitgemaakt hebben om de rest van mijn leven in bed door te brengen. Als mijn broertje en zus er niet waren trok ik de gordijnen ook nog dicht. Ik las voornamelijk sprookjesboeken. Hanni en Nanni zaten op het internaat. Dolly zat ook op het internaat, waar ze als jongste de oudere meisjes moest bedienen. Ze kwam in opstand, maar uiteindelijk kregen ze haar toch klein en vond Dolly het heerlijk om de anderen te bedienen. Ik werd er helemaal akelig van. Het was ongelooflijk waarmee je je bij dit boek moest vereenzelvigen. Deliah had het beter. Deliah trok in een huifkar door het wilde Westen. De trek werd overvallen door de indianen en iedereen behalve Deliah werd om zeep gebracht. Toch hadden de indianen haar alleen maar ontzien om haar aan de martelpaal dood te kunnen folteren. Britta, Billie en Gundula leefden in een ideale wereld, waarin aanvankelijk wat moeilijkheden overwonnen moesten worden, maar uiteindelijk als geschenk het geliefde paard op hen wachtte. Toen besloten de verschillende ouders ook maar meteen om naar een met klimop begroeide boerderij op het platteland te verhuizen, en tijdens de verhuizing ontdekten ze langs de kant van de weg een zielige, verlaten hond, die voortaan bij hen mocht wonen. Onze-Lieve-Heer waakte over Britta, Billie en Gundula en zorgde ervoor dat ze bij het springconcours ondanks een slechte start toch de eerste prijs in de wacht sleepten.

Een permanente stroom van chocola en winegum hielp me om alles te vergeten. Lezen alleen was niet genoeg. Ik bekeek het snoep op dezelfde manier als de boeken – de inhoud kwam op de tweede plaats. Wat ik nodig had was vooral een hoeveelheid die me veilig door de middag heen hielp. Eigenlijk zou alcohol het beste zijn geweest, maar ik kwam gewoon niet op het idee om naar de jeneverfles te grijpen. Bovendien zou mijn moeder het waarschijnlijk niet hebben zien zitten als ik me elke dag in bed had bedronken.

Vaak dacht ik dat ik moest stoppen met chocola en in plaats daarvan helemaal niets meer moest eten. Ik was niet echt dik, niet zo dik dat ik ermee werd gepest. De pesterijen werden opgevangen door Helga Steinhorst. Zij was helemaal niet zoveel dikker dan ik, maar ze had een rond vollemaansgezicht en dat was mijn redding als er weer eens een slachtoffer werd gezocht.

Op een keer was een echt dik meisje uit een van de hogere klassen de Engelse les binnengevallen om een briefje af te geven. Terwijl ze voor in de klas bij Mrs. Meyer-Hansen stond, begonnen een paar leerlingen te giechelen en het dikke meisje bloosde. Toen ze weer vertrokken was, riep Mrs.

Meyer-Hansen ons ter verantwoording. Zij was slank en aantrekkelijk en kon zich dat veroorloven.

'Kunnen jullie me alsjeblieft vertellen waarom jullie net moesten lachen?' vroeg ze heel gepikeerd.

Stilzwijgen.

Toen zei Kiki: 'Omdat ze zo slank was', en iedereen begon nog meer te giechelen.

'Ik vind dat niet fair', zei Mrs. Meyer-Hansen. 'Er zijn namelijk mensen met een klierziekte en die kunnen er helemaal niets aan doen dat ze dik zijn.'

Ziek! Ziekte was de enige verontschuldiging. Wie gewoon te veel had gevreten kon het verder wel vergeten. Echt veilig was je alleen als je dun was. Als ik slank was geweest had ik er zelfs elegant uitgezien als ik aan de rekstok geen zwaai kon maken of op de bok bleef hangen. Het zou alleen weken duren om echt dun te worden. Maar ik had nu al iets nodig tegen die rotangst die ik voortdurend voelde voor de volgende dag. Want óf we gingen de volgende dag toesteloefeningen doen, óf we moesten in groepjes werken, óf er stond iets anders verschrikkelijks op het programma. En zelfs als er niets bijzonders gebeurde, waren er altijd nog de grote pauzes die ik door moest zien te komen. 'Angst' is misschien een beetje overdreven voor wat ik voelde, misschien was ik eerder down. Maar in elk geval was het een verschrikkelijk gevoel. En de enige manier om te ontsnappen was in bed gaan liggen en mijn mond dichtplamuren met iets wat zo zoet was dat alle andere gevoelens ernaast verbleekten.

'Net als ik,' zei mijn moeder als ze in mijn kamer kwam, 'ik las vroeger ook altijd zo graag.'

Dat zei ze steeds, dat ik net zo was als zij. 'Jij bent net als ik. Jij bent precies net zoals ik, en je zus is net als tante Magda.'

Tante Magda kwam wel eens op verjaardagsfeestjes, maar niet zo vaak. Zij was de oudere zus van mijn moeder. Toen ze allebei nog kinderen waren, had tante Magda 's middags onder het eten altijd een hand naast haar gezicht gehouden om mijn moeder niet te hoeven zien. Zo'n hekel had ze aan haar.

Ik wilde niet net zo zijn als mijn moeder. Ze was kleurloos, angstig en altijd moe. Als mijn broertje en zus en ik thuiskwamen lieten we onze anoraks en onze vuile schoenen gewoon vallen en mijn moeder ruimde ze op. Zij was niets. Op sommige brieven die mijn moeder ontving stond niet eens haar naam. 'Aan de echtgenote van de heer Strelau' stond er op haar brieven. En ik leek op haar. Ik leek zo erg op haar dat ik altijd precies wist wat zij op een bepaald moment voelde.

Eigenlijk was ik liever zoals mijn zus geweest. Zij was niet alleen ouder en aantrekkelijker dan ik, ze stak ook op alle andere punten met kop en schouders boven mij uit. Alleen al het feit dat mijn moeder voortdurend kritiek op haar had, pleitte voor haar. Aan mij viel niets te bekritiseren. De pijpen van mijn enige spijkerbroek liepen niet eens bijzonder ver uit. Mijn zus liep rond in hoge witte laarzen en een rode kunstleren mini-jurk en ze droeg een Jackie O.-zonnebril. Ondanks het feit dat ze niet goed tegen lawaai kon, keek ze elke week samen met haar vriendin naar de hitparade op tv. Op een keer kon de zanger Danyel Gérard zijn melodie niet fluiten omdat hij om iets moest lachen en mijn zus en haar vriendin begonnen verrukte kreetjes te slaken en ze zaten bijna met hun neus in de buis.

'Issie niet lief?' riep mijn zus. Danyel Gérard had een volle baard en droeg een zwarte slappe hoed. Ik begreep niet wat er lief aan hem was. Ik begreep trouwens helemaal niet wat mijn zus en haar vriendin bezielde, maar het leek heel mondain. Het was alsof ze een intieme band met Gérard hadden, waardoor ze op een moederlijke manier ontroerd mochten zijn als hij iets fout deed.

Toen mijn zus haar eerste vriend kreeg, werd haar platenverzameling uitgebreid met 'Spiel nicht mit den Schmuddelkindern' van Franz Josef Degenhardt en een elpee van Leonard Cohen. Ik kon de vriend van mijn zus niet uitstaan. Hij was al twintig, studeerde psychologie en beweerde dat ik hem alleen niet mocht omdat ik stiekem verliefd op hem was. Als mijn zus niet thuis was en mijn vader toevallig niet in de woonkamer zat te slapen, draaide ik op de radiogrammofoon haar platen. Sommige nummers draaide ik tien keer achterelkaar. Tien keer 'Lieber Rudi Dutschke würde Vati sagen'. Wat een lied! Toen begreep ik pas echt hoe achterlijk ik was. De enige twee platen die ik zelf had, waren 'Noah' van Bruce Low en 'Ich wünsch mir 'ne kleine Miezekatze' van Wum, de hond met de peervormige kop uit de tekenfilm in het tv-programma *Drei mal Neun.*

Mijn zus had van ons beiden niet alleen de beste muzikale smaak, ze had ook een eigen kamer weten te krijgen, waar ze zich met haar vriend kon opsluiten. Ze had mijn ouders net zo lang aan het hoofd gezeurd tot ze hun slaapkamer ontruimden en een opklapbed in de woonkamer zetten.

'Drie kinderen in zo'n woning is echt onverantwoord', had mijn zus gezegd. 'Dit huis is niet groot genoeg voor zes mensen. Jullie hadden nooit meer dan één kind mogen nemen.'

De vroegere slaapkamer van mijn ouders was bijna twee keer zo groot als de kinderkamer waar we tot dan toe met z'n drieën hadden gehuisd. Mijn zus had zelf over de inrichting mogen beslissen. De muren waren behangen met rauhfaser en vervolgens gewit. Er kwam een witte wandkast, een witte boekenkast, een wit hoogpolig tapijt, een wit bureau, een witte stoel, een wit bed en – nu komt het – een knalrode *knautsji*: zo'n zitzak als Wum had. Door de rits kwamen kleine witte bolletjes piepschuim naar buiten. De kinderkamer waar mijn broer en ik achterbleven werd ook opnieuw behangen. Maar mijn vader zocht het behang uit. Er stonden enorme, kinderachtige oranjegele papavers op.

'Dat zijn vrolijke kleuren', zei mijn vader.

Als tussenwand werd midden in de kamer een boekenkast geplaatst, voor de rest bleef alles bij het oude. Je hoefde alleen maar naar de twee kamers te kijken, dat zei eigenlijk alles over mijn zus en mij.

Ik ging zo min mogelijk naar school. Eigenlijk voelde ik me elke keer ziek als mijn moeder me 's morgens wakker maakte. Met lood in de schoenen en een dof, onbestemd gevoel van haat in mijn hart sleepte ik me naar de badkamer. Meestal was hij al bezet. Ik leunde naast de deur van de badkamer tegen de muur, deed mijn ogen nog even dicht en probeerde staande verder te slapen. Ik vervloekte mijn moeder. Waarom kon ze niet wachten met me wakker te maken tot de badkamer vrij was? Na een tijdje kwam mijn oma of mijn vader naar buiten en wankelde ik naar de wc, plaste en bleef dan een paar minuten met gesloten ogen op de bril zitten, terwijl mijn zus en mijn broertje al op de gesloten deur bonkten. Ik wist niet hoe ik ooit mijn ogen weer open moest krijgen, opstaan en me wassen, maar op de een of andere manier lukte het toch altijd weer. Ik hield mijn gezicht onder de kraan en haalde de met berkenwater besmeurde kam door mijn haar. Ik vond het allemaal verspilde energie. Als ik me voorstelde dat dit nog jaren en jaren zo door zou gaan, minstens tot we van school waren – en waarom zou het daarna eigenlijk beter worden? – dan vond ik de sterfelijkheid van de mens eigenlijk zo gek nog niet. Ik geloofde toch al niet meer dat ik ooit kon worden als mijn medeleerlingen en deel kon hebben aan hun manier van leven.

Soms voelde ik me 's morgens zo afschuwelijk dat ik niet eens opstond en me alleen kreunend naar de muur toe draaide. Dat waren de dagen dat ik ziek werd. Bijvoorbeeld als er een sportdag voor de deur stond. Het eenvoudigst was natuurlijk geweest om voor altijd bedlegerig te worden, maar het wilde me maar niet lukken om in grootse stijl weg te kwijnen. Verder dan roodvonk en de bof heb ik het niet geschopt. Was ik maar blind geweest. Dan had ik eindelijk een hond gekregen. Een blindengeleidehond. Verlamd was ook niet gek geweest, dan had ik kunnen blijven lezen. En een hond had ik dan waarschijnlijk ook wel van mijn vader gekregen. Als je zo ziek was, kreeg je alles wat je hartje begeerde. Een grote, zichtbare kwaal had alles trouwens toch veel eenvoudiger gemaakt. Als blinde of verlamde zou ik natuurlijk vrijgesteld zijn van sport, maar ik zou van dat voordeel geen gebruik hebben gemaakt. Ik zou erop staan mee te blijven doen. Als blinde zou ik bij trefbal over het veld rennen zonder dat iemand naar me durfde te gooien.

Maar ik zou het geluid van de door de lucht vliegende bal horen en me in zijn baan werpen en hem tot ieders verbazing vangen. Ik zou een van de beste spelers zijn, een soort wonder, en *Het Beste uit Reader's Digest* zou een verhaal over me publiceren, over hoe dapper ik met mijn handicap wist om te gaan. In mijn rolstoel zou ik me naar de brug laten duwen en eisen dat ze me aan de bovenste legger hangen. Niemand zou daar iets van verwachten, maar tegelijk zou niemand mij als invalide durven tegenspreken. En ik, met de gespierde bovenarmen van een rolstoelgebruiker en met bungelende dunne beentjes, die als ballast nauwelijks telden, zou van legger naar legger zwaaien, zo licht en elegant dat iedereen spontaan in applaus zou losbarsten. Ik was er heilig van overtuigd dat als niemand meer iets gewoons van me eiste, ik in staat zou zijn iets heel buitengewoons te doen.

Wat die dwarslaesie betrof kwam ik niet verder dan een paar steunzolen voor mijn zwakke enkels. In mijn poging om uit pure wilskracht blind te worden, schopte ik het in elk geval tot min vier. Aanvankelijk was ik blij met mijn bril. Het bracht me niet alleen dichter bij mijn doel, het zou me ook veranderen en verandering leek me principieel nastrevenswaardig. Bovendien was ik thuis de enige met een bril. Dat was tenminste iets waarin ik niet zo was als mijn moeder. Maar mijn vreugde duurde slechts tot ik de bril in handen had: een ziekenfondsbril van doorzichtige, bruinroze kunststof. Dat was niet het soort verandering waar je wat aan had.

'Gelukkig is het niet meer zoals vroeger: tegenwoordig krijg je van het ziekenfonds echt mooie brillen', zei mijn moeder. De bril was niet dramatisch genoeg om er ook maar enig voordeel mee in de wacht te slepen. Het enige wat hij opleverde was dat er uit die tijd geen foto's van mij bestaan.

De enige lichamelijke activiteit waarvan ik niet misselijk werd als ik er alleen al aan dacht, was paardrijden met Susi Klaffke. Als er iemand was met wie ik in die tijd in de ruimste zin van het woord bevriend was, dan was zij het. Op de basisschool hadden we het niet zo goed met elkaar kunnen vinden. Een keer hadden Susi Klaffke en een ander meisje me op weg naar school opgewacht om mijn rugzak leeg te kieperen. Maar om te beginnen had ik nu geen rugzak meer, maar een kunstleren aktetas, en in de tweede plaats had Susi Klaffke naast vele andere pluspunten ook nog twee paarden – een grote vosruin met witte benen, die Caliban heette, en een onhandelbare, dikke shetlander. Zelden, heel zelden mocht ik op de vos rijden. Als ik op Caliban zat was ik een ander mens – groter, sterker, mooier. De onvolmaaktheid van mijn eigen lichaam speelde dan geen enkele rol meer. Het was op de een of andere manier... verheven. 'Verheven' is, geloof ik, niet te sterk uitgedrukt. Normaal gesproken moest ik natuurlijk de zwarte shetlander nemen. Hij heette Prins en trapte en hapte naar alles wat dichter dan een meter bij hem in de buurt kwam: mensen, honden, paarden, kippen. Prins haatte de hele wereld. Daar kon ik wel inkomen. Maar natuurlijk had hij geen schijn van kans. We dreven hem in de wei in een hoek, grepen hem bij de halster en bonden hem tijdens het poetsen zo kort aan een paaltje dat hij knarsend van woede in het hout beet. De pony had geen echt zadel, alleen een shetty-kussen, een vrijwel ongevoerd stuk leer met twee stijgbeugels, dat bedenkelijk over zijn ronde rug heen en weer gleed. Als je de beugels niet precies gelijk belastte, hing je binnen de kortste keren onder zijn buik.

Natuurlijk was het leuk om op een warm wezen door weilanden en bossen te worden gedragen, maar waar het mij echt om ging en waar ik de hele tijd koortsachtig op zat te wachten, dat was het vierhonderd meter lange galoppad in een verlaten grindgroeve. De pony dacht er net zo over. Hoe dichter we bij de groeve kwamen, hoe gekker hij deed. Dat was vermoedelijk de enige band tussen ons: het verlangen naar die ene wilde minuut, als hij zich snuivend strekte en zijn korte beentjes zo snel over de grond roffelden dat ik op zijn rug nauwelijks nog een beweging voelde. Als in beton gegoten stond ik in de stijgbeugels terwijl door de snelheid het gras onder mijn voeten vervaagde. Ik boog ver naar voren, volgde met de teugels het ritme van het knikkende hoofd en gaf me over aan het tempo. Als de pony nu struikelde of uit bokkigheid inhield, dan was het met me gebeurd. En dat was precies wat hij graag en vaak deed. Opeens zette hij zijn voorhand schrap en sloeg met zijn achterhand opzij. Ik maakte altijd dezelfde boog door de lucht: eerst schoot ik diagonaal naar boven, maakte op het hoogste punt een halve salto en met de wegdraaiende hemel als laatste beeld stortte ik dan loodrecht ter aarde, waar ik op mijn rug terechtkwam. Door de klap werd alle lucht uit mijn longen geperst. Als Susi Klaffke me ten slotte in het hoge gras had gevonden en vanaf de rug van het paard vroeg of alles in orde was, kon ik alleen nog maar rare, krassende geluiden produceren. Het deed zo ongelooflijk pijn dat ik er elke keer van overtuigd was dat al mijn ribben door mijn longen waren geslagen. Ik had die valpartijen kunnen voorkomen als ik achterover had geleund en de teugel korter had gehouden. Maar dat zou als een rem hebben gewerkt. Als ik echt van het galopperen wilde genieten dan moest ik vooroverbuigen en mezelf overgeven, dan moest ik de pony vertrouwen, ook al had de ervaring geleerd dat je daar voorzichtig mee moest zijn. Maar als hij – om welke reden dan ook – besloot me deze keer te dulden, dan bracht de snelheid me in een ware geluksroes. Ik hield op te bestaan als vaste materie en veranderde in beweging, ik wás beweging. Dat ik er permanent rekening mee moest houden dat ik mijn nek kon breken maakte het alleen maar aangenamer. Wat deerde het nog dat ik onpopulair en lelijk was, dit gevoel was de schoonheid zelve.

Dat ik een paard kreeg was nog onmogelijker dan dat ik een hond kreeg. Ik weet dat woorden als 'onmogelijk' geen vergrotende trap hebben, maar het was echt nog onmogelijker.

'Boberg ligt vol met dwarslaesies – allemaal ongelukken met paarden', zei mijn vader. Kennelijk ging hij ervan uit dat je pas van een paard viel als je er de eigenaar van was. Het andere argument was natuurlijk het geld. Als ik had gekund, dan had ik net zo lang gewerkt tot ik een paard bij elkaar had gespaard. Maar ik was te jong, ik mocht nog niet eens de avondkrant bezorgen. Een paar straten verder lag een braakliggend stuk grond. Na school ging ik niet meer op bed liggen, maar rooide ik het landje en legde er een grasveld aan. Ik werkte keihard, haalde bij het kappen van de berken mijn armen en benen open, groef boomstronken uit tot mijn handen vol blaren zaten. Het kon niet anders of dit zou op een of andere manier effect sorteren en mij dichter – al was het maar een heel klein beetje – bij een paard brengen. Ik liet mijn vader het gerooide stuk grond zien. Hij haalde zijn schouders op. Niets kon ik doen. Helemaal niets.

In het begin was ik alleen maar met mijn vader gaan wandelen om hem onderweg te kunnen overhalen een paard voor me te kopen en om hem mijn kennis van zaken te demonstreren door de vijftig verschillende hoofdtekeningen van een paard op te sommen: ster, bles, streep, sneb, streep en sneb met elkaar verbonden, lantaarn, bliksem, kol... Maar hoewel mijn vader mijn wensen zo hard en onverschillig als een kokosnoot afwees, constateerde ik op een gegeven moment dat ik echt graag met hem door de bossen liep en dat ik hem aardig vond. Natuurlijk had ik hem daarvoor ook wel aardig gevonden. Dat was trouwens geen kunst. In tegenstelling tot het leven van mijn altijd beschikbare moeder leek het zijne opwindend en mysterieus. Ik had nog steeds geen duidelijk beeld van het beroep dat hij uitoefende. Terwijl hij met zijn Opel op pad was, werden er pakketten bezorgd, soms wel twintig grote pakketten tegelijk. Alleen hij mocht ze openmaken, waarbij mijn kleine broertje en ik eerbiedig over zijn schouder meekeken. Meestal zat er alleen papier in of tubes, maar soms ook wel interessantere dingen als rubbernijlpaarden, Romeinse en Egyptische reliëfborden of honderdvijftig knalrode levensgrote gipsen voeten. Intussen had ik begrepen dat mijn vader ongelukkig was. Misschien leek hij wel een beetje op mij. Misschien was ik helemaal niet zoals mijn moeder, maar leek ik op mijn vader. De laatste tijd verbeeldde ik me soms dat ik ook zijn gevoelens mee kon voelen. Als ik hem onder zijn deken van lamahaar op de bank zag liggen, kon ik wel janken. Toch ontdooide mijn vader snel als we bezoek kregen. Hij voelde zich alleen beroerd zolang hij met zijn gezin alleen was. Met bezoekers maakte hij onafgebroken gekheid, hij vertelde aan iedereen dat hij theoretisch drie Ferrari's in de garage had staan. Mijn vader had namelijk in de krant gelezen dat een kind vanaf de geboorte tot aan het einde van zijn studie gemiddeld honderdduizend mark kostte – net zoveel als een Ferrari. Sindsdien bleef hij dat grapje herhalen. Maar ik wist dat hij het ook wel een beetje meende en dat het leven dat hij leidde niet het leven was waarvan hij ooit had gedroomd. Ik nam me voor niet langer om een paard te zeuren. Mijn vader had het al moeilijk genoeg. Dat kon ik hem tenminste besparen. Maar omdat ik me tot nu toe had beperkt tot het opsommen van de positieve kanten van de verschillende paardenrassen en hem had voorgerekend hoe je goedkoop een paard kon houden, moest ik een nieuw onderwerp zien te vinden. Natuurlijk konden we niet praten over het feit dat we ongelukkig waren. We praatten over natuur en techniek, over natuur- en scheikunde. Zolang mijn broertje en zus en ik konden denken, had mijn vader ons gevraagd wat de scheikundige formule van water was, zodat we intussen als uit een waterpistool geschoten 'ha-twee-o' brulden. Zelfs de verhalen die hij ons vroeger voor het slapengaan vertelde waren verkapte natuurkundige opgaven geweest. In elk verhaal gaf een koning zijn drie zonen een raadsel op en telkens was het alleen de jongste prins die de oplossing wist. Zo was er bijvoorbeeld een bal in een smalle U-vormige ondergrondse buis gerold. Wie hem er weer uit kreeg zou het koninkrijk erven. Zoals gebruikelijk faalden de twee oudste prinsen. De jongste prins stak gewoon een tuinslang in de buis, en toen er genoeg water in was gelopen kwam de bal vanzelf boven drijven.

Ik vertelde mijn vader dat we op school het peertje van een fietslamp door middel van een draadje hadden verbonden met een batterij, waardoor het peertje was gaan branden. Tot mijn opluchting reageerde hij prompt. Ik wist nooit hoe lang mijn vader mijn gezelschap tijdens zijn wandelingen nog zou uithouden, maar nu praatte hij geanimeerd over gesloten stroomcircuits. Ik vroeg hoe de energie in de batterij was gekomen en hij vertelde dat het nog nooit iemand was gelukt om een perpetuum mobile te maken. En toch was het heel eenvoudig: 'Je moet je een watermolen voorstellen', zei hij, 'die in het midden van een gesloten cilinder zit, die rechts met lucht en aan de linkerkant met water is gevuld. De schoepen zijn gemaakt van een materiaal dat lichter is dan water. Rechts zakken de schoepen omdat ze natuurlijk zwaarder zijn dan lucht. Daarna komen ze aan de linkerkant door de opwaartse druk van het water weer omhoog. Het probleem zit hem alleen in de afdichting: hoe kunnen de schoepen van het gedeelte met de lucht in het gedeelte met het water komen zonder dat het water naar de rechterkant loopt.'

Ik was overdonderd door de schranderheid van mijn vader. Het idee was gewoon geniaal. Misschien ging ik later wel natuurkunde studeren en loste ik het probleem met de dichting op. Het was een opwindende, heldhaftige wereld waar ik via mijn vader toegang toe kreeg. Ik moest hem alleen zover zien te krijgen dat hij met me bleef praten. Ik brak me het hoofd over onderwerpen die hem zo zouden interesseren dat hij vergat dat ik het maar was met wie hij praatte. Mijn moeder wilde natuurlijk voortdurend met me praten. Ze vroeg hoe het op school ging of wat ik 's middags wilde eten, of ze vertelde wat een of andere suffe buurvrouw had gezegd. Ze was geen groot licht en zou nooit een perpetuum mobile uitvinden. Bovendien had ik een hekel aan haar natte zoenen.

Natuurlijk besefte ik hoe erbarmelijk het was dat ik het gezelschap van mijn vader nodig had omdat verder niemand iets met me te maken wilde hebben. Aan de andere kant geloofde ik niet dat er iemand in mijn klas was die ook maar bij benadering zulke verstandige en interessante dingen wist te vertellen als hij. Ik vond het fijn om te zien hoe mijn vader enthousiast kon worden over merkwaardige problemen. Of een gesloten kooi met tweehonderd parkieten minder weegt als je in je handen klapt, zodat alle parkieten opvliegen. Of je kunt overleven als je in een neerstortende lift omhoogspringt precies op het moment waarop de lift tegen de grond slaat. Als hij me zoiets vroeg, voelde ik me heel dicht bij hem. Hij genoot zo van zijn kennis. Maar soms stopte hij midden in zijn verhaal, keek me met gefronst voorhoofd aan en zweeg dan, alsof hij er met zijn pet niet bij kon dat hij zijn briljante ideeën uitgerekend ontvouwde aan iemand als ik.

Op een zaterdagmorgen, toen het hele gezin in de tuin zat te ontbijten, probeerde ik de aandacht van mijn vader te trekken door te vertellen over een scheikundeproef die we op school hadden gedaan. Terwijl ik net met enige overdrijving de omvang van een paarse wolk beschreef, stond mijn vader plotseling op, verzamelde zwijgend de eierschalen en liep er dwars door de tuin mee naar de composthoop. Ik staarde hem na. Dat kon hij niet menen. Waarschijnlijk was hij alleen maar vergeten te vragen of ik met hem mee wilde lopen. Ik liep hem achterna. Toen ik hem had ingehaald begon mijn vader harder te lopen, ik moest bijna rennen om hem bij te houden. Nu kon ik voelen wat hij dacht.

Wanneer komt hier een einde aan, dacht hij. Wanneer komt hier ooit een einde aan? Komt hier dan nooit een einde aan?

Ik begreep dat ik maar beter naar de ontbijttafel terug kon gaan. En wel onmiddellijk! In plaats daarvan bleef ik ademloos tegen mijn vader kwebbelen, ik praatte of mijn leven ervan afhing, ik probeerde me achter mijn woordenstroom te verschansen voor zijn weerzin en mijn schaamte. Bij de composthoop bleef mijn vader staan en draaide zich naar me om. Zijn gezicht was helemaal verwrongen.

'Waarom loop je me toch steeds achterna?' bracht hij uit. 'Kun je me dan nooit eens met rust laten? Heb je soms een oedipuscomplex, of wat is er met je aan de hand?'

Op dat moment ontplofte mijn wereld. Ik wist wat een oedipuscomplex was. Iets met seks. Ik werd er misselijk van. Het was alsof ik viel en viel en viel. En toen ik dacht dat ik op de bodem van de schaamte was beland, was er nog steeds geen bodem te bekennen en ik viel verder naar een tweede kelder, waar zelfwalging woonde. Ik had mijn vader aangerand. O god, wat was ik smerig! Ik weet niet meer hoe ik bij de composthoop ben weggekomen: of ik wegrende om me huilend op mijn bed te laten vallen, of ik de belachelijke poging ondernam om rustig te blijven, of ik me kalm omdraaide, terugliep, weer aan de ontbijttafel ging zitten en deed of er niets gebeurd was. Dat laatste lijkt me nog het waarschijnlijkst. Vermoedelijk heb ik een snee geroosterd brood met jam besmeerd, terwijl mijn ziel brak en brak en brak. Misschien heb ik ook wel mijn yoghurt opgegeten – één lepel voor de vernedering, één lepel voor de teleurstelling, één lepel voor de zelfwalging en één grote lepel voor de haat. Oké, ik was opdringerig, lelijk, en mijn gedrag was pijnlijk – maar welke aanleiding had ik mijn vader gegeven om te denken dat ik met hem naar bed wilde? Wie weet had hij dat de hele tijd al gedacht. Al die weken dat we samen hadden gewandeld had hij bij zichzelf gedacht dat geen enkel normaal meisje van twaalf vrijwillig met haar vader ging wandelen en dat ik dus iets met hem wilde. Wat een klootzak! Wat een stomme klootzak! En ik had hem nog wel zo bewonderd. Hij was immers mijn allerverstandigste en liefste papa. Liefste? Wat was ik weerzinwekkend! Mijn vader had volkomen gelijk! Had zoiets als ik maar nooit bestaan! Ik moest mezelf van kant maken, ik moest met het nagelschaartje mijn polsen doorsnijden. Maar zelfs daar was ik te erbarmelijk voor, en ook daarvoor haatte en verafschuwde ik mezelf.

Toen ik op een dag naar het meisjestoilet ging, stonden er tegen de muur tegenover de multiplex hokjes twee leerlingen uit de vierde klas te roken. De toiletten van de vierde klas lagen een verdieping hoger en werden gecontroleerd. Daarom kwamen ze bij ons roken.

'Luister,' zei een van de jongens terwijl hij naar een gesloten wc-deur wees, 'volgens mij zit daar iemand te piesen. Luister maar!'

In de stilte hoorde ik zacht geklater. Even later ging de deur van de wc open en kwam Ines Dubberke, het meisje met de jampotbril, naar buiten. De jongens lachten en smeten hun sigaretten op de grond. Ik drukte me tegen de wasbak en liet ze passeren. Daarna ging ik naar een van de wc's, trok een halve meter toiletpapier van de rol en liet het vanaf de bril in het water hangen. Als je precies op het papier plaste, dan liep de urine erlangs en sijpelde geruisloos het water in. Toen ik weer naar buiten kwam stond Ines nog steeds bij de wasbak.

'Ze houden de klink vast', zei ze.

Ik kon zien dat ze blij was dat ze niet alleen opgesloten zat. Aan de andere kant van de deur werd gegiecheld. Ik keek door het sleutelgat. Ik herkende Kiki, een meisje dat Barbara heette en de dikke Helga. Toen werd het sleutelgat donker en een oog staarde recht in het mijne.

Dat deden ze wel vaker – een meisje opsluiten. Dat was niet persoonlijk bedoeld. Dat kon iedereen overkomen. Kiki en Tanja natuurlijk niet, maar verder iedereen. Ik leunde met gekruiste armen tegen de wasbak en wachtte. Op z'n laatst zouden ze de klink loslaten en naar hun klas vluchten als de wiskundelerares de trap op kwam. Ines rukte woest aan de deur. Ze was dom. Waarschijnlijk hingen ze aan de andere kant met z'n tienen aan de klink. Maar Ines was zelfs nog te dom om geruisloos te plassen. Ik hoorde de meisjes opnieuw giechelen en rumoeren. Ze verdrongen zich voor het sleutelgat om een blik op ons te werpen, op het meisje met de dikke brillenglazen en het meisje dat met sport nog niet eens over de kleinste bok kon springen. Om je dood te lachen dat twee van zulke stomme grieten de wc niet uit konden.

'Als ze nog een keer kijken, gooi ik zeep in hun ogen', zei ik.

'O ja, doe je dat echt?' fluisterde Ines en haar ogen fonkelden. Maar misschien was het ook alleen maar het licht van het toilet dat in haar prismakijkers brak. Ik nam een handjevol zeepkorrels uit het bakje en toen het sleutelgat weer donker werd, kwakte ik er de hele lading tegenaan.

'Kom op', schreeuwde ik. Ines en ik trokken samen aan de wc-deur. Hij gaf mee en we vielen bijna achterover. Toen we naar buiten liepen probeerde niemand ons tegen te houden. Alle meisjes stonden om Doris Pöhlmann heen, de kleinste leerling van onze klas. Ze werd door iedereen 'kleine Doris' genoemd, omdat er ook een groot meisje was dat Doris heette. Kleine Doris zat met dichtgeknepen ogen op de grond. Een van de meisjes liep naar de wasbak, maakte haar zakdoek nat en veegde ermee in Doris' ogen. Ines maakte zich uit de voeten en iedereen keek verbijsterd naar mij. Langzaam maar zeker begon ik bang te worden. Als kleine Doris door mij nu eens echt gewond was geraakt? Nog steeds vond ik dat ze niet beter verdiend had. Ze had willen kijken hoe ik opgesloten zat en niet wist wat ik moest doen. En nu huilde ze zeepsop. Dat kwam ervan. De meisjes keken niet eens verwijtend – alleen verbijsterd. Een paar jongens bleven staan en vroegen wat er aan de hand was, en toen kwam de wiskundelerares en liep iedereen automatisch richting lokaal, kleine Doris nog steeds omringd door de andere meisjes. Ik ging op mijn plaats zitten. Ik vond het niet op mijn weg liggen haar te helpen. Ik was buitengesloten. De anderen hadden een onschuldige grap uitgehaald, maar ik was gemeen, ik had iemand pijn gedaan. Eindelijk kreeg ook de lerares door dat er iets niet in orde was. Ze liep naar kleine Doris en vroeg wat er aan de hand was. 'Iemand heeft zeep in haar ogen gegooid', zei Kiki. Ik tekende kringetjes in mijn schrift. De wiskundelerares onderzocht Doris' ogen.

'Iemand van jullie moet Doris naar huis brengen', zei ze. 'Tanja, wil jij dat doen?'

Tanja kreeg vrij. Dat had ze aan mij te danken.

'Wie heeft dat gedaan?'

Er werd gefluisterd en de wiskundelerares keek woedend naar mij.

'...maar ze heeft er spijt van', hoorde ik Kiki zeggen. 'Ze wilde Doris vast niet expres pijn doen.'

Kiki nam haar baantje als klassenvertegenwoordigster kennelijk vreselijk serieus. Mij steeg zo veel bloed naar het hoofd dat ik dacht dat ieder moment een van mijn oren kon ontploffen. De wiskundelerares richtte het woord tot mij.

'Anne, heb je dat expres gedaan? Wilde je Doris pijn doen?'

Wat een stomme trut. Natuurlijk moest het pijn doen. Waarom gooi je anders zeep in iemands ogen – omdat het pijn doet natuurlijk.

'Nee,' zei ik zacht, 'dat wilde ik niet. Het spijt me.' Ik werd bijna misselijk bij het idee dat kleine Doris blind kon worden. Dan zou ik de rest van mijn leven bij haar moeten wonen en als slaaf alles voor haar moeten doen wat ze zelf niet meer kon. En toch zou mijn schuld nooit kleiner worden. Maar om de een of andere reden was iedereen ervan overtuigd dat ik het alleen per ongeluk gedaan kon hebben. Het was beter ze niet wijzer te maken dan ze waren.

Nog voordat het uur voorbij was pakte ik mijn aktetas, en toen de bel ging was ik de eerste die op de gang stond.

De volgende schooldag ging ik meteen naar kleine Doris toe. Dat had ik me in een lange slapeloze nacht voorgenomen. Haar ogen zagen er heel normaal uit.

'Ik wilde je mijn excuus aanbieden', zei ik. 'Ik heb spijt van wat ik heb gedaan. Doet het nog pijn?'

'Nee, ik ben het alweer vergeten', zei ze vriendelijk.

Mijn plicht had ik gedaan. Nu kwam de rest.

'Het spijt me echt', zei ik nog een keer. Ik had er helemaal geen spijt van, dat voelde ik ineens ontzettend duidelijk.

'Het is al goed', antwoordde ze. 'Laat maar!'

'Nee,' zei ik, 'ik vind het echt heel erg. Het spijt me verschrikkelijk. Ik wilde dat echt niet.'

Ik drukte haar de hand en ging toen in plaats van naar het lokaal weer naar huis. Toen ik thuiskwam had ik koorts. Ik zei tegen mijn moeder dat ik me niet lekker voelde en ging naar bed. Ik stelde me voor dat kleine Doris vandaag op weg naar huis een ongeluk zou krijgen, een ongeluk waar ik helemaal niets mee te maken had. Een tankwagen zou in een slip raken en Doris met fiets en al in de struiken zwiepen. Daarna zou de tankwagen tegen de muur van een huis botsen en uit de tank zou een giftig, bijtend zuur vrijkomen en precies naar de plek lopen waar Doris in de struiken lag. Het zuur zou haar gezicht aanvreten, haar voor altijd misvormen en haar beroven van het licht in haar ogen. Ik smeekte God om een tankwagen. Daarna pakte ik een nieuw boek van de stapel die ik twee dagen geleden uit de bibliotheek had gehaald. Dolly zat nog altijd op het internaat. Intussen was ze een van de ouderen en mocht ze zich door de jongeren laten bedienen. Ze was zo aardig dat de jongere leerlingen erom vochten het vuur in haar open haard te mogen aansteken of thee voor haar te mogen zetten. Het was weer zo'n boek om van te braken. Gelukkig was ik toch al ziek. Het duurde een week.

Kleine Doris werd mijn vriendin. Zelfs in de vierde klas van de middelbare school zag ze er nog altijd uit alsof ze hoogstens in de vierde klas van de basisschool thuishoorde. Ze had een smal, verbeten mondje en kort, dun, lichtblond babyhaar. Kleine Doris zag er niet alleen uit als een kind, ze kleedde zich ook zo. Ze droeg een kinderjurkje met grote rode en blauwe ruiten en in plaats van een aktetas gebruikte ze een rugzak. Die rugzak was van duur varkensleer en vermoedelijk was hij ook beter voor haar houding, maar het zag er natuurlijk toch stom uit. Onder de les tekende ze met een scherp potlood dorpen met miljoenen details, honderd huisjes met gordijnen voor alle ramen; en die gordijnen hadden niet alleen allemaal verschillende patronen – van achter het ene gordijn piepte ook nog een heel klein poesje en achter een ander gordijn was een omgevallen bloemenvaas te zien, nauwelijks groter dan het kogeltje dat je uit een inktpatroon kon pulken. Een klein kerkje had een minuscule torenklok waarop het twintig voor elf was, boven de kerkdeur stond 'God zegent' en het jaartal: '1872'. In de haven lagen schepen die Heini en Meeuw heetten en de roeiboten hadden ragfijne riemen. Bij de bakker lagen broden ter grootte van een rijstkorrel in de etalage, bij de juwelier stonden wekkers zo groot als een speldenknop en in de muziekwinkel hingen aan het plafond trompetten zo klein als mieren. Ik moest er wel naar kijken, want kleine Doris zat naast me. Ons lokaal lag nu in een blauw paviljoen, dat een paar jaar later wegens asbestverontreiniging moest worden gesloopt. Mevrouw Schott was met pensioen gegaan en we hadden een nieuwe klassenleraar gekregen, die ook gymleraar was. Dat was mijn redding. De toestellen en alle andere sporten legden het bij Koopmann namelijk meestal af tegen voetballen. Ik weet niet of voetballen wel in het leerplan stond, in elk geval vast niet zo vaak als wij het speelden. De 'Jeugd-traint-voor-Olympia'-meisjes mochten in de zaal blijven trainen – meisjes telden bij Koopmann nauwelijks mee – maar alle anderen moesten naar het sportveld. Karlo Dose was de enige uit de klas die echt om voetballen gaf. Till Hinsberg en Volker Meyer speelden weliswaar net zo goed, maar van al het gedoe eromheen moesten ze niets hebben. Geen van beiden speelde bij een club. Dose wel. Zonder voetbal zou hij helemaal verpieterd zijn. Hij had twee zelfgemaakte Bundesliga-standen op de muur van het lokaal geprikt. Eén met de echte stand, die elke keer werd geactualiseerd, en één met de stand die hij het liefst had gezien. Als we van de gymzaal naar het sportveld liepen, schaarde Koopmann de beste voetballers om zich heen en rende vooruit. Het evolutionaire uitschot draafde achter hen aan. Ik was blij dat ik opeens nog maar één van de vele sportklunzen was. Op het voetbalveld zat ik net onder het gemiddelde, waarbij het gemiddelde trouwens ook al behoorlijk slecht was. Als ik de bal met de punt van mijn schoen raakte, dan schoot ik strak en hard. Als ik met de punt kon schieten was ik echt goed. Maar iedere keer merkte Koopmann het en dan schreeuwde hij: 'Niet punteren!'

Als ik het met de wreef probeerde, vloog de bal volkomen ongecontroleerd door de lucht of maaide ik er meteen helemaal naast. Maaien was het pijnlijkste wat je kon overkomen. Meestal maaide ik naast de bal als ik dacht dat ik goed had gemikt en een echt schot kon afvuren. Daarom probeerde ik het op een gegeven moment niet eens meer. Het was beter om bewust een slap schot af te vuren, een halfzachte trap te geven, al van tevoren te weten dat het geen goed schot zou worden en je op die manier wel een beetje, maar niet helemaal te blameren.

'Meer lef! Die bal bijt niet!' schreeuwde Koopmann. Toch was het niet eerlijk dat ik bij het samenstellen van de elftallen altijd als een van de laatsten aan de beurt was. Hinsberg, Meyer, Lorenz en een paar anderen werden natuurlijk als eersten gekozen, maar verder was het helemaal niet zo duidelijk volgens welke criteria er werd gekozen. Er waren meisjes die beslist slechter speelden dan ik, meisjes die elk ambitieus elftal tot wanhoop moesten brengen en toch eerder werden gekozen. Terwijl ik zat te wachten op een aanvoerder die zich eindelijk over mij ontfermde, stelde ik me steeds voor hoe ik hun op een dag zou laten zien dat ik meer in mijn mars had. Dat zou dan als volgt gaan:

Onze klas moet een grote voetbalwedstrijd spelen tegen het gehate elftal van een vijandige school. (Zo'n vijandige school bestond natuurlijk helemaal niet, maar in de boeken van Erich Kästner was zoiets aan de orde van de dag.) *In elk geval is de wedstrijd vreselijk belangrijk. Als we winnen promoveren we naar de volgende groep of divisie of wat dan ook. Falko Lorenz mag kiezen: Karlo Dose, Till Hinsberg, Hoffi Hoffmann... Mij wil hij in geen geval in zijn elftal hebben, maar de helft van de klas ligt met Japanse griep in bed en als hij mij niet neemt, dan moet hij Ines Dubberke met de prismabril nemen, anders is het elftal niet compleet. Dus besluit hij brommend mij te nemen en pepert me in dat ik achterin moet blijven en de bal altijd meteen moet afgeven. Het liefst zou hij me in het doel zetten, maar daar staat Karlo Dose al omdat die tot overmaat van ramp bij het uit de schoolbus stappen zijn enkel heeft verzwikt. Karlo Dose kan er niets van en laat al in de zevende minuut een bal door. Ons elftal is gedemoraliseerd en speelt steeds slechter. Als ik niet steeds weer had ingegrepen, hadden we nog twee doelpunten geïncasseerd. Ik creëer een paar kansen, die door de anderen worden verprutst en als ik op een gegeven moment de bal in het strafschopgebied weet te bemachtigen en helemaal vrij sta houd ik het niet meer uit. Ik ren met de bal naar voren, ik ren en ren, bijna over de hele lengte van het veld, en ondanks mijn zogenaamd zwakke balbehandeling dribbel ik onderweg om vijf tegenstanders heen. Maar vlak voordat ik mijn dappere solo kan afmaken met een schot op het doel, schreeuwt de meegerende Falko Lorenz 'Afgeven, hier!' en tandenknarsend pass ik de bal naar hem. Maar Falko bakt er niets van, hij schiet meters naast het doel, weg kans. Met een psychologisch rampzalige 0-1 beginnen we aan de tweede helft. Falko Lorenz heeft me nu uit de verdediging gehaald en in de aanval gezet, wat ik zonder commentaar accepteer. De tegenstander komt steeds beter in de wedstrijd. Ik moet voortdurend terug naar de verdediging om te voorkomen dat we nog een doelpunt tegen krijgen. In de tachtigste minuut staat het nog steeds 0-1 en alles lijkt verloren. Maar dan bemachtig ik opnieuw de bal en twee verdedigers van de tegenstander komen op me af gerend, met gestrekte benen proberen ze de bal te raken, ik maak met mijn lichaam een schijnbeweging naar links, blijf rechtdoor rennen en de bal plakt bijna aan mijn voeten, het is mijn bal en hij doet wat ik wil. Ik hoor mijn naam roepen, eerst door een enkeling, dan door velen en ten slotte oorverdovend, als één enkele kreet uit een collectieve keel van toeschouwers.*

'Anne! Anne!!'

Falko Lorenz rent nog steeds op gelijke hoogte met me mee naar voren.

'Goed gedaan!' schreeuwt hij. 'Nu hierheen!'

Maar ik ben natuurlijk niet gek. Zonder in te houden priem ik mijn rechterbeen zijwaarts uit mijn lichaam, neem de bal met de punt van mijn schoen mee, maak een elegant sprongetje en ram de bal over de vergeefs uitgestoken vingers van de doelman in het net. Daverend applaus. De hele school is gekomen om deze belangrijke uitwedstrijd bij te wonen. Zelfs Koopmann springt op van zijn stoel. De jongens van mijn elftal komen allemaal aanhobbelen om me op mijn schouders te kloppen en ik draaf wat langs de rand van het veld om ze kwijt te raken. Het ziet ernaar uit dat we gelijk zullen spelen. De laatste minuut breekt aan. De tegenstander valt aan. Met een schitterende reactie voorkom ik opnieuw een doelpunt. Ik sta nog steeds helemaal achterin, maar omdat er nog maar een paar seconden te gaan zijn en omdat dit onze laatste kans is waag ik het er gewoon op; ik leg de bal koelbloedig met de zijkant van mijn voet klaar en dan beuk ik hem als een kanonskogel door de lucht, het halve veld over, de doelman van de tegenpartij maakt een snoekduik, hij raakt de bal nog net aan maar kan hem niet houden en 'jaaaaa... goal! goal!' Ik heb het Heddenbarg aan de leiding geholpen. Eindsignaal. We hebben gewonnen. Iedereen komt aanrennen, het hele elftal, ze willen me op hun schouders nemen en de toeschouwers rennen het veld op, Koopmann voorop, ze komen allemaal recht op me af... en plotseling durven ze niet verder. Omdat mijn blik zo kil en vernietigend is. Ik kijk hen rustig aan. Op een paar meter afstand blijven ze staan en schuifelen wat met hun voeten. En ik draai me om, steek mijn handen in mijn broekzakken en loop dwars over het veld alleen weg. Dat was trouwens in veel van mijn fantasieën het slotbeeld. Aan het eind liep ik helemaal alleen over een groot, leeg veld.

Op mijn veertiende begon tot me door te dringen dat ik nooit een vriend zou krijgen. Ook al was ik helemaal niet van plan om verliefd te worden, een vriend was toch belangrijk geweest. De volwassenen deden altijd alsof je op mijn leeftijd alle troeven in handen had. Maar voor de jongens in mijn klas stelde mijn jeugd niets voor. Veertien, vijftien jaar waren ze zelf ook. Jeugd was geen troef, maar een basisvoorwaarde. Gelukkig verging het de meeste meisjes eender. Weliswaar hadden ze het allemaal over de jongen met wie ze wilden gaan, maar alleen Kiki en Tanja hadden al eens gezoend. Zij hadden iets wat wij, meisjes als Gertrud Thode, Ines Dubberke, kleine Doris en ik, gewoon niet hadden. Ons lot was nu al bezegeld. Wij zouden altijd langs de zijlijn staan, elkaar koekjes geven die Hermann heetten en moeten toezien hoe de vlotte meisjes het ware, bruisende leven leidden. Ademloos zouden we naar hun verhalen luisteren en ons troosten met de gedachte dat wij betere cijfers voor onze repetities haalden. Want ook al wisten Kiki en Tanja veel meer dan wij, toch waren ze in alle vakken een beetje slechter. Typisch voor ons grijze muizen was dat wij alleen maar keken naar de jongens uit onze eigen klas. Verder ging onze fantasie niet. Het liet me volkomen koud wie mij zou zoenen, als het maar een jongen was waar zo veel mogelijk andere meisjes verliefd op waren: Falko Lorenz, Till Hinsberg of Kai – Hoffi – Hoffmann. Maar hoewel alleen één van die bewonderenswaardige wezens mij aanzien en respect had kunnen verschaffen, nam geen van hen ooit notitie van mij. Hoogstens op straat werd ik nog wel eens door vreemde jongens nageroepen, vooral als ze met een groepje waren. Dan schreeuwden ze: 'Wat een kont, wat een kont! Kijk eens wat een kont!' of zoiets. Ik begreep nooit waarom ze dat deden. (Oké, ik was spuuglelijk, maar daar hadden ze het toch gewoon bij kunnen laten?) Mijn moeder beweerde dat ik de enige vrouw in onze familie was met smalle heupen. Ze kletste natuurlijk uit haar nek. Ik had helemaal geen smalle heupen. Als jongens me nariepen, dan sloeg dat bijna altijd op mijn dikke kont. En opeens begonnen ook volwassen mannen daarmee. Steeds was ik zo stom om te blijven staan als ik op straat door een man werd aangesproken. Soms vroegen ze inderdaad alleen de weg. Ik kon er toch niet bij alle mannen van uitgaan dat ze vieze dingen tegen me wilden fluisteren. Ze zeiden de raarste dingen, woorden die ik nog nooit eerder had gehoord. Toch begreep ik altijd heel goed wat ze bedoelden. 'Zin in een steekproef?' riep een man vanuit zijn tuin toen ik langsfietste. Op weg naar school fietste ik elke dag langs die tuin. Waarom was die man er zo zeker van dat ik niets verder zou vertellen? Of waarom was hij er zo zeker van dat niemand me zou helpen? Als ik hem later in zijn tuin aan het werk zag, ging ik altijd aan de overkant van de straat fietsen. Dan lachte hij triomfantelijk. Intussen werd ik al misselijk als ik in de verte een bouwterrein zag. Hoe dichterbij ik kwam, hoe beroerder ik me voelde, ik veranderde in een insect, in een kever die de zool van een laars op zich af ziet komen. Ik keek naar de grond en deed of ik doof was terwijl bezwete, gebruinde arbeiders in onderhemd elkaar vertelden wat ze allemaal met me zouden kunnen doen. Wat was er mis met mij dat ze zulke dingen tegen me zeiden en me uitlachten? Als ik niet altijd maar had zitten vreten, als ik niet zo dik was geweest, dan hadden die oude lullen me over het hoofd gezien en was ik eindelijk waargenomen door de jongens uit mijn klas en hadden ze gemerkt hoe mooi ik eigenlijk was. Want soms was ik ook mooi.

Als mijn ouders naar een van hun dia-avondjes gingen bleef ik altijd heel lang op om televisie te kijken terwijl mijn broertje en zus allang sliepen. Tegen tienen was er een moment waarop ik erg moe werd, maar als ik daar overheen was dan was het alsof ik nooit meer zou hoeven slapen. Na de laatste uitzending draaide ik de plaat van de Beatles die ik had gekocht nadat we in de muziekles 'Eleanor Rigby' hadden besproken. Ik deed de gordijnen van de woonkamer open. In de spiegeling van de nachtelijke ruit zag ik er opeens uit als het meisje dat ik had kunnen zijn. Op dat betoverende moment was ik aantrekkelijk. Zelfs met bril. Ik staarde naar mezelf, hield met mijn ene hand mijn haar omhoog, raakte met mijn andere hand eerbiedig het koude glas aan en kon maar niet begrijpen dat ik dat was. Ik danste een beetje voor mijn spiegelbeeld. Soms liep ik vlug naar de gang, waar een echte spiegel hing. Daarin zag ik er veel minder mooi uit dan in de zwarte ruit. Ik zette mijn bril af en boog zo ver naar voren dat ik mijn gezicht ook zonder bril kon herkennen. Zonder bril zou ik misschien zelfs mooi zijn. Er was iets wat niet klopte, het was moeilijk te zeggen wat, maar als dat weg was en als ik dan ook nog eens tien pond afviel, dan zou ik er op een dag echt mooi uit kunnen zien. Op dat moment zag ik er al veel aantrekkelijker uit dan ik overdag ooit was geweest. Waarom belde er nu niet een van de jongens aan? Iemand als Till Hinsberg, omdat hij om één uur 's nachts toevallig net bij mij door de straat fietste en precies voor mijn deur een lekke band kreeg. Iemand als Volker Meyer, omdat hij heimelijk verliefd op me was en niet meer wist waar hij het moest zoeken. Als ik nu de deur voor hem opendeed dan zou hij helemaal ondersteboven zijn van mijn schoonheid. Ik deed de voordeur open, zachtjes, zodat mijn broertje en zus niet wakker werden. Ik deed de buitenlamp aan en ging in het licht staan. Iedereen die nu langs ons huis kwam, kon zien hoe ongelooflijk mooi ik was. Maar op dat tijdstip kon je uren wachten tot er een auto voorbijkwam. Wie hier niet woonde, reed hier ook niet langs. Ik bleef een tijdje in het licht staan, deed het weer uit en ging naar bed.

Verbazingwekkend genoeg verklaarde mijn vader zich bereid contactlenzen voor me te kopen. Ze waren ontzettend duur. Het was voor het eerst dat ik iets groots wat ik heel graag wilde hebben ook werkelijk kreeg. Misschien vond mijn vader mijn bril even erg als ik. Zonder bril vond ik mijn gezicht in het begin op een vreemde manier naakt en zacht. Ik omlijstte mijn ogen met een zwarte kajalstift, waardoor ze weer contouren kregen. Daarboven smeerde ik metallic blauwe oogschaduw. Nu moest ik alleen nog slank worden.

Mijn moeder, mijn zus en ik deden het Mayo-dieet. Mijn moeder had het recept van een buurvrouw overgeschreven. Het was heel simpel om af te vallen. 's Morgens at ik een halve grapefruit en drie hardgekookte eieren, 's middags een halve grapefruit en drie hardgekookte eieren en 's avonds drie hardgekookte eieren en een bord sla met citroensap. De volgende dag woog ik al twee kilo minder en mijn broek slobberde. Op de tweede dag at ik 's morgens drie hardgekookte eieren en een halve grapefruit, 's middags drie hardgekookte eieren en een halve grapefruit en 's avonds een halve kip zonder vel. Na al die eieren smaakte de kip gewoon super, ik raakte er zelfs bijna verzadigd van. De volgende morgen was ik al drie kilo kwijt. Dat ging elke dag zo door met die gigantische hoeveelheden eieren. Alleen 's avonds kreeg ik gekookt vlees of vis en een smerige gegrilde tomaat. Op die manier kon je volgens zeggen acht pond per week kwijtraken. Ik raakte er twaalf kwijt. Natuurlijk was ik de hele tijd duizelig. Als ik op school de twee trappen naar het talenpracticum opliep moest ik soms blijven staan en me aan de leuning vasthouden omdat het zwart voor mijn ogen werd. Bovendien begon ik na de derde dag naar fosfor te stinken. Maar wat deerde dat, als ik uiteindelijk maar weer vijfenvijftig kilo woog. Ik had al eenenzestig kilo gewogen, meer dan zestig dus. Nu zag ik er eindelijk goed uit. In elke pauze rende ik naar het toilet om mezelf in de spiegel te bekijken. Als ik mezelf kon zien dan ging het goed met me. Als ik mezelf niet kon zien dan voelde ik me altijd lelijk.

Helaas kwam ik de eerste twee dagen na het Mayo-dieet meteen weer twee kilo aan. Daarom begon ik weer van voren af aan met het dieet, tot ik opnieuw vijfenvijftig kilo woog. Mijn oogappels werden een beetje gelig. Toen ik geen eieren meer kon zien, ging ik over op het Brigitte-dieet. Vijfenvijftig kilo was mijn limiet. Als ik meer woog voelde ik me schuldig. Of ik voelde me schuldig, óf ik had honger. Maar eigenlijk voelde ik me ook schuldig als ik vijfenvijftig kilo woog, eigenlijk had ik er negenenveertig moeten wegen.

Negenenveertig kilo zou een acceptabel gewicht geweest zijn, of zevenenveertig.

Toen ik vierenvijftig kilo woog, werd ik aangesproken door Hoffi Hoffmann. Dat was toen we terugkwamen van een schoolreisje. In de disco van de veerboot uit Engeland. Hoffi kwam naar me toe en zei: 'Hallo.'

'Hallo', zei ik en hield me vast aan zijn schouder, omdat de Prins Hamlet net heen en weer slingerde. Het leven was heel eenvoudig. Hij vroeg of ik meeging naar het dek en bood me een sigaret aan. Ik nam er een; daardoor hadden we iets te doen. We liepen over het dek, rookten en wisten niet waar we het over moesten hebben. De wind blies het haar in ons gezicht, maakte onze huid plakkerig en vochtig. Het werd steeds kouder, ik stond te bibberen, ook omdat ik al twee dagen niets had gegeten en alleen water had gedronken. Dan kreeg ik het altijd heel vlug koud. We gingen weer naar binnen en Hoffi wreef mijn armen en schouders, zogenaamd om me te warmen. Ik voelde zijn verlegenheid en onzekerheid en dat maakte mij nog verlegener en onzekerder. Hij wreef mijn armen langzamer en kwam dichter tegen me aan staan. Het was licht in deze gang. Hier zaten de tweedeklaspassagiers van het schip en mannen in pak liepen voorbij en bekeken ons grijnzend. Het liefst was ik weggelopen, maar op hetzelfde moment zoende hij me al. Zijn tong drong diep in mijn mond, gleed langs mijn tanden en tastte mijn verhemelte af.

'Kom, laten we hier gaan zitten', zei hij. We gleden met onze rug langs de wand en gingen op de grond zitten. We zeiden niet veel en zo nu en dan zoende Hoffi me. Ik voelde hoe zijn huid warmer werd, hoe zijn adem vlugger ging. Het bloed in zijn hals klopte tegen mijn handpalmen. Later viel Hoffi in slaap, met zijn schouder tegen mijn schouder. Ik was heel rustig, ik voelde maar een lichte weerzin en was heel trots dat Hoffi van mij was.

De volgende morgen zaten we met z'n allen in de snackbar te ontbijten. Er was nergens meer plaats en daarom zat ik op Hoffi's knieën, bij de interessante jongens. Falko Lorenz was de hele tijd aan het woord. Alle anderen waren daar te moe voor. De meisjes keken naar ons en benijdden me. Ik had nog steeds mijn satijnen spullen van afgelopen nacht aan en wist dat mijn haar in de war zat en dat mijn mascara was uitgelopen. Kleine Doris droeg een rode tuinbroek, een bloemetjesblouse en ze had drie blikken haarclips in haar dunne lokken. Ze zou het ook nooit leren. Doris ontbeet niet, ze begon net aan een dieet. Ze was altijd al dunner geweest dan ik en nu at ze gewoon nog minder om het verschil nog groter te maken. Ik merkte wat ze van plan was en at gewoon ook niets.

Dat ik met Hoffi ging, gaf me een soort aura. Het was een aangenaam gevoel als hij in de pauze op school een zoen op mijn wang drukte waar de andere meisjes bij stonden; ik voelde me gevleid als ik met hem op een feestje verscheen waarvoor ik anders nooit was uitgenodigd. Ik vond het leuk zoals Hoffi zijn sigaret met de mijne aanstak. Maar meestal betekende met Hoffi gaan alleen dat we op zijn kamer zaten en bij god niet wisten waar we het over moesten hebben. Hij verwachtte iets van me, dat kon ik duidelijk voelen, maar waarschijnlijk wist hij zelf niet wat hij verwachtte. Als we lang genoeg hadden gezwegen, zoende hij me. Dat was nog erger.

We bleven elf weken bij elkaar. Tot het begin van de zomervakantie. Op de laatste schooldag kwam Hoffi te laat en toen hij de klas binnenkwam droeg hij een sombrero. Iedereen begon te joelen. Kleine Doris stootte me aan met haar elleboog.

'Moet je hem zien', zei ze vol leedvermaak. Ik trilde van verontwaardiging. Ik leek wel gek dat ik alles van hem pikte – zijn zoenen, zijn klamme, zoekende handen, die ongelooflijk saaie middagen – terwijl hij mijn reputatie, die immers direct van de zijne afhing, zo lichtvaardig op het spel zette. Hij glimlachte naar me. Ik haatte hem! Hoe kon hij me dit aandoen? Het was belangrijk geweest dat ik Hoffi kreeg; dat ik hem had was lastig en een volkomen onberekenbaar risico. Die dag liep ik naar huis zonder ook maar een woord met hem te wisselen. Aan de telefoon liet ik mijn moeder zeggen dat ik niet thuis was. Dat deed ze met plezier. En toen de vakantie voorbij was, gingen Hoffi en ik niet meer met elkaar, dat hoefden we niet eens meer hardop te zeggen.

Niet lang daarna gaf Falko Lorenz een feestje, en hoewel ik niet meer met Hoffi ging, nodigde hij me uit. Ik had intussen al met een paar andere jongens gezoend, maar nu was ik voor het eerst door een van de interessante jongens uitgenodigd. Door een interessant méisje uitgenodigd worden telde helemaal niet mee. Nadat Kiki, de grote Doris en Ines Dubberke waren blijven zitten, zaten we met nog maar zo weinig meisjes in de klas dat, wie van ons ook een feestje gaf, altijd iedereen werd uitgenodigd, zelfs kleine Doris. De interessante jongens trokken zich daar niets van aan. Als een van hen iets te vieren had, dan nodigde hij hoogstens vier meisjes uit onze klas uit, de andere meisjes haalde hij uit de parallelklassen; een paar meisjes op het feestje van

Falko zaten zelfs al op de havo. De meisjes van de havo intimideerden ons een beetje, alsof zij iets wisten wat wij nog niet kenden en wat ze ieder moment tegen ons konden gebruiken. Ik was opgelucht toen iemand een plaat van Otto opzette, omdat iedereen nu moest luisteren en we niet meer met elkaar hoefden te praten.

Falko had in de tuin een oranje partytent opgezet. Toen de plaat van Otto afgelopen was, stond iedereen rond de barbecue te roken. Falko's moeder kwam naar buiten en zette een schaal macaronisalade op de campingtafel. Falko's moeder was totaal anders dan de mijne. Ze had lang sluik haar en droeg een spijkerbroek, en hoewel ze om de een of andere reden slechtgehumeurd was en ook geen enkele poging deed om dat te verbergen, bleef ze minstens een uur bij ons. Intussen rookte ze meer dan wij allemaal bij elkaar. Ze liet zich telkens door een andere jongen een vuurtje geven, keek hem daarbij dwars door de vlam aan en blies vervolgens de rook in zijn gezicht. Toen het donker werd schopte ze zonder duidelijke reden tegen de barbecue en ging zwijgend naar binnen. Falko irriteerde dat niet in het minst. Hij raapte de gevallen barbecueworstjes op, veegde ze af aan het tafelkleed en legde ze weer op het rooster. De meisjes van de havo lieten een pakje sigaretten rondgaan. Ze hadden een bijzondere manier van roken, die ze mij ook leerden. Je nam de eerste trek, inhaleerde diep, hield de rook zo lang mogelijk in je longen en blies hem dan weer uit. Dat was allemaal nog normaal. Maar nu komt het: je ademde tussendoor niet in maar nam meteen de volgende trek. Je longen snakten nu naar zuurstof. En alles wat ze kregen was opnieuw rook. Ze konden niets anders doen dan die rook in hun fijne alveolen en longkwabbetjes zuigen en hopen dat er ergens ook nog een sprankje zuurstof bij zat. Het gaf je op dat moment een aangenaam vreemd gevoel. En opnieuw blies je de rook uit, maar in plaats van nu eindelijk de dringend benodigde lucht in te ademen, nam je voor de derde keer een lange trek van de sigaret. Als je stond – en natuurlijk stonden we om volledig van het effect te genieten – zakte je nu door je knieën, een halve seconde verloor je het bewustzijn, je ging tegen de grond en als je weer bijkwam voelde je je heel zacht en vredig. De jongens keken naar ons. Ze vonden het 'een lief gezicht' als we in elkaar zakten.

'Wat lie-ie-ief!' kwaakte Dirk Buchwald, een jongen uit een parallelklas. Hij pakte me vast, sloeg zijn armen om mijn taille, legde mijn rechterarm om zijn schouder en hielp me weer overeind. Ook de andere jongens probeerden allemaal een in elkaar gezakt meisje van de grond te rapen. Zoals Rode-Kruisverplegers de lichtgewonden van een slagveld, zo brachten de jongens ons naar de partytent en legden ons op de matrassen. Het was goed om even te liggen en met knipperende ogen in de kleurige lampen te kunnen kijken. Niet alleen omdat ik duizelig was. Als ik stond kreeg ik algauw pijn in mijn rug en ik kon ook niet lang zitten. Dat jaar was ik gegroeid als kool. Minstens twaalf centimeter. Het gezicht van mijn moeder betrok als ze naar me keek. Ze was een fan van China, ze had alles van Pearl S. Buck gelezen en stak voortdurend de loftrompet over de frêle lichaamsbouw van de Aziatische vrouwen. Vorig jaar had ze nog staan jubelen hoe klein en breekbaar ik was – de eerste elegante vrouw in het gezin. Volkomen idioot natuurlijk. Ik was tot nu toe altijd en overal een van de grootste meisjes van mijn leeftijdsgroep geweest. Maar mijn moeder had dat altijd manmoedig genegeerd en mij in plaats daarvan vergeleken met mijn zus. Zij was natuurlijk groter dan ik, want ze was tenslotte twee jaar ouder. Maar in dat jaar streefde ik zelfs mijn zus voorbij; groter dan alle andere meisjes in mijn klas was ik toch al en van de jongens waren er nog maar vier die het van me wonnen. Toen ik een meter tachtig was, nam mijn moeder me mee naar een orthopeed om te laten vaststellen waar dit allemaal zou eindigen en me desnoods een pil te laten voorschrijven. De orthopeed maakte een röntgenfoto van mijn polsen en zei dat ik niet meer zou groeien. Ik was niet opgelucht. Ik vond dat het al te laat was. Mijn lengte viel heel erg op en gaf aanleiding tot duizend commentaren. Alsof de mensen zich door mijn lichaam persoonlijk beledigd voelden en me dat betaald wilden zetten.

'Nog even en je kunt uit de dakgoot slobberen', had zelfs oom Horst gezegd.

Dirk Buchwald kwam naast me liggen en zoog aan mijn hals. Hij droeg een spijkervest en een blauwgeruit shirt met korte mouwen. De zakken van het vest puilden uit. De ene rechthoekig, daar zat het pakje Marlboro in; uit de andere zak stak de rode steel van een borstel. Links op zijn vest had hij met een balpen het hoofd van Pillhuhn getekend, op de rechterschouder stond AC/DC. Daartussen een gebroken pijl. Hij had lang sluik haar, een benig gezicht en mooie gebruinde onderarmen. Om zijn rechterpols zat een zilveren ketting met een plaatje waarin zijn voornaam was gegraveerd.

'Heb je zin om mee te gaan naar achter de tent?' vroeg hij. Ik begreep niet waarom hij ergens anders heen wilde. Iedereen lag op de matrassen te vrijen. Daar waren ze voor.

Achter de tent was het aardedonker. Dirk Buchwald nam mijn hoofd in zijn handen en begon me te zoenen. Nog nooit had een jongen bij het zoenen mijn hoofd in zijn handen genomen. Ik vond Dirk Buchwald waanzinnig super. Helaas zoende hij zo fanatiek dat hij in mijn lippen beet. Ik dacht dat het per ongeluk gebeurde, dus liet ik hem zijn gang gaan en verzette ik me niet om hem niet in zijn hemd te zetten. Daarop ramde hij keihard zijn tanden in mijn mond. Ik proefde bloed. Ik wilde me aan zijn handen ontworstelen, maar hij hield me vast en haalde zijn snijtanden net zo lang kriskras over mijn lippen tot het bloed over mijn kin liep. Toen hij me eindelijk losliet was ik eerder verward dan bang. Ik wist niet zeker of ik er misschien zelfs van had genoten en me niet nog een tweede keer zou laten zoenen om daarachter te komen. Terwijl ik nog nadacht en in mijn broekzakken naar een papieren zakdoekje zocht, liet Dirk Buchwald plotseling een knetterende scheet. Weer dacht ik eerst dat het per ongeluk gebeurde en dat hij het vreselijk pijnlijk vond, nog pijnlijker dan ik het voor hem vond, maar toen voelde ik door de duisternis heen dat hij zelfvoldaan naar me grijnsde. Ik kon niets zien, nul komma nul, alles was inktzwart. Maar ik voelde zijn grijns zo duidelijk alsof ik mijn vingers op zijn mond had gelegd, en toen drong het tot me door dat hij het gewoon opzettelijk had gedaan. Dat vond ik nog duizend keer erger dan het bloed dat ik van mijn mond moest vegen. Ik vond het zo walgelijk dat ik wegrende, mijn spijkerjasje haalde, op mijn brommer stapte en naar huis reed. Mijn brommer was een blauw-witte Puch. Als je de koppeling snel genoeg losliet kon je een stukje op het achterwiel rijden. Ik beschouwde mezelf als een buitengewoon bedreven bromfietser, beter dan alle anderen. Aan de andere kant kreeg ik bepaalde dingen, die mijn medeleerlingen uit de losse pols deden, gewoon niet voor elkaar. Ik was bijvoorbeeld niet in staat om met de bus en de trein te reizen, met uitzondering van het stukje naar het Centraal Station, waarbij ik niet over hoefde te stappen. Ik begreep de dienstregelingen niet. Het lukte me zelfs niet om de dienstregelingen te bestuderen. Als ik per se naar de binnenstad moest, dan was ik die twintig kilometer tot nu toe altijd met de fiets gegaan. Toen ik de tweedehands brommer kocht, was mijn vader natuurlijk weer begonnen over dwarslaesies: 'Boberg zit vol met mensen in een rolstoel – allemaal bromfietsongelukken.'

Terwijl ik naar huis reed vroeg ik me af of Dirk Buchwald dat altijd deed, gewoon een knetterende scheet laten nadat hij iemand had gezoend, of dat hij dat alleen bij mij durfde. Alleen bij mij, dacht ik. Het miezerde een beetje. Ik voelde de fijne speldenprikken van de druppels in mijn gezicht, gaf gas en liet mijn haar bij achtendertig km/u wapperen. Mijn helm had ik op de bagagedrager laten zitten. Ik vergat Dirk Buchwald, neuriede 'Kiss you all over' en zoefde door de bocht. '…love you…' neuriede ik, '…need you…' Plotseling glibberden de kinderkopjes zomaar onder mijn achterwiel weg. Er was niets, helemaal niets waar het profiel van de band nog grip op had. Ik viel op mijn zij en schoof met brommer en al over het wegdek. Toen ik eindelijk was uitgegleden, bleef ik gewoon liggen en moest ik huilen. Niet omdat ik me pijn had gedaan, maar omdat ik zo'n sukkel was. Ik had een lieve, brave meisjesbrommer moeten kopen, een Velo-Solex, of ik had moeten blijven fietsen. Waarom kon ik niet eindelijk accepteren dat ik nergens voor deugde, helemaal nergens voor deugde, dat ik ongelooflijk stom was. Ik bleef nog een poosje in de regen liggen; ik trok zelfs mijn been niet onder de tank vandaan. Ik deed of ik zwaargewond en bewusteloos was. Ik hoopte dat ik door een auto zou worden overreden. Maar in dit gat was na middernacht natuurlijk niemand meer op straat.

Twee weken na het ongeluk verkocht ik de Puch aan Yogi Rühmann, een jongen uit mijn klas. Mijn linkerknie deed nog steeds pijn. Helemaal zeker was ik daar trouwens niet van. Ik had al zo vaak gedaan of ik ziek was dat ik intussen niet meer kon onderscheiden of ik echt pijn had of er alleen maar naar verlangde.

Op het volgende feestje riep Yogi me ter verantwoording omdat de brommer onder zijn kont in tweeën was gebroken, en nadat ik geweigerd had hem zijn geld terug te geven vroeg hij of ik met hem wilde gaan. Net als de meeste jongens was Yogi Rühmann kleiner dan ik. Als hij naast me stond moest ik mezelf dubbelvouwen, mijn rug buigen, door mijn ene been zakken en het andere schuin opzij steken. Hij was zo mager als een lat, had smalle ogen, rookte twee pakjes Rothhändle per dag en maakte een achterbakse indruk. Door het glazuur van zijn mossige kleine tanden was een zwarte glans te zien. Toch kon ik geen nee zeggen toen hij vroeg of ik met hem wilde gaan. Drie meisjes uit mijn klas waren verliefd op hem. Ze beweerden dat Yogi Rühmann lief was. Hij had inderdaad een omhoogstekende babyneus, en als dat voldoende is om lief gevonden te worden, dan hadden ze waarschijnlijk gelijk. Bovendien had Yogi toen hij een keer achter me naar het talenpracticum liep tegen me gefluisterd: 'Je hebt een behoorlijk dikke kont.'

Het was dus absoluut niet vanzelfsprekend dat hij me

wilde. Misschien zou nooit iemand mij meer willen. Tegelijk met mijn lengte was ook mijn gewicht toegenomen. Het schommelde nu tussen de vijfenzestig en achtenzestig kilo. Als het me lukte om een paar dagen niets te eten en te drinken, dan woog ik een enkele keer vierenzestig kilo, maar ik slaagde er niet in onder de magische grens van zestig kilo te komen. Negenenvijftig, of nee, liever nog zevenenvijftig kilo zou mijn ideale gewicht geweest zijn. Elke morgen stapte ik op de weegschaal, elke morgen was ik te dik. Soms woog ik me ook 's middags of 's avonds nog een keer. Dan was ik helemaal te dik. En te lang was ik ook. Misschien had ik wel een tumor in mijn ruggengraat die mijn wervels uit elkaar drukte. Op een dag zou hij ontdekt en verwijderd worden. Door een fout van de narcotiseur zou ik in coma raken en als ik dan twee maanden later toch nog bijkwam, zou ik plotseling acht centimeter korter zijn en bovendien deerniswekkend mager. Dan zou het leven beginnen. Gelukkig waren mijn ribben nu al te zien. Ook mijn heupbeenderen staken duidelijk uit. Als ik 's avonds in bed lag keek ik tevreden naar mijn platte buik en naar die botten die, als ik lag, nog duidelijker, nog beniger tevoorschijn staken. Op een keer had een jongen zijn hand op mijn heup gelegd en gezegd: 'Jezus, wat ben jij dun!'

Was het maar waar. Mijn benen waren zo dun dat ze niet bij mijn botten pasten en mijn kont was zo dik dat sommige mannen het niet konden laten er met hun handen aan te zitten, en Yogi kon er niet naar kijken zonder er een opmerking over te maken. Er waren jongens die een spijkerbroek maat 26 droegen. Ik droeg een Wrangler maat 31. Maat 29 zou nog gekund hebben, 29 of 28. Mijn spijkerbroek zat heel strak en de stof spande aan de voorkant van heupbeen tot heupbeen zonder mijn buik te raken. Onder het lopen gleed de spijkerbroek over mijn botten heen en weer en haalde mijn huid open. Ik vond dat een prettig gevoel. Het herinnerde me eraan hoe mager ik daar was. Een andere aangename pijn was het permanente lichte steken als mijn maag samenkneep. Ik at nooit zoveel dat ik daar geen last meer van had.

'Buikpijn is goed', bevestigde kleine Doris. 'Als je honger hebt, zo veel honger dat je maag pijn doet... zodra het pijn doet, val je af.' Als dat waar was, had ik permanent moeten afvallen. Maar plotseling vloog mijn gewicht toch weer omhoog naar zevenenzestig kilo. Kleine Doris daarentegen werd met de week magerder. Nooit langer, altijd alleen maar magerder. Ze was nog net zo klein als toen ik zeep in haar ogen had gegooid. Bij haar staken de botten aan alle kanten uit en op haar armen en benen begon een gelig laagje dons te komen – net als bij een bij. Tegen haar zou voor het talenpracticum nooit iemand fluisteren dat haar kont te dik was. Aan de andere kant zou Yogi zo iemand ook niet vragen of ze met hem wilde gaan. Doris vond ook dat ik een dikke kont had, maar ze zei dat ik me daar gewoon niets van aan moest trekken. Dat was een kwestie van aanleg. Zoals zij aanleg had om klein te blijven.

'Ik word nooit een echt mooie vrouw', zei ze. 'Dus moet ik er de nadruk op leggen dat ik een lief typetje ben.'

Ik was perplex. Kleine Doris was weliswaar betrekkelijk klein, maar ik was nooit op het idee gekomen haar een lief typetje te vinden. Smalle lippen, grote kin... en bovendien was ze veel te dwangmatig bezig. Nu begon ik te begrijpen waarom ze haar kleren altijd alleen maar in dure kinderboetieks kocht.

'Maar, Doris,' zei ik, 'je maakt een enorme fout. Hoe wil je ooit een jongen krijgen als je in zulke geruite overgooiers of zo'n gele speelbroek blijft lopen? Met jouw figuur zou ik de uitdagendste minirok aller tijden aantrekken.'

'Ik heb een heel goede smaak', zei Doris. 'De tuinbroek is van Oshkosh. Ik spaar mijn geld namelijk op en koop maar één keer per halfjaar iets nieuws, maar dan wel iets van uitstekende kwaliteit. Maar jij, jij hebt helemaal geen stijl! Jij draagt goedkope spullen waar kraak noch smaak aan zit.'

Dat klopte. Eigenlijk zag ik er altijd bespottelijk uit. Of ik droeg een spijkerbroek met een nietszeggend donkerblauw sweatshirt en een kreukelige Indiase sjaal, óf ik had een monteursoverall aan, zo'n echte waarvan ik de kraag opzette om hem een beetje op een Mao-uniform te laten lijken.

Toch had ik meer succes dan Doris – bij de jongens, bedoel ik. Op school werd ik natuurlijk steeds slechter. Ik liet kleine Doris nu in haar eentje voor de repetities leren. Eigenlijk was ze altijd aan het leren. Dat was ook iets wat ze gewoon niet begreep: dat ze met mooie cijfers geen stap verder kwam.

Toen ik me bereid verklaarde om met Yogi te gaan, zei hij: 'Toen ik door de brommer was gezakt, had je me niet in het donker moeten tegenkomen.'

In het licht konden we het ook niet zo goed met elkaar vinden. Als we elkaar bij hem thuis ontmoetten waren zijn vrienden er meestal ook. Yogi praatte dan alleen met hen, terwijl ik er zwijgend bij zat. Zijn vrienden waren Falko, Hoffi Hoffmann en een jongen die Natz heette en in een hogere klas zat. Soms was Locke er ook en dan had ik iemand om mee te praten. Locke was het meisje met de slechtste reputatie van de hele school. Ter begroeting grepen de jongens naar haar borst alsof het een radiotoestel was en zeiden: 'Welke zender zullen we vandaag eens opzetten?'

Locke werd voor alle feestjes uitgenodigd omdat ze er best leuk uitzag en overal voor in was, maar tegelijkertijd werd haar dat kwalijk genomen en roddelden ze over haar. Yogi had een heel stel nogal ongeloofwaardige verhalen over Locke paraat. Hoe ze het een keer met drie jongens tegelijk had gedaan. Hoe ze het had klaargespeeld om voor natuurkunde toch nog een 6- te krijgen. Hoe ze bij Falko achter op de brommer had gezeten en hem onder het rijden had afgetrokken. Ik bewonderde Locke. Ik geloof dat alle meisjes haar stiekem bewonderden. Zij was zoals wij niet durfden te zijn. De meesten deden of ze haar niet konden uitstaan, maar als ze langsliep keek iedereen haar onwillekeurig na. Ik had het idee dat Locke heel eenzaam was en ons allemaal minachtte. Zij was het enige meisje dat kon voetballen. Haar moeder trad op met pythons. Ik wilde dat Locke mijn vriendin werd, maar niet lang daarna ging ze van school om in een parfumerie te gaan werken. Bovendien kon ze niet tegen de pil en werd ze dik. Echt dik. Niet zoals ik, maar alsof haar lichaam overkookte, pafferig, specialematendik. Feitelijk nam ze zichzelf uit de roulatie, want vanaf toen werd ze natuurlijk niet meer door de jongens uitgenodigd.

Als Locke en de jongens weer waren vertrokken, lagen Yogi en ik op zijn matras tot het helemaal donker was. Aan de muren boven de matras hingen posters, waarvan eentje met een asbak in de vorm van een mond met daaronder de tekst 'Wie wil er een asbak zoenen', en één met een geel gebit en het opschrift: 'Nicotine maakt zoenen sexy'. Zulke posters hingen altijd alleen maar bij mensen die rookten als een schoorsteen. Yogi stak zijn hand even onder mijn blouse en liet hem toen zakken naar de rits van mijn spijkerbroek. Zonder de knoop los te maken schoof hij zijn hand aan de voorkant in mijn broek en hoewel de spijkerbroek ontzettend strak zat, wist hij toch zijn hand tussen mijn benen te krijgen. Dat toelaten was de onvermijdelijke volgende stap als ik ooit wilde worden zoals Locke. Yogi's vingers schuurden zo hard over mijn droge slijmvliezen dat het schrijnde. De pijn was zo erg dat ik begon te kronkelen om aan zijn vingers te ontsnappen, om ze verder te laten wrijven op een plek die minder was toegetakeld. Het was een kwelling. Maar dat kon ik natuurlijk niet zeggen. Toch was het, als Yogi me een tijdje had gepijnigd, plotseling alsof iemand in mijn binnenste allerlei schakelaars had omgezet en dan begon mijn lichaam te zoemen als een elektriciteitscentrale. Ik voelde nog steeds pijn, maar die had opeens een heel andere betekenis. En dan rolde er een golf door mijn lichaam, onstuitbaar, en pijn, schaamte en aarzeling losten op in een heerlijk gevoel. Heet en zacht, beter dan alles wat ik ooit eerder had gevoeld, zelfs beter dan eten. Ik probeerde niets te laten merken, maar iets in mijn lichaam schoot als een flipperbal van band naar band, zelfs nog als het gevoel alweer voorbij was en de pijn gewoon weer alleen maar pijn was. Ik wilde dat Yogi ophield. Dat draaide op echte worstelingen uit. Op een gegeven moment deed het zo'n pijn dat ik zijn hand vasthield en toch iets zei: 'Hou op! Alsjeblieft!' En als ik dat zei, dan was het alsof iemand plotseling het licht had aangedaan en naar me wees. Maar in elk geval hield Yogi eindelijk op. Hij was blij dat ik het vroeg. Hij dacht alleen dat hij moest ophouden omdat het té lekker was.

Yogi was al met meisjes naar bed geweest. Dat wist ik. Dat wist iedereen. Ik zou dus ook met hem naar bed moeten. Toen zijn moeder een keer een weekend weg was en hij vroeg of ik bij hem bleef slapen, zei ik meteen ja. In de apotheek kocht ik Patentex Oval. Alle meisjes van wie ik wist dat ze al met jongens naar bed waren geweest, gebruikten dat als voorbehoedmiddel. Eerst wilde de vrouw in de apotheek weten hoe oud ik was, maar toen gaf ze het toch, hoewel ik mijn legitimatiebewijs niet bij me had. Daarna vroeg ik het aan mijn moeder. Ik deed geen moeite om een leugen te verzinnen. Ik ging ervan uit dat ze het gewoon goed zou vinden. Normaal gesproken bemoeide ze zich niet met mijn leven. Maar deze keer begon ze vreemd genoeg vreselijk tekeer te gaan. Als ik me het goed herinner was haar voornaamste argument dat ik te jong was zodat zij als koppelaarster een proces aan haar broek kon krijgen. Wat een onzin. Ik was vijftien en ik kende meisjes die al op hun veertiende hun eerste abortus hadden gehad. De vriend van mijn zus was ook al bij ons blijven slapen toen zij nog geen zestien was.

'Daarom juist', zei mijn moeder. 'Dat moet afgelopen zijn! Het is hier geen bordeel!'

Ik antwoordde niet, maar rende de trap op. Intussen had ik namelijk het zolderkamertje van mijn oma. Zij was naar een tehuis gegaan toen ze de trap niet meer op kon, maar haar opoegeur hing zelfs na de opknapbeurt nog in de kamer. Mijn vader was woedend geweest omdat ik de kamer donkerbruin had geverfd – ook het plafond.

‘Het lijkt hier wel een schoenendoos’, zei hij. Als het aan hem had gelegen, had hij alles weer met vrolijke klaprozen beplakt.

Ik stond in mijn schoenendoos en schopte tegen de bruine muur. Een keer, twee keer. Bij de tweede keer bezeerde ik mijn enkel. Ik ging op bed liggen en vouwde mijn handen onder mijn hoofd. Het liefst had ik nu een plaat gedraaid. Intussen bezat ik vier elpees en acht singeltjes. ‘In Zaire’ van Johnny Wakelin zou nu goed gepast hebben, maar ik had geen platenspeler. Daarom luisterde ik maar naar het bloed dat in mijn oren suisde. Na een poosje kwam mijn moeder binnen. Mijn kamer kon niet op slot. Ze kon gewoon binnenkomen. Daar maakte ze ook uitgebreid gebruik van.

‘Ik heb er nog eens over nagedacht’, begon mijn moeder. ‘Eigenlijk heb je wel gelijk. Zo jong ben je helemaal niet meer. In mijn tijd was dat gewoon anders. Wat mij betreft, nou ja, wat mij betreft ga je dus je gang maar. Als je echt van die jongen houdt, dan is met elkaar naar bed gaan natuurlijk ook iets moois.’

Ik luisterde verbaasd. Ze had Yogi nog nooit gezien en ik had ook nooit beweerd dat ik van hem hield. Maar mijn moeder wist niet van ophouden, ze praatte maar door. Ten slotte ging ze op de rand van mijn bed zitten en veegde met de punt van haar schort de tranen uit haar ogen. Ik besefte dat mijn moeder niet veel meer van me wist dan mijn adres, maar nu pas begreep ik dat ze volkomen op de hoogte dacht te zijn en zelf een leuk leventje voor mij bij elkaar had gefantaseerd. Waarschijnlijk was ze er nog altijd van overtuigd dat ik net zo was als zij. Ik sprak haar maar niet tegen.

Mijn moeder vond dat ik het ook nog aan mijn vader moest vragen. Ik had gehoopt dat zij dat voor me zou doen. Met mijn vader had ik al meer dan drie jaar nauwelijks nog een woord gewisseld.

Eigenlijk had ik er nu al schoon genoeg van. Waarom moest ik eerst Jan en alleman op de hoogte brengen voordat ik met Yogi naar bed kon gaan?

Mijn vader was in de tuin. Hij lag niet in de stoel, maar stapte met gekruiste armen langs de perkjes.

'Papa?'

'Ja?'

'Mama zegt dat ik moet vragen of jij het ook goed vindt dat ik bij Yogi blijf slapen. Zij vindt het dan ook goed.'

Wat waren dat voor stomme dingen die je met je ouders moest bespreken. Wat waren dat voor stomme zinnen die ze je lieten zeggen.

'Voel jij je wel lekker', zei mijn vader. Toen zakte hij weer in elkaar en draaide zich om. Ik bleef naast hem staan. Het was een verschrikkelijk gevoel om zo dicht naast hem te staan.

'Wat is daar dan verkeerd aan?' schreeuwde ik.

Mijn vader maakte een wegwerpgebaar.

'Jullie doen toch allemaal wat je wilt', mompelde hij. Toen trok hij zijn schouders op, kruiste zijn armen weer voor zijn borst en ging verder met het controleren van zijn perkjes.

Ik legde dat uit als toestemming, ging douchen, waste mijn haar met appelshampoo en stopte mijn tandenborstel, het pakje Patentex-Oval, mijn beste nachthemd, een slipje en een handdoek in mijn sporttas. Toen stapte ik op mijn fiets en vertrok. Het was warm. Ik probeerde niet te zweten.

Wie weet zou ik bij Yogi niet meer aan douchen toekomen. Ik had een intiemspray gebruikt die zo blauw was als Domestos, maar toch was ik bang dat Yogi vies van me zou zijn. Van Locke had ik allerlei afschrikwekkende verhalen gehoord over hoe de eerste keer voor andere meisjes was geweest, verhalen waarin je achteraf praktisch baadde in het bloed en die idioot van een jongen ook nog vroeg of hij goed was geweest. Maar in *Bravo* stond hoe mooi het de eerste keer kon zijn als een jongen en een meisje hetzelfde wilden, en dat het voor het meisje iets heel belangrijks was. Yogi had ervaring. Dus droeg hij de verantwoordelijkheid. Misschien zou hij lief en voorzichtig zijn als ik hem vertelde dat het voor mij de eerste keer was. Misschien zou er tussen ons plotseling een sterke intimiteit ontstaan en zouden we weten waarover we met elkaar moesten praten. Ik dacht na over wat ik fijn aan hem vond. Er moest toch ook aan hem iets zijn wat je fijn kon vinden.

Toen ik aankwam was Yogi's moeder al weg. Een vader was er niet. Ook zijn moeder had ik nog nooit gezien. We gingen altijd meteen naar Yogi's kamer. Ik vond dat prima. Ik wilde geen ouders leren kennen. En ik stelde het ook niet op prijs dat iemand mijn ouders leerde kennen. Waarom ook? Deze keer liet Yogi me het hele huis zien. Toen we bij de kamer van zijn kleine broertje kwamen zei hij: 'Toen ik hier gistermorgen langskwam stond de deur open. Mijn broertje stond naakt in de kamer en keek vol verbazing naar zijn piemel. Hij had namelijk een stijve. Volgens mij was dat voor het eerst. Het zag er zo lief uit, zoals hij daar naar zijn piemel stond te kijken. Ik ben vlug doorgelopen, zodat hij niet merkte dat ik hem had gezien. De eerste keer, weet je.'

Ik begreep niet goed wat hij aan dat tafereel zo indrukwekkend had gevonden, maar zijn ogen waren onder het vertellen helemaal donker geworden en ik wilde zijn gevoelens niet met mijn vragen beïnvloeden. Daarom knikte ik alleen maar. Het broertje was met zijn moeder meegegaan. We gingen naar Yogi's kamer en staken allebei een sigaret op. Yogi draaide een plaat. Op de cover stond een vent met een baard en een stomme pet op. Hij hield twee dikke paarden bij de teugel, Shires of Clydesdales. De muziek zat vol hese fluiten.

'Hou je van paarden?' vroeg ik.

'Alleen van die van brouwerij Holsten, omdat die bier rondbrengen', zei Yogi.

We gingen liggen, luisterden rokend naar de paardenmuziek en zagen het in de kamer steeds donkerder worden. Zo nu en dan schraapte Yogi zijn keel, één keer stond hij op om de plaat om te draaien en één keer stond hij op om een kaars aan te steken. Toen hij weer naast me kwam liggen, pakte hij me met zijn ene hand bij mijn schouder en trok me naar zich toe. Hij zoende me. Dat vond ik lekker. Normaal gesproken zoende ik alleen in het begin graag. Zodra ik een paar dagen met een jongen was, begon ik zijn zoenen vies te vinden. Hoe beter ik een jongen kende, hoe viezer ik de smaak van zijn zoenen vond. Yogi's zoenen smaakten altijd naar sigaretten. Dat was redelijk neutraal. De reclameman die de posters met het gele gebit en de asbakkenmond had verzonnen, had gewoon niet ver genoeg doorgedacht. Yogi legde zijn wang tegen de mijne – een truc om me niet aan te hoeven kijken – en ik voelde zijn hand naar de rits van mijn broek gaan.

'Wacht even', zei ik, stond op en pakte mijn sporttas.

'Hé, wacht,' zei Yogi, 'blijf! Blijf nog even hier.'

'Denk je soms dat ik gek ben?' zei ik.

Ik ging naar de badkamer, deed de deur achter me op slot, kleedde me uit en ging onder de douche staan. Nadat ik had gedoucht, trok ik mijn nachthemd aan en maakte het doosje Patentex-Oval open. De capsules waren in plastic geseald. Je kon ze alleen met je tanden open krijgen. Meteen had ik een smaak van zeep in mijn mond. Locke had een keer verteld hoe ze op een feestje een Patentex-Oval-capsule in de wc had gegooid, waarna het water meteen was gaan schuimen. Ze had doorgetrokken en nog een keer doorgetrokken, maar ten slotte was het schuim zelfs over de rand van de wc-pot geborreld.

Toen ik in Yogi's kamer terugkwam, zei hij: 'Je had niet weg moeten gaan.'

Ik ging liggen. Je moest gaan liggen als je Patentex-Oval had ingebracht, anders liep het er weer uit.

'Ik moet je iets vertellen', zei Yogi. 'Het zit namelijk zo... Het is zo dat ik niet altijd met een meisje kan vrijen. Ik bedoel, het laatste meisje met wie ik was... met haar lukte het bijvoorbeeld niet. En ik weet niet of het nu wel gaat.'

'Maar dat hindert toch niet', zei ik. 'Dat is toch helemaal niet zo belangrijk.'

Dat waren woorden die de meisjes in de foto-*love stories* van *Bravo* gebruikten. 'Het voornaamste is dat we elkaar aardig vinden', zouden de meisjes in die fotostrips ook nog hebben gezegd, maar dat kreeg ik niet over mijn lippen.

'Je moet me een beetje helpen', zei Yogi. 'Dan lukt het wel!'

'Tuurlijk', mompelde ik. Ik stelde me voor hoe ongelukkig Yogi was omdat hij geen stijve kreeg, nu al voor de tweede keer. *Als een jongen voor de tweede keer geen stijve krijgt, dan denkt hij misschien dat het zijn schuld is,* stond er in *Bravo. Terwijl een lieve partner het enige is wat hij nodig heeft.*

'Misschien kun je hem in je hand nemen...' zei Yogi.

Ik had erop gerekend dat het pijn kon doen, dat Yogi gemeen zou zijn en na afloop over me zou roddelen. Maar ik had er niet op gerekend dat ik zelf iets moest doen. Waarom had hij me laten komen als hij niet kon?

'Je moet hem zo vastpakken,' zei Yogi, 'en dan op en neer.'

Warm gesmolten schuim liep langs de binnenkant van mijn dijen, waar het een vettige film achterliet.

'Het spijt me,' zei ik, 'ik moet nog een keer naar de badkamer.'

Het schuim liep over mijn knieën, kuiten en voeten. Ik ging in het bad staan. Uit de douche kwam alleen nog koud water. Ik legde mijn voorhoofd tegen de tegels. Ik wilde dat ik weer een van die brave, saaie meisjes was die nooit voor opwindende feestjes werden uitgenodigd en in plaats daarvan Hermann-koekjes bakten en verder konden dromen van lieve jongens zonder hun muffe piemels in hun handen te moeten nemen.

Vanaf dat moment verliepen de ontmoetingen met Yogi steeds volgens hetzelfde patroon. Zo gauw zijn vrienden weg waren, gingen we op de matras liggen. Yogi stak een kaars aan en ik moest zijn piemel in mijn hand nemen en net zo lang heen en weer wrijven tot hij stijf werd. Dan rolde Yogi boven op me, maar zodra hij wilde beginnen kon hij weer niet. Daarna deden we een tweede vergeefse poging, een derde en een vierde en ten slotte moest ik hem met mijn hand bevredigen en soms lukte zelfs dat niet. Het was net zo inspannend als tegen een duin oprennen.

'Ik had een keer een vriendin met wie het heel makkelijk ging', zei Yogi. 'Zij ging gewoon op me zitten, terwijl ik op mijn rug lag. Toen ging het heel makkelijk.'

Als ik met hem had afgesproken, lag ik van tevoren altijd als verlamd in mijn kamer te hopen dat Yogi het komende halfuur onder een auto zou komen. Ik wilde niet naar hem toe om zijn zachte piemel vast te moeten pakken. Ik vond het ongelooflijk smerig. Maar ik kon hem ook niet laten stikken, anders zou Yogi denken dat ik het deed omdat hij geen stijve kon krijgen. Juist nu had hij begrip nodig.

En toen was hij degene die het uitmaakte. Hij vertelde het me op de dag dat de hond kwam. Mijn broertje had om een hond gevraagd. Mijn vader was nog altijd een groot voorstander van reizen – vooral in de wintermaanden, waarin hij naar een of ander Canarisch Eiland vloog 'om de koude tijd van het jaar te bekorten', zoals hij het noemde. Hij wilde nog altijd geen hond. Maar deze keer was mijn moeder gewoon met mijn broertje op pad gegaan om bij een fokker van Rottweilers een pup te kopen. Het zou de hond van mijn broertje zijn, hij mocht hem uitzoeken en de hond zou in zijn kamer slapen, niet bij mij, maar in elk geval hadden we nu een hond in huis. Toen Yogi opbelde had ik daarom nog minder zin dan anders, maar Yogi beweerde dat het ontzettend dringend was en dat hij me absoluut moest spreken. Ik ging naar mijn kamer en huilde. Iedereen zou de hond verwelkomen behalve ik, zij konden met hem spelen terwijl ik Yogi's piemel moest wrijven. Voordat ik vertrok, stapte ik nog een keer op de weegschaal. De wijzer bleef trillend op vijfenzestig staan. Ik was de afgelopen weken helemaal vanzelf afgevallen. Ik was op de goede weg. In de film *Bilitis* kwam een scène voor waarin een man aan Bilitis het verhaal van een mooie kasteelbewoonster vertelde. Hij zei dat ze niet half zo mooi zou zijn als ze ook maar een beetje gelukkig was. Haar ongeluk maakte haar pas volmaakt. Ik stapte op mijn fiets.

Deze keer waren zijn vrienden er niet. We zaten alleen in zijn kamer en Yogi maakte geen aanstalten om een kaars aan te steken. Hij deed de hele tijd erg koel. Hij zei nog minder dan anders en keek steeds uit het raam of pakte een elpee om de cover te bestuderen. Dat kon zo nog wel even doorgaan. Ik wilde naar huis. Ik wilde de hond zien.

'Wat is er aan de hand?' vroeg ik.

'Hoezo, wat zou er zijn?'

'Je doet zo raar.'

'Ik doe helemaal niet raar!'

'Wat wilde je eigenlijk met me bespreken?'

'Eh... niets...'

'Je neemt me de laatste tijd nooit meer mee als jullie naar Tamtam gaan. Je wilt me er niet meer bij hebben. Wil je het uitmaken?'

O ja, alsjeblieft, dacht ik. Maak het uit! Zeg dat je verliefd bent op een ander meisje. Hij haalde zijn schouders op en bleef uit het raam staren. Het was voorbij. Nooit meer zou ik zijn piemel in mijn handen hoeven nemen.

'Waarom?' vroeg ik. Hij haalde opnieuw zijn schouders op, concentreerde zich met samengeknepen ogen op iets wat heel ver weg moest liggen. Plotseling was het toch erg om verlaten te worden.

'Je vindt het pijnlijk om samen met mij gezien te worden, hè?' zei ik. 'Is dat het?'

Hij haalde voor de derde keer zijn schouders op.

'Je weet zelf ook wel dat je niet erg aantrekkelijk bent', zei hij. Ik stond op, trok mijn jack aan en vertrok. De hond – ik probeerde aan de hond te denken.

Toen ik thuiskwam kropen mijn ouders en mijn broertje en zus in de woonkamer over de grond om de Rottweiler heen. Zelfs mijn vader. De pup sprong tegen iedereen op, hij kwam ook op mij af. Ik liet me op mijn knieën vallen en hij klom bij me op schoot en likte mijn gezicht. Ik pakte hem beet, stond op en draaide langzaam in een kringetje rond. De kleine Rottweiler likte mijn hals, kefte met een hoog geluid, en toen schoot zijn bek naar mijn gezicht en hapte hij naar mijn neus. Het ging heel vlug. Toen ik begon te gillen was mijn neusvleugel al ingescheurd. Het bloed druppelde op de hond en hij likte het met zijn tong van zijn bek. Mijn zus begon als eerste te lachen. Toen lachte mijn broertje en daarna lachten ook mijn ouders. Ze lachten en lachten. Het was vreselijk komisch dat de hond in mijn neus had gebeten.

'Net goed! Waarom neem je hem ook op je arm?' zei mijn broertje. Ze lachten nog steeds toen ik naar de badkamer ging. Ze hadden het niet meer. Ik hield mijn hoofd boven de wasbak en zag de rode druppels vallen.

Ik geloof niet dat ik ooit echt een eind aan mijn leven heb willen maken. In werkelijkheid hing ik aan mijn leven als een klit. Als ik toch steeds weer in mijn polsen sneed, dan alleen omdat het gevoel dat iets als ik niet hoorde te bestaan zo urgent werd dat ik vond dat ik verdelgd diende te worden. Zodra het eerste bloed dan te zien was, ging het meteen weer beter met me en stopte ik. Deze keer was de aanleiding ronduit belachelijk. Het punt was dat ik uit mijn kamer moest. We verwachtten twee Franse scholieren die meededen aan een uitwisselingsprogramma. Mijn zus had al een keer bij hen in Bordeaux gelogeerd en nu kwamen zij op hun beurt naar ons toe. Ik moest op een matras bij mijn broertje slapen, maar hij weigerde zijn kamer met me te delen.

'Kun je niet gewoon verdwijnen?' zei mijn zus. 'Waarom ga je niet bij je vriendin logeren zolang Valerie en Brigitte er zijn?'

Ik kende dat toontje maar al te goed. Ik weet niet waarom ik deze keer naar de keuken ging, de voorraadkast opende en het rieten mandje van de bovenste plank pakte. Achter het hoestdrankje en een pakje kamillethee stonden een paar buisjes sedapon, lichtblauwe kalmeringstabletten, die mijn moeder slikte om het hier uit te kunnen houden. Ik liet een glas vol water lopen. Misschien wilde ik op dat moment alleen maar een of twee tabletjes nemen, zoals ik wel vaker deed, maar toen ik er twee had ingenomen nam ik nog een derde en een vierde en ten slotte had ik er twintig geslikt en was het buisje leeg. Nu konden ze de kamer krijgen. Dat was immers wat ze wilden. Ik pakte het tweede buisje met tabletten, maar op dat moment was mijn wanhoop alweer voorbij. Nu begon ik me toch wel een beetje zorgen te maken. Ik zou doodgaan. Misschien. Maar misschien ook niet. Ik zette het mandje en de tabletten weer terug in de voorraadkast. Ik wilde niet meer dood. Maar gelukkig had ik alleen een kalmeringsmiddel ingenomen en geen slaaptabletten. Waarschijnlijk was het toch te weinig. Aan de andere kant kon je nooit weten. Ik zou het alleen stom gevonden hebben om het aan mijn moeder te moeten vertellen. Het waren alleen wat sedapon-tabletten geweest, zodat eigenlijk bij voorbaat duidelijk was dat ik het niet echt gemeend had. Ik vroeg me af of ik eerst nog een paar slaappillen zou nemen en het daarna opbiechten. Ik liep een uur lang heen en weer en dacht na, en hoewel ik eigenlijk steeds rustiger had moeten worden, werd ik steeds bezorgder. Dat was in elk geval een goed teken. Als je met twintig sedapon-tabletten in je maag nog bezorgd kon zijn, dan konden de tabletten niet erg sterk zijn. Ik ging naar mijn kamer. Nog steeds was het mijn kamer. Ik wilde een boek pakken om mezelf wat af te leiden, maar toen ik voor de boekenkast stond zakte ik door mijn benen en plofte op de grond. Plotseling wilde ik absoluut leven, hoe lelijk ik ook was. En hoe pijnlijk het ook was, ik zou nu aan mijn moeder gaan vertellen wat ik had gedaan.

Dus liep ik, terwijl het kalmeringsmiddel zo ongeveer uit mijn oren kwam, de trap af om mijn moeder te gaan zoeken. In het halletje lag Benno, de hond van mijn broertje, zachtjes in zijn mand te piepen. Ik hoefde niet lang te zoeken. Mijn moeder stond in de keuken tegen mijn zus te schreeuwen. Ik had meteen door dat dit een slecht moment was.

'Jij verpest alles!' gilde mijn zus terug. 'Andere kinderen krijgen van hun ouders nog heel andere dingen! Zij sturen hun kinderen naar Amerika! En jij wordt al hysterisch als hier een keer een week twee Franse meisjes komen logeren.'

'Zie je dan niet dat het hier te klein is? Jij zorgt hier in huis altijd voor onrust. Altijd jij! Je broertje en je zus doen dat nooit', schreeuwde mijn moeder. Daarop was de beurt weer aan mijn zus. Ze schreeuwde dat het absoluut asociaal was om onder zulke omstandigheden drie kinderen op te voeden, mijn ouders hadden wel eens mogen nadenken voordat ze het ene kind na het andere op de wereld zetten, en de meisjes waren nu eenmaal uitgenodigd en ze zouden komen ook en mijn moeder moest ophouden met zeuren.

'Ik zeur helemaal niet! En ook verder zul je geen last meer van me hebben!' schreeuwde mijn moeder. 'Ik schiet mezelf dood! Dan hebben jullie meer plaats! Ik schiet mezelf dood met het geweer van papa, dan heb ik eindelijk rust. Ik hoop alleen dat ik in de hemel niet hoef te werken. Je zult zien dat ik daarboven toch weer wolken moet poetsen!'

Mijn vader had van zijn vader een geweer geërfd, dat hij thuis verstopte omdat hij geen wapenvergunning had.

'Hoezo geen last?' zei mijn zus. 'Je snapt toch wel wat een troep het geeft als iemand zich voor zijn kop schiet? Hoezo geen last! Dat spat tot tegen het plafond.'

'Ik schiet me wel in de tuin dood!' schreeuwde mijn moeder. 'Niemand hoeft mijn troep op te ruimen! Heel netjes – het blijft allemaal heel netjes.'

Ik was nu heel kalm. De tabletten leken eindelijk te werken. 'Je kunt ook een kussen op je hoofd leggen,' zei ik, 'dan spat het niet zo.' Dat had ik ooit in een boek gelezen. Maar waar? Waarschijnlijk bij Arthur Schnitzler. Of was het een film geweest? In elk geval hielden de luitenants in de negentiende eeuw een kussen tegen de andere kant van hun hoofd als ze zich doodschoten.

'Weg hier! Allebei weg hier! Ik wil dat jullie weggaan!' schreeuwde mijn moeder. Ik ging weer naar mijn kamer. Ik was bijna vrolijk. Er hoefde geen beslissing meer genomen te worden, ik moest deze weg alleen nog ten einde gaan. Dit huis was mijn huis al niet meer, het was nog maar een fase, een onbelangrijk tussenstation tussen de beide oneindigheden, die van het nog-niet- en van het niet-meer-zijn.

Ik geloof dat ik me toen heb uitgekleed om te gaan slapen. Ik kan het me niet meer herinneren. Midden in de nacht werd ik wakker. Ik droeg een nachthemd en lag met mijn gezicht in het braaksel. Het deerde me absoluut niet. Het liefst was ik misschien wel in de bagger blijven liggen en weer in slaap gevallen. Toen besefte ik dat ik dringend het kussen moest schoonmaken. Dus stommelde ik de trap af en droeg met gestrekte armen het kussen voor me uit naar het toilet. Als een ondergekotst spook. Natuurlijk werd mijn moeder wakker. Net toen ik het kussen in de wasbak wilde proppen kwam ze binnen en kon zo voorkomen dat ik ook de veren in het water duwde.

'Wat is er nu weer aan de hand?'

'Ik heb pillen genomen', neuzelde ik. Nu voelde ik me geen spook meer, maar alleen nog alsof ik onder water gedompeld was. Jezus, wat was dat pijnlijk – pillen nemen en niet dood zijn. Maar de pijnlijkheid dobberde als een kurk op de rust waarin ik als een alg ronddreef en bereikte me niet. Mijn moeder maakte mijn vader wakker.

'Papa! Papa! Word wakker! Anne heeft pillen genomen!'

Hij wilde weten welke en hoeveel.

'Veertig', zei ik. Ik wilde niet toegeven dat het er maar twintig waren.

'Het is maar sedapon. Die zijn heel onschuldig. Bovendien heeft ze ze allemaal alweer uitgekotst', zei mijn vader. 'Laat haar maar gewoon doorslapen.'

Dertig uur later werd ik nog net op tijd wakker voordat

de Franse meisjes kwamen. We losten het ruimteprobleem op door mij bij mijn ouders in de woonkamer op de bank te laten slapen. 'Heb je er eigenlijk wel bij stilgestaan wat voor schok het voor de kleine Françaises zou zijn geweest als ze hier waren aangekomen terwijl er net iemand zelfmoord had gepleegd?' vroeg mijn moeder. Als ze het over de scholieren van het uitwisselingsprogramma had, zei ze altijd 'de kleine Françaises'. De kleine Françaises waren inderdaad kleiner dan wij, hoogstens een meter vijfenzestig, en ze spraken geen Engels en geen Duits. Als mijn zus er niet was konden we alleen via gebaren met elkaar communiceren. Maar dat deden ze heel handig. Ze hadden een sprankelende charme en dansten rock-'n-roll voor ons, en één keer maakten ze een maaltijd van vijf gangen klaar, allemaal heet spul dat brandde in je keel, en het duurde drie uur voordat we aan de vijfde gang toe waren. We zouden nog *tarte* krijgen.

'Het lijkt wel of ze alle tijd van de wereld hebben', gromde mijn moeder met op elkaar geklemde tanden toen de kleine Françaises weer naar de keuken verdwenen waren. 'Nu nog *tarte*! Hoe verzinnen ze het – nu nog *tarte*! Zien ze dan niet dat ik hier het huishouden doe? Ik heb geen tijd om vier uur aan één stuk te eten. Misschien doen ze dat daar in Frankrijk, maar ik moet zo afwassen.'

De afwas lieten de kleine Françaises inderdaad voor mijn moeder staan en in plaats daarvan dansten ze nog een keer rock-'n-roll voor ons. En mijn vader glimlachte bij de aanblik. Wat hadden andere mannen toch een dochters, wat een kleine wervelwinden en wat een sprankelende charme! Hij wierp een steelse blik op die grote logge Keulse potten van hem.

* * *

Het vliegtuig gaat zo dadelijk landen en we moeten onze gordels weer vastmaken. Nog even en ik ben gearriveerd en heb het opnieuw overleefd. We glijden het wolkendek binnen, het vliegtuig snuffelt er een beetje in rond en dan dalen we verder en verder, de huizen zijn al te zien, met kleine tuintjes ertegenaan, en een kasteel in een groot park, er wordt gevlagd, en elke meter die we verder dalen vergroot mijn kans om het te overleven. Dat klopt waarschijnlijk helemaal niet. Waarschijnlijk maakt het absoluut geen verschil of je van tienduizend meter of van vijftig meter hoogte neerstort. Maar als ik kon kiezen, zou ik liever van vijftig meter hoogte neerstorten, ook al heb je dan natuurlijk minder tijd om je hele leven nog een keer aan je geestesoog voorbij te laten trekken. Maar ook zonder dat weet ik wel dat ik alles verprutst heb. Het enige wat ik in mijn voordeel kan zeggen is dat ik mijn therapeut nooit over Peter Hemstedt heb verteld. Ik had geen zin in de aanblik van zijn opgetrokken wenkbrauwen, van dat opgewekte, begrijpende knikken. Ik wilde niet luisteren naar zijn therapeutische visie, die niets van de liefde weet maar alleen van afwijzende vaders en van de dwang om de negatieve ervaringen uit je jeugd steeds weer na te spelen. Ik wilde niet horen dat ik een betere man verdiende, dat ik iemand moest gaan zoeken die me góéddeed. Alsof het er in de liefde om gaat je investeringen terug te verdienen, net als bij die zak van een financieel adviseur die mijn broer intussen is geworden. Natuurlijk heeft hij geprobeerd me telefonisch een riskante belegging aan te smeren. Het krediet dat ik daarvoor nodig gehad zou hebben, wilde hij me meteen ook verschaffen. Ik krijg koude rillingen bij het idee van iemand te houden alleen maar omdat hij me góéddoet. Dat is toch hetzelfde als een fan van FC St. Pauli adviseren eindelijk eens voor Bayern München te juichen omdat die veel vaker winnen. Hoe kun je een therapeut uitleggen dat er psychische beschadigingen bestaan waarvan je helemaal niet genezen wilt worden?

Waarschijnlijk is dat precies wat er gaat gebeuren. Een ontmoeting met Hemstedt zal me genezen. Iedereen weet hoe zo'n weerzien afloopt. De teleurstelling is onvermijdelijk. Hij heeft geen schijn van kans. Zelfs al is hij een toonbeeld van deugd, schoonheid en smaak, dan nog zal hij niet opgewassen zijn tegen het ideaal dat mijn tomeloze hart van hem heeft gemaakt. Het is vijf jaar geleden dat ik hem voor het laatst heb gezien, en toen ik hem opbelde heb ik belachelijk genoeg gedaan of ik bij hem wilde logeren om geld te besparen. Ik heb mijn liefde voor hem nog nooit op een voor iedereen begrijpelijke manier tot uitdrukking kunnen brengen.

Hemstedt heeft me gevraagd naar zijn werk te komen, zodat hij me alvast de sleutel van zijn woning kan geven. De taxi stopt voor een gebouw dat van boven tot onder uit glas bestaat. Ik stap uit, kijk omhoog langs de groenige ruiten van de gevel, kijk weer omlaag, stuit op mijn spiegelbeeld, krijg de gebruikelijke schok en vraag me af wat ik hier eigenlijk doe. Hij hield niet van me toen ik jong en mooi was en mijn kansen zijn er bepaald niet beter op geworden. Wie weet herkent Hemstedt me niet eens. Tussen onze laatste ontmoeting en nu ligt tweeënveertig kilo. Bovendien zie ik er op de een of andere manier een beetje misvormd uit, van onder dikker dan van boven. Dat was vroeger, toen ik nog diëten volgde, ook altijd al zo. Als ik hongerde werden mijn gezicht en borsten magerder. Binnen de kortste keren kon je mijn ribben tellen. Als ik dan weer begon te eten, werden mijn kont en benen dikker. Nu zie ik eruit als een trol of alsof ik uit een boomstam ben gehakt en aan de onderkant nog niet helemaal klaar ben. Ik ben praktisch ingesteld. Nog even en ik sta oog in oog met hem en zijn blik zal me verscheuren. Hij zal zien hoe vet ik ben. Nou en? Waarom ook niet? Waarom zou hij me zo niet mogen zien? Dat haalt je de koekoek dat ik zo vet ben! Wie zijn schuld zou dat zijn?

* * *

Jost Merseburger, Richard Buck, Stefan Dorms en Peter Hemstedt vielen me meteen op aan het begin van de bovenbouw, nadat we onze vakkenpakketten hadden gekozen. Zij waren de enige jongens die als individuele sport 'gymnastische dans' hadden gekozen. Na de vierde klas hadden we onze klassenleraren verruild voor mentoren en het lespakket was ingedeeld in verplichte vakken, keuzevakken en verplichte keuzevakken. Wie koos voor gymnastische dans was óf een meisje óf in sportief opzicht een absolute nul. Ik voldeed aan beide voorwaarden. Jost en zijn vrienden maakten ook geen bijzonder fitte indruk, zij leken meer het type dienstweigeraar, lang en slungelig. Maar zelfs als de keuze tussen atletiek, toestelturnen en gymnastische dans een keuze leek tussen pijnbank, duimschroef en Spaanse laars, dan lieten mannelijke sportieve nullen zich normaal gesproken altijd nog liever op de sintelbaan afpeigeren dan samen met meisjes te gaan dansen. Behalve dat ze voortdurend met plastic tasjes van platenwinkels over het schoolplein liepen en elkaar in de opengehouden tasjes lieten kijken, wist ik niet veel van de vier jongens. Jost stond bij ons op school te boek als een heel gevoelige jongen. Als hij midden in de les overeind sprong, wild om zich heen keek en dan met de deur slaand het lokaal uit rende, zeiden de leraren altijd sussend: 'Laat Jost maar. Jost is érg gevoelig.'

Wat een onzin. Op die leeftijd waren we allemaal gevoelig. Waarschijnlijk waren zelfs de redacteuren van *Overzicht* gevoelig. *Overzicht* was de tweede schoolkrant die op het Heddenbarg plotseling werd verspreid. Er stonden geregeld advertenties in van de jongerenorganisatie van de christendemocraten en de redacteuren droegen geruite truien en Burlington-sokken en op de kasten in hun kamers stonden lege sektflessen. Het verschil tussen Jost en ons was zijn totale ongeremdheid. Het zou ook kunnen dat hij ongeremd gevoelig was. Natuurlijk spijbelden Jost, Peter, Richard en Stefan vaak met gym en probeerden ze zich overal aan te onttrekken. Het duurde oneindig lang voordat ze de veters van hun gymschoenen hadden gestrikt of ze logen dat ze iets in de kleedhokjes hadden laten liggen. Maar als ze er eenmaal waren, dan deden ze zonder een spier te vertrekken wat er van hen werd geëist. De gymlessen begonnen altijd met een folkloristische dans, waarbij we in een kringetje moesten rondlopen en in het midden onze handen op elkaar legden, zodat de armen de spaken van een levend wiel vormden. Met versteende gezichten en starende ogen staken ook Jost, Richard, Peter en Stefan hun handen naar het midden van de kring. Ze maakten nooit gekheid. Ze leken wel autistisch, ze bewogen niet meer dan nodig. Als we sprongetjes moesten maken, staken ze hun been een eindje uit en sleepten met één voet over de grond. Moesten we onze armen gestrekt omhoogsteken, dan deden ze halfslachtig mee – alsof iemand een pistool in hun rug zette. Mijn blik werd altijd onweerstaanbaar hun kant op getrokken, ook al hoorden ze natuurlijk absoluut niet bij de begerenswaardige jongens, dus bij de jongens waar je anderen jaloers mee kon maken. Ik besloot het met Peter Hemstedt aan te leggen. Hij was van het viertal de minst opvallende: mager, zonder de elegante slungeligheid van zijn vrienden. Zijn lichaamsbouw was van het potige, corpulente type. Voorzover ik wist had hij nog nooit een vriendin gehad. Waarschijnlijk was hij blij dat hij mij mocht zoenen. Deze Peter Hemstedt, deze nietszeggende jongen met zijn grote neus, zijn nietszeggende kapsel en zijn nietszeggende naam was iemand met wie ik in mijn toenmalige toestand nog net contact durfde te zoeken. Ik woog inmiddels zo'n negenenzestig kilo. Onder de zevenenzestig komen lukte bijna nooit meer. Het viel zelfs niet mee om de negenenzestig vast te houden. Het was een hele inspanning om altijd maar honger te hebben. Mijn leven was trouwens één gigantische inspanning. Bekeken worden en niet slank genoeg zijn. Niet voor feestjes uitgenodigd worden. Uitgenodigd worden en naar huis moeten gaan zonder gezoend te zijn. Jongens zoenen die me eigenlijk afkeer inboezemden. Op straat langs een groepje bouwvakkers lopen. Tijdens de les niet laten merken dat je allang niet meer wist waar het over ging. Niets in mijn leven was eenvoudig of ging vanzelf. Behalve eten.

Intussen hadden zelfs de brave, onopvallende meisjes bijna allemaal een vaste vriend. Brave vrienden uiteraard, maar ze deden natuurlijk wel iets met elkaar. Als ze over het schoolplein liepen keek ik ze na en probeerde ik me voor te stellen hoe ze hun vrienden aftrokken. Maar eigenlijk kon ik niet echt geloven dat er behalve ik nog iemand was die zoiets deed. Toch wist ik natuurlijk dat het zo was. Gertrud Thode deed het en Petra Behrmann, en de lompe Rulla en die saaie melkmuil van een vriend van haar deden het ook, en Henriëtte met haar dikke vlechten en Gabi en Sabine. Onbegrijpelijk! Hoe konden ze nu hier over het schoolplein paraderen en doen alsof er niets aan de hand was? Alleen kleine Doris had natuurlijk geen vriend. In dat opzicht was ze een geruststellende factor in mijn leven. Ze was nog altijd niet gegroeid en ze was nog altijd broodmager. De laatste tijd gaf haar moeder haar steeds dikke boterhammen met kaas of Nutella mee, maar als ze had gedacht haar gedisciplineerde dochter daarmee te kunnen verleiden, dan was ze wel heel erg naïef. Doris haalde de boterhammen onder de les uit het papier en bekeek ze. Ze deed niet meer dan ernaar kijken, om ze vervolgens onder haar tafeltje te leggen. Dat maakte me bijna gek. Ik probeerde nu al een tijdje alleen nog tussen de middag te eten. Als Doris die dikke boterhammen met kaas en Nutella onder haar tafeltje legde, dan had ik al minstens twintig uur niets meer gegeten. En natuurlijk bood Doris me elke keer weer haar boterhammen aan. 'Wil jij ze? Ik vind ze vies met die chocola', zei ze. Aanvankelijk bedankte ik. Ik vroeg me af: wat vind je belangrijker – dat de jongens achter je aan zitten of dat je nu die boterham opeet? Maar na een dag of vier, vijf had ik het stadium bereikt waarin het duidelijk belangrijker werd die boterham met Nutella op te eten. En wel nu! Onmiddellijk! Ter plekke! Het duurde niet lang of ik at de meeste van Doris' boterhammen op. Het duurde ook niet lang of ik vroeg haar erom. Toen wilde ze haar boterhammen opeens toch weer zelf opeten.

'Nee, vandaag heb ik honger', zei Doris en nam een klein hapje, waar ze vervolgens urenlang op zat te kauwen. Voor mijn ogen legde ze dan de boterham waar ze een hap van had genomen onder haar bank. Ze wilde dat ik erom smeekte en soms deed ik dat ook.

'Kom, geef ze maar aan mij,' bromde ik, 'jij wilt ze toch niet!'

'Hoe kun je zo vraatzuchtig zijn?' zei kleine Doris dan en gaf me met benige, donzige armen haar boterhammen. Dat was haar kick, daar genoot ze het meest van: kijken hoe ik haar boterhammen opat. Wat ze niet wist was dat ik even later alles weer uitkotste. Ik bracht nog altijd heel wat tijd door op toiletten, maar toch bleef ik op die negenenzestig kilo zitten. Doris woog nu veertig kilo en haar gemiddelde cijfer was een negen. Maar ze vond dat het nog hoger moest.

'Waarom?' zei ik als ze weer eens zei dat ze nog meer moest leren, nog beter moest worden. 'Waarom eigenlijk? Wat heb je daar nou aan? Dat is toch allemaal bullshit!'

Zelf werd ik namelijk met de week slechter. Ik kon me gewoon niet meer concentreren. Zelfs als de lessen best interessant waren bekroop me toch steeds het gevoel dat er iets nog veel belangrijkers en dringenders was dat al mijn aandacht opeiste, alleen wilde me niet te binnen schieten wat. In plaats daarvan zag ik films. Ik wilde luisteren, ik deed mijn uiterste best, maar terwijl de leraren tegen me bleven praten zette iemand in mijn hoofd een piepkleine projector aan en moest ik steeds weer naar dezelfde film kijken. Ik was de enige actrice en er was maar één scène: ik op mijn stoel in het lokaal en alle plaatsen voor of naast me waren leeg. Opeens stond ik op, begon te rennen en sprong uit het raam. Dat was alles. Het duurde nog geen vijf seconden. Ik sprong zijwaarts, met mijn ene been vooruit en mijn andere opgetrokken, terwijl ik mijn gebogen arm voor mijn gezicht hield, zoals ik dat in een van de *Kung Fu*-afleveringen had gezien. Op het moment dat het glas verbrijzelde was de film afgelopen. Nooit klapte ik tegen de grond. Het ergst was het tijdens scheikunde. Onze scheikundelerares noemde een begrip, een vreselijk ingewikkeld klinkende formule, hoewel ze uiteindelijk net als altijd alleen maar ijzer of koper bedoelde, en op hetzelfde moment begon mijn hoofdbioscoop te werken. Ik zag mezelf opstaan, een aanloop nemen, naar het raam rennen en dan: rinkeldekinkel. In sommige lessen zag ik dat wel twintig keer. Niet dat ik zo graag uit het raam wilde springen of dat ik me dat bewust voorstelde. Die scène was meer als een banale melodie, waar je allang genoeg van hebt maar die je maar niet uit je hoofd krijgt. Ik verveelde me er echt bij. Na een halfjaar werd het wat beter en liet ik me niet meer zo vaak meevoeren. Toen legde de operateur van de bioscoop in mijn hoofd tijdens een wiskundeles plotseling een nieuwe filmrol klaar. Deze keer bevond ik me in een gebouw dat eruitzag zoals decorbouwers in Hollywood zich waarschijnlijk een oude Egyptische of Azteekse tempel voorstellen: hoge, rood, geel en blauw geverfde zuilen, stof dat danst in de lichtbundels. Ik was min of meer naakt en droeg alleen zo'n lange lendedoek, waar aan de zijkanten mijn bruine, geoliede, glanzende benen uit tevoorschijn kwamen. In mijn handen had ik een grote zilveren schaal. Voor het altaar stond een hogepriester in een goud met blauw gewaad. Devoot schreed ik in de richting van de priester, knielde voor hem op de stenen vloer en hief de schaal tot onder mijn kin omhoog. Daarna zag ik alleen nog de schittering van een zwaard en op hetzelfde moment viel mijn hoofd op de turf in de schaal. Ik had helemaal niet in de gaten dat er turf in de schaal lag. Ook die film duurde niet langer dan tien seconden, waarna ik weer terugkeerde naar de wiskundeles. Ik had hoogstens één zin van de lerares gemist. Opletten! dacht ik. Concentreer je nou! Je moet je concentreren! Je mag niet meer afdwalen! Terwijl ik dat dacht had ik de volgende zin ook al gemist. Nu hoorde ik eindelijk wat de wiskundelerares zei, maar ik begreep niet meer waar ze het over had en staarde haar steeds verwarder en wanhopiger aan. Je bent dom, zei ik tegen mezelf. Je bent echt ontzettend dom.

'...daarom is in dit geval de derde binomiale formule van toepassing...' zei de wiskundelerares, en meteen zonk ik weer op mijn knieën, zag het zwaard flitsen en mijn hoofd zacht in een schaal turf ploffen.

Nadat ik voor scheikunde drie keer achter elkaar een dikke onvoldoende had gekregen, weigerde mijn vader me nog langer geld voor schoolboeken te geven. Iemand die steeds maar tweeën voor scheikunde haalde, was in zijn ogen reddeloos verloren. Gelukkig kregen we de meeste boeken gratis. Dr. Kirch, onze scheikundeleraar, had me op grond van mijn mondelinge overhoringen nog een 6- op mijn rapport gegeven. Dat was echt te gek voor woorden, want in de les deed ik mijn mond niet open. Op een keer probeerde Kirch me te overhoren. Ik staarde hem panisch aan. De laatste vijftig scheikundelessen was ik onafgebroken uit het raam gesprongen of had ik me laten onthoofden. Kirch was heel aardig. Hij had donker haar, dat hij strak en nat achteroverkamde, zoals iemand in een Amerikaanse film uit de jaren veertig. Hij begon iets uit te leggen en ik luisterde. Bij wijze van uitzondering draaide er in mijn hoofd geen film, maar evengoed had ik geen schijn van kans om ook maar enigszins te begrijpen waar hij het over had. Rustig en vriendelijk stelde hij de ene vraag na de andere, tot ik er niet meer tegen kon dat hij zich zo voor me uitsloofde. Ik zei: 'Dat weet ik niet! Ik weet al die dingen niet. U hoeft het me ook niet uit te leggen. Ik zal die dingen nooit begrijpen.'

Waarin ik trouwens gelijk zou krijgen.

'Kom je op weg naar school langs een bos?' vroeg Kirch. De eerste vraag die ik kon beantwoorden. Ik knikte.

'Dat ligt waarschijnlijk vol met bijltjes?'

Dat was weer zo'n typisch lerarengrapje, maar toch was het aardig van hem omdat de andere leerlingen, die steeds stiller waren geworden en aan hadden moeten horen hoe oneindig stupide ik was, nu voorzichtig begonnen te giechelen. Hij vroeg nog iets, waarschijnlijk was het vreselijk makkelijk, maar ik wist niets, niets, niets, en toen vroeg hij wat je er dan bij moest gieten om de gewenste reactie te krijgen. Ik stond op het punt in huilen uit te barsten.

'GIETEN', zei hij.

'Water?'

Volgens mij was hij nog opgeluchter dan ik.

'Heel goed, inderdaad!' riep hij. 'Nu nog de scheikundige formule!'

Die wist zelfs ik. Ik zakte weer op mijn tafel. Als Kirch verstandig was gaf hij me deze les niet nog een beurt. Ik stelde me voor hoe het zou zijn om met hem naar bed te gaan, en het kostte me absoluut geen moeite me dat voor te stellen. Hij zou heel lief zijn. Als ik domme dingen deed, zou hij een grapje maken, een aardig, niet erg origineel, onschuldig scheikundelerarengrapje, daarna zou hij me in zijn armen nemen en alles zou goed zijn. Ik probeerde me voor te stellen hoe hij er naakt uitzag en nam zijn lichaam op. Hij was breed, een beetje dik, dat mocht ik wel. Ik had Kirch waarschijnlijk zo intensief aan zitten staren dat hij dacht dat ik zijn uitleg had gevolgd en daarom leek het hem een goed idee me nog een keer iets te vragen. Hij straalde, alsof hij er geen moment aan twijfelde dat ik het antwoord wist. Meteen begon bij mij weer die film te draaien: daar was die Egyptische tempel weer en daar was het gebundelde licht dat door smalle openingen boven in de muur viel, ik droeg mijn lendedoek en hield de schaal in mijn handen. De hogepriester verscheen, hij zag eruit als Kirch. Kirch had het goud met blauwe gewaad van de hogepriester aangetrokken. Ik knielde neer en hield hem de schaal voor, en Kirch schonk er een heldere vloeistof in.

'Water?' vroeg ik voorzichtig.

'Perfect', juichte de echte Kirch.

Op een dag belde mijn zus op en vroeg of ik zin had om die avond met haar en haar vriend naar de disco te gaan. Sinds ze het huis uit was, konden we het wat beter met elkaar vinden, ook al kon ze nog steeds geen halfuur met mij in één ruimte zijn zonder een aanval van razernij te krijgen.

Om vijf uur 's middags sleepte ik alle kleren, broeken en

T-shirts die ook maar in de verste verte geschikt leken voor een bezoek aan de disco naar de kamer van mijn broer en spreidde ze uit op de grond. Op het bed zat Benno, de hond. Ik drukte een kus op zijn kop en legde haarspelden tussen zijn poten. Mijn broer bezat intussen een compacte stereo-installatie. Ik draaide mijn elpee van Hit Fever. 'And when we talk, it seems like paradise.' De volgende drie uur stond ik me aan één stuk door te verkleden. Ik probeerde alle mogelijke combinaties. Tussendoor liep ik naar de hal om voor de spiegel het resultaat te bekijken. 'Why won't you free me, free me from your spell.' Ik glimlachte tegen mijn spiegelbeeld en stak mijn haar op. Ik hoopte dat mijn moeder niet uit de slaapkamer kwam kruipen waarin mijn vader de kamer van mijn zus weer had veranderd. Mijn moeder was ziek. Anders dan ik was ze vrijwel nooit ziek. Nu stond de hele afwas van gisteren nog in de keuken en we hadden vandaag nog niets te eten gekregen. Mijn vader zat chagrijnig in de woonkamer, mijn broer had zijn toevlucht gezocht bij vrienden. Ik gaf er toch de voorkeur aan mijn haar weer over mijn schouders te laten vallen. 'Everyone's a winner, baby. That comes true.' Voordat ik me begon op te maken draaide ik de Kraftwerk-elpee van mijn broer. Die had ik speciaal daarvoor bewaard. Ik luisterde altijd alleen maar naar de tweede song van de A-kant, die was duizend keer beter dan de rest. Ik luisterde steeds weer naar het-zelfde nummer. Intussen verfde ik mijn lippen, eerst heel licht, toen donker, toen toch maar weer heel licht, en met zwarte kajal omcirkelde ik mijn ogen. Ik zag eruit alsof ik mooi was. Het was niet alleen de make-up, het was ook de muziek van Kraftwerk die me mooier en mooier maakte. Toen mijn broer de kamer binnenkwam, had ik de plaat gelukkig alweer teruggezet en draaide ik nog een keer de elpee van Hit Fever.

'Eh, voel jij je wel lekker?'

'Pogo dancing!' brulde ik.

Hij rukte de naald van de plaat. De hond sprong van het bed, rende kwispelstaartend om mijn broer heen en probeerde vergeefs zijn aandacht te trekken. Hoe vervelender mijn broer deed, hoe meer zijn hond van hem hield. Hij kon niet anders.

'Héé, flikker op! Wie heeft je toestemming gegeven mijn geluidsinstallatie te gebruiken? Koop er zelf een! Dan kun je elke dag naar die rotmuziek van je luisteren.'

Ik verdween met mijn elpee naar de gang. Mijn broer gooide me mijn kleren achterna. Terwijl ik ze opraapte hoorde ik mijn moeder zachtjes roepen. Ik liet de kleren weer vallen en ging naar de slaapkamer. Het gezicht van mijn moeder was bleek en het zweet parelde op haar voorhoofd. Naast haar bed stond een emmer met braaksel. Op de een of andere manier moest ze erin geslaagd zijn om op te staan en een emmer te halen. Ik pakte het hengsel. Ik hield mezelf voor dat mijn moeder mijn billen had afgeveegd toen ik dat zelf nog niet kon én niemand anders het wilde doen. In de praktijk had ik alles aan haar te danken. Dus liep ik met de emmer vol kots naar de wc en gooide hem leeg. Ik trok de wc door, liet een beetje water in de emmer lopen en bracht hem terug naar de slaapkamer. Mijn maag draaide zich om toen mijn moeder me onderdanig bedankte. Ik keek naar de grond. Dit gevoel was niet goed, tenslotte was ze mijn moeder. Maar ze maakte het me ook niet makkelijk. Hoewel ze allang beter had kunnen weten, dacht ze nog steeds dat ze alleen maar een braaf klein meisje hoefde te blijven en geen eisen hoefde te stellen en zich alleen maar permanent hoefde op te offeren om ervoor te zorgen dat iedereen ontroerd was door haar bescheidenheid en daarom ontzettend veel van haar hield. Het probleem was alleen dat mijn moeder voor ons kinderen uitsluitend bestond uit schoonmaken, koken, wassen en de-troep-achter-onze-kont-opruimen. Zodra ze niet meer met een dweil gewapend door het huis wervelde, hield ze per definitie op te bestaan en keerden wij ons bevreemd van haar af.

Ik ging met mijn slechte geweten op de rand van haar bed zitten. Iemand moest haar tenslotte liefde schenken – of hoe dat ook heette. Ik wilde haar ten minste over haar voorhoofd strelen, maar zelfs dat kreeg ik niet voor elkaar. Ik stond weer op. Gelukkig was de emmer leeg en stonk de kamer niet meer zo verschrikkelijk.

Toen mijn zus en haar vriend mij kwamen afhalen, droeg ik een duifblauwe, tot aan mijn knieën reikende jurk met V-hals, die tot in de taille heel strak zat en waarvan de rok bij het dansen lekker om me heen zou fladderen. Om te beginnen reden we naar Madhouse. Uwe, de vriend van mijn zus, zat achter het stuur met naast hem zijn vriend Karsten. Mijn zus en ik zaten achterin. De geluidsinstallatie van de BMW was veel beter dan die van mijn broer en de cassette die werd gespeeld was ook veel beter dan wat ik anders te horen kreeg. Toch vroeg ik niet wie de cassette had opgenomen. Ik wilde niet praten. Ik wilde voor altijd in dit lied zitten en kijken hoe de straatlantaarns in hetzelfde ritme over me heen streken. Alles was precies goed. Ik legde mijn gezicht tegen het zijraampje en hoopte dat we een ernstig ongeluk zouden krijgen, waarbij ik om het leven kwam. Ik wilde niet dat de auto ergens aankwam en dat we moesten uitstappen. Maar daar draaide het natuurlijk toch weer op uit – dat we uitstapten en door de lage, slechtverlichte gang voor Madhouse beenden. Als aan het eind van die tunnel iemand de stalen deur opendeed, waaide ons telkens een flard muziek tegemoet. Zodra de deur was dichtgevallen, hoorde je alleen nog de bassen. Tegen de muren leunden allemaal jongens, van wie er een paar al wat ouder waren, er waren mannen van dertig bij, rechts en links, de een naast de ander. Ze droegen suède cowboylaarzen en zwarte leren jacks en ze kregen het voor elkaar je uitgehongerd en tegelijk minachtend aan te staren. Binnen drongen de mensen langs en door elkaar heen, je werd onderdeel van een stromende mensenbrij waar aan de bovenkant hoofden uitstaken en gestrekte armen met glazen eraan. Mijn zus en ik bleven in de hekgolf van Uwe en Karsten, voor wie iedereen plaatsmaakte. Langs de dansvloer bevonden zich nissen met tafeltjes en stoelen. Daarboven hing een halve Volkswagenkever aan de muur. Ook voor de nissen hingen jongens rond. Alles was vol met jongens. Er waren niet half zoveel meisjes. Ook deze jongens hadden een slavenhandelaarsblik. Als je omkeek glimlachten de meesten en zagen ze er plotseling heel vriendelijk uit, maar een paar jongens bleven gewoon naar me staren alsof iemand als ik niet eens in staat was hun blik te beantwoorden. Een van hen boog voorover en zei 'héééééé', maar ik was hem al voorbij. Uwe ging de discjockey begroeten. Ze stonden even te praten, hoewel dat bij dit lawaai eigenlijk onmogelijk was. Mijn zus stond naast me op de trap, staarde in de leegte en gaapte. Ik werd meegesleurd door een menselijke golf. Ik verzette me niet, ging ook niet opzij, maar liet me naar de dansvloer spoelen en probeerde de maat te pakken te krijgen. Ik was bang dat iedereen nu zou zien hoe slecht ik danste. Maar daar was weinig kans op, daar was het te vol voor. En toen was het net als met het meerijden in de auto: ik besliste niet zelf hoe ik bewoog, ik liet de muziek voor me beslissen. Twee mannen tilden een vrouw omhoog en zetten haar op het voetstuk van een pilaar. De vrouw hield zich vast en danste boven onze hoofden verder. De ogen van alle aanwezige jongens kleefden aan de vrouw. Ze droeg een spijkerbroek van doorzichtig plastic en daaronder een soort panty met een tijgerpatroon. Ze was een heel stuk ouder dan ik, ze was een vrouw en zag er mooi en ontzettend superieur uit. Daar kon ik niet aan tippen. Ik dreef voort in de menigte, danste, danste, bewoog opzettelijk, onopzettelijk dwars over de dansvloer en botste ten slotte tegen Karsten op. Hij wees naar de vrouw in de plastic broek. 'Uschi Obermeier', schreeuwde hij in mijn oor en ik knikte, wie dat ook mocht zijn. Toen zag ik hoe hij de vriend van mijn zus hetzelfde in het oor schreeuwde en hoe Uwe zijn hoofd schudde en tegen zijn voorhoofd tikte. Dus was het Uschi Obermeier misschien toch niet. Al dansend liet ik mijn blik door de ruimte glijden. Hij gleed in de ogen van een blonde jongen die een donkerbruine leren broek en een wit overhemd aanhad en met opgetrokken knie en met zijn cowboylaars op de rand van een tafeltje tegen een pilaar leunde. Hij knipperde nauwelijks met zijn ogen en keek me alleen heel ernstig aan. Ik keek terug. Verbazingwekkend genoeg werd ik niet eens verlegen, hoewel hij veel ouder was dan alle jongens met wie ik tot nu toe iets had gehad. Hij was minstens vierentwintig en zag er veel te goed uit voor mij – vreemd, blond, groot, glad en stralend en... volwassen. Ja, mannelijk, dat was het. Het was niet zo'n schooljongen met wie ik anders altijd stond te knuffelen. Ik danste verder, draaide me steeds weer naar hem om en telkens kruisten onze blikken elkaar en keken we elkaar lang en ernstig aan, tot ik een beetje wegdraaide en een andere kant op danste, en als ik dan weer omkeek wachtten zijn ogen al op me. Het klopte allemaal precies, maar het was ook alsof ik niet helemaal aanwezig was, want als ik wel aanwezig was geweest, dan had hij me vreselijk geïntimideerd. De vriend van mijn zus pakte me bij mijn schouder.

'We gaan', zei hij en ik volgde hem, ik liep, gleed en danste in de richting van de uitgang, en toen ik al bijna buiten was stond daar opnieuw die mooie jongen, nu met zijn voet op een ander tafeltje, en hij zette zich af van de rand van het tafeltje en drong dwars door de menigte heen, liep een eindje naast me, drukte een pen en het opschrijfboekje van een kelner in mijn hand en ik schreef mijn telefoonnummer op en hij bleef glimlachend achter. En weer zaten we in de auto en de straatlantaarns trokken hun lichtsporen door mijn hersens. De jongens bespraken waar we nu naartoe zouden gaan. Uwe wilde naar Nach Acht, maar Karsten beweerde dat Nach Acht net door de Pizza-bende was verbouwd, en mijn zus zeurde dat ze naar huis wilde. Mijn hart struikelde van angst dat alles alweer voorbij zou kunnen zijn, maar ten slotte zetten we mijn zus thuis af en reden met z'n drieën naar Sitrone. Ik stak het legitimatiebewijs van mijn zus door het loket, betaalde, pakte mijn consumptiebon aan, een deur ging voor me open en ik was binnen. De muziek vloog me in het gezicht, omhulde me, zoemde binnen in mij en zoemde tegelijkertijd in de dansers die al op de maat bewogen. Ik werd zelf onderdeel van de muziek, loste erin op, versmolt met de ruimte en de geluiden en de andere mensen. Ik begreep mijn zus niet. Hoe kon ze zich dit laten ontgaan? Ik werd nooit moe. Nooit. Dit hier was het leven. Drie mark in de kassa en een stempel op je hand. Het was nog duizend keer beter dan Madhouse. De muziek was beter, de ruimte was groter, de dansvloer waar je als een podium op moest klimmen was beter, zelfs de jongens waren beter. Ze staarden niet zo agressief. Ik ging naast de dansvloer staan en keek naar boven. De achterwand bestond uit een grote spiegel. Daarboven was het ook vol, maar niet zo erg als in Madhouse, je kon er bewegen zonder de andere dansers het zweet van hun gezicht te vegen. Plotseling ontdekte ik Jost Merseburger, Stefan Dorms, Richard Buck en Peter Hemstedt. Hoe kwamen die hier binnen? Geen van hen kon al achttien zijn. Ze dansten vlak voor de spiegel, zonder erin te kijken en zonder hem de rug toe te draaien. De manier waarop ze bewogen leek wel op de lessen gymnastische dans. Daarbij sleepte je met je voeten over de grond, de bewegingen braken halverwege af en leken vermoeid en onopzettelijk, maar toch was het totaal anders. Het was zo nonchalant wat ze deden. Het was alsof ze niets maar dan ook niets van deze wereld verwachtten en het ook niet jammer vonden dat er niets gebeurde. Als weemoedige schaatsers die al uren onderweg zijn.

Bij het volgende nummer liep de dansvloer opvallend vol.

'Wat is dat?' vroeg ik aan Karsten.

'Je wilt toch niet zeggen dat je David Bowie niet kent?'

Ik staarde naar boven naar Jost. Jost zong de woorden

van de song mee. Hij tuitte zijn lippen en zong het hele lied mee, van begin tot eind, stak zijn arm uit en wees naar verbaasde dansers alsof hij de aartsengel was die hen nu uit het paradijs verbande. Om hem heen liepen zijn vrienden maar wat te sloffen. Peter over het geheel genomen iets kordater, gedisciplineerder, doordachter. Mathematisch bijna. Ik verschool me in de schaduw van de stellage waarop de discjockey zat en bleef naar hen kijken. De jongens die ik de laatste tijd had gezoend waren goed in sport, een van hen had een cabriolet, anderen waren op de een of andere manier populair, of ze waren links en voerden het hoogste woord, of ze waren klassenvertegenwoordiger of op zijn minst een halve crimineel en drugsgebruiker. Nu begreep ik dat dat allemaal niet telde. Wat telde was deze nonchalance, dit boven de dingen staan. Opeens zag ik hoe saai de sportjongens waren, de gewichtigdoenerij van de linkse figuren, het zielige van de drugsjongens en het belachelijke van de grote auto's. Ik keek nog eens wat beter naar Peter Hemstedt. Hij zag er helemaal niet doorsnee uit. Hij had een prachtig profiel, lijnrechte wenkbrauwen en een recht uitgeschoren nek. Hij had de mooiste en zachtste mond van de wereld. Het was mijn eigen middelmatigheid geweest waardoor ik niet gezien had hoe goed hij eruitzag. Ik was er opeens niet meer zo zeker van dat hij makkelijk aan de haak te slaan was.

De jongen uit Madhouse belde niet op. Ik was graag naar Sitrone teruggegaan, maar alleen durfde ik niet. Aan het eind van de week belde Yogi op. Hij was blijven zitten. Op zijn rapport stond dat hij de cijfers voor zijn repetities had kunnen compenseren als hij bij de mondelinge overhoringen beter voor de dag was gekomen, maar daarvoor gebruikte hij waarschijnlijk de verkeerde drugs. Even dacht ik: waarom vraag ik hem niet of hij met me meegaat. Ik deed het niet. Als ik weer een keer naar Sitrone ging, zou ik mijn vroegere leven achter me laten. Ik zou beginnen aan een nieuw, stralend en nonchalant leven, en niemand zou weten hoe beklagenswaardig ik tot nu toe was geweest. Yogi nodigde me uit voor een feest. Alweer zo'n barbecue. Slome langharige jongens zouden slome platen met dikke paarden op de cover draaien. Vermoedelijk zou ik daar wel de kans krijgen iets met een van die jongens te beginnen, iemand te zoenen, misschien zelfs met iemand naar bed te gaan om me zo tegen Peter Hemstedt te wapenen.

'Heb je er eigenlijk met iemand over gepraat?' vroeg Yogi.

'Nee... wat? Nee... wat bedoel je?'

'Je weet wel... Je hebt het toch zeker aan niemand verteld?'

Jezus, nee, natuurlijk had ik dat niet. Waarom zou ik?

Het was al bijna middernacht toen ik op Yogi's feestje arriveerde. Wat zagen ze er allemaal stom uit. De jongens droegen *bell bottoms* en de meisjes van die lange gebloemde jurken. Ik ook. Peter en zijn vrienden droegen altijd broeken met nauwe pijpen. Dat zag er stukken beter uit. Ik liep linea recta naar Natz, Yogi's vriend, die de platen draaide. Ik ging naast hem staan en bekeek de stapel. Het had geen enkele zin, ik kende er toch niets van. Geen titel, geen groep, geen zanger. Ik was gedoemd altijd alleen maar te luisteren naar de muziek waarnaar de jongen luisterde op wiens matras ik toevallig lag. Ik kreeg het gewoon niet voor elkaar om bij Membran platen te gaan beluisteren. Ik kwam niet verder dan de boekhandel in het winkelcentrum. Daar kocht ik uitsluitend pockets, omdat die kast meteen links van de ingang stond. Verder durfde ik niet naar binnen. Ik was bang dat de vrouw van de boekhandel me zou aanspreken en zou vragen wat ik zocht. Ik wilde onder geen beding aangesproken worden.

'Zoek je iets speciaals?' vroeg Natz.

Ik haalde mijn schouders op. 'Je wilt toch niet zeggen dat je niets van David Bowie hebt?'

Ja, dat had hij wel.

Om twee uur 's nachts zoende ik met Natz en hij vroeg of ik zin had om samen met hem en nog een paar mensen naar een ander feestje te gaan, waar volgens hem een zwembad was. We waren met z'n zevenen, maar Natz had een grote, oeroude Mercedes waar we allemaal in gingen. De jongens persten zich met z'n drieën op de voorbank en wij meisjes lagen op de achterbank tegen elkaar aan als goudhamsters in een dierenwinkel en rookten giechelend wiet. Natz stak een stuk af door het bos. Het was nog altijd warm en hij deed het schuifdak open. De bomen suisden over ons heen en de jongens jankten als honden en de echte muziek schalde uit de cassetterecorder en vervolgens uit het dak van de auto, steeg ten hemel en bleef in de boomtoppen hangen. Ik klom met mijn knieën op de rugleuning van de bestuurdersstoel en toen op de schouders van Natz. Ik kroop met mijn bovenlichaam door het schuifdak en legde mijn gestrekte armen op het dak van de auto.

'Wat is dat voor song?' schreeuwde ik.

'Vind je het een goed nummer? Zal ik een keer een cassette voor je maken?'

Ik knikte naar de onder mij zittende Natz.

Nu wist ik nog steeds niet wat het was. Zelfs als ik op een dag wel naar Membran durfde te gaan, zou ik niet weten waar ik naar moest zoeken. Ik wilde nog een keer naar de song vragen, maar toen was het volgende nummer al bezig en daarom boog ik me zwijgend over Natz heen, liet mijn haar voor zijn gezicht hangen en gaf hem een lange zoen op zijn mond om te zorgen dat hij tegen een boom reed. Dan zou ik een dwarslaesie krijgen en eindelijk een fatsoenlijke reden hebben om in allerlei opzichten niet zo te functioneren als andere mensen, en mijn ouders zouden me vol berouw toch nog een hond geven en ik zou Jost en Peter Hemstedt geld geven om de goede platen voor me te kopen; dat zouden ze een arme invalide, die nog geen roltrap op kon, niet kunnen weigeren. Maar een van de jongens op de bijrijdersplaats nam gewoon het stuur over zolang Natz niets kon zien. Natz lachte.

'Je bent gek,' zei hij, 'jij bent hartstikke gek.'

Kennelijk vond hij dat gaaf.

Op het andere feestje was inderdaad een zwembad, maar dat was al in geen jaren meer gebruikt. Het beetje water op de bodem was bedekt met eendenkroos.

'Dat heeft meer weg van een kwekerij van bloedzuigers', zei Natz. Ik speelde teenager-onder-invloed-van-drugs, nam een aanloop en sprong in het water. Ik kwam min of meer op mijn voeten terecht en rolde voorover. Terwijl de anderen op de rand bleven zitten roken, plonsde ik, behangen met slingerplanten en eendenkroos, door het kniehoge water. Als ik lang genoeg doorliep zou ik vast een fikse longontsteking krijgen en wegkwijnen, en voordat ik dan ten slotte toch weer gezond zou worden, zou ik al tot op het bot vermagerd zijn en kleine Doris zou de pest in hebben en Peter Hemstedt zou van puur medelijden hopeloos verliefd op me worden. Natz mompelde de hele tijd dat ik hartstikke gek was en toen lachte hij stoned en liet zich achterovervallen. Ik kreeg het steeds kouder.

'Natz,' jammerde ik, 'Natz, ik heb het zo koud.'

We lieten de anderen op het feest achter. Ze moesten maar zien hoe ze thuiskwamen. Tijdens de hele rit zei ik geen woord. Ik keek alleen maar uit het raampje en rilde. Natz deed het schuifdak dicht. Voor de voordeur zoende hij me, maakte twee knoopjes van mijn jurk los en schoof een lekker warme hand op mijn ribben. Ik bleef rillen en hij trok me tegen zich aan en zei: 'Ik zal je wel warm maken. Let maar op, zo dadelijk krijg je het heel warm.'

Maar ik rilde en bibberde steeds harder en ten slotte zei hij zelf dat het waarschijnlijk het beste was dat ik naar binnen ging en een warme douche nam. Hij wilde mijn telefoonnummer hebben. Ik schreef het op de binnenkant van een kauwgompapiertje.

Tot mijn verrassing belde Natz de volgende dag inderdaad op. Hij wilde weten of ik erg verkouden was geworden. Maar omdat ik al jaren verwoede pogingen deed om ziek te worden, was ik intussen ongelooflijk gehard en zo gezond als een cockerspaniël. Natz was een rustige, aardige jongen en drie jaar ouder dan ik. Ik had er geen enkel bezwaar tegen als hij de eerste was met wie ik naar bed ging.

Nauwelijks gingen we officieel met elkaar of Yogi belde weer op.

'Zeg vooral niet tegen Natz dat we nog nooit hebben gevreeën, ik heb hem verteld dat we het voortdurend deden.'

Ik beloofde niets te verklappen. Wat hem was overkomen vond ik net zo erg als hij en ik voelde me heel belangrijk omdat ik zijn geheim moest bewaren.

De eerste keer met Natz was op de vloer van mijn kamer. Het ging vanaf het begin fout. Natz wilde en ik wilde – maar algauw bleek dat we allebei nauwelijks ervaring hadden en we voelden ook niet de liefde voor elkaar die ons over onze verlegenheid heen had kunnen helpen. Deze keer wachtte ik niet tot Natz erom vroeg, ik trok hem meteen af. Ik wilde niet moeten horen dat hij het vroeg. En ik wilde het zo snel mogelijk achter de rug hebben. Na afloop lag Natz naast me en streek wat door mijn haar. Het liefst had ik mijn handen gewassen. Maar beneden had mijn broer zich in de badkamer opgesloten. Het duurde bijna een uur voordat ik eindelijk naar de wc kon. Natz zei dat ik een washandje voor hem moest meebrengen. Voordat hij naar huis ging, gaf hij me de cassette die hij voor me had opgenomen. Ik had nog steeds geen cassetterecorder.

Toen mijn ouders naar Tenerife vlogen om de koude tijd van het jaar wat te bekorten, maakte ik van de gelegenheid gebruik om van huis weg te lopen. Ik zag geen andere uitweg. Ik moest mezelf opofferen, mezelf geven aan de eerste de beste die ik tegenkwam, zodat Natz niet merkte dat ik nog nooit met een jongen naar bed was geweest en Yogi zijn gezicht kon redden. Helemaal logisch was het niet. Intussen had ik namelijk al twee nieuwe pogingen achter de rug om met Natz te vrijen en daarbij de onthulling van Yogi's geheim op de koop toe genomen. Natz was er helemaal kapot van. Misschien liep ik wel weg om mezelf een vierde poging te besparen. Misschien liep ik wel weg omdat het de laatste kans was om ooit nog van huis weg te lopen. Over een halfjaar zou ik immers achttien zijn. Natz en Yogi waren ingewijd. Maar over mijn motieven liet ik ze in het ongewisse.

'Ik moet weg, begrijpen jullie dat? Ik moet gewoon weg.'

Halfslachtig probeerden ze het me uit het hoofd te praten.

'Je bent gek, hartstikke gek', herhaalde Natz een paar keer bewonderend, maar ik had me nog niet uit de voeten gemaakt of hij verlinkte me al bij de politie.

Ik weet nog hoe ik de bruggen over de Elbe achter me liet. Ik zat in een witte BMW. Voor het eerst van mijn leven liftte ik. Het was makkelijker dan met de trein reizen. Voor me draaide het nieuwe snelwegasfalt met een sierlijke boog de blauwe lucht vol schapenwolkjes en mogelijkheden in. Op de autoradio hoorde ik 'Sailing' – niet bepaald het nummer dat ik als soundtrack voor mijn club zou hebben uitgezocht, maar toch begreep ik met elke vezel van mijn lichaam dat ik vrij was, voor het eerst van mijn leven vrij, en ik was op weg gegaan om mijn maagdelijkheid te verliezen, Peter Hemstedt te vergeten en mijn geluk te vinden. Ver, ver weg, in een vreemd, warm land zou ik in een strandtent glazen omspoelen en telkens als de knappe jonge pianist begon te spelen, zou ik mijn rode gesprongen handen aan mijn blauwgeruite schort afvegen, tegen de piano leunen en zachtjes meeneuriën. 'Waarom zing je niet een keer echt,' zou de pianist op een dag tegen me zeggen, 'ik zie wanneer iemand een mooie stem heeft. Ik kan dat aan de mensen zien. En die van jou is heel erg mooi.' Aanvankelijk zou ik niet goed durven en alleen heel zachtjes zingen, maar mijn stem zou inderdaad helder zijn als een klok en zo mooi dat de gasten onmiddellijk verstomden. De zee zou glinsteren in de maneschijn en een vis zou opspringen uit het water dat zilverachtig spatte. 'Tekent u hier', zou de man van het platenlabel zeggen die toevallig in de bar zat, en een halfjaar later zou mijn eerste plaat uitkomen, waarop de piano was vervangen door een synthesizer. Ik zou op slag beroemd zijn, maar één keer per maand zou ik blijven optreden in de kleine strandtent, bij mijn vrienden, de waard en de pianist.

Ging het zo? Nee, zo ging het niet. Ik behoorde tot de zeventig of tachtig procent van de jonge weglopers die al binnen drie weken vrijwillig naar huis terugkeren. Mijn ouders sloten me in hun armen. Dat vond ik onaangenaam omdat mijn vader zijn hele leven nog nooit op het idee was gekomen me in zijn armen te nemen – in elk geval niet sinds mijn vijfde verjaardag – en mijn moeder durfde het eigenlijk ook al drie jaar niet meer. Maar op dat moment kon ik het natuurlijk moeilijk verbieden.

Mijn groene lievelingsjurk en een van mijn Wrangler-jeans waren gestolen. Mijn pas was gejat door terroristen die nu onder mijn naam onschuldige vaders van kant maakten. Zoals verwacht was de bewering in *Bravo* dat de ontmaagding grote invloed heeft op het leven van elk meisje een romantisch hersenspinsel gebleken. Ik ging meteen op de oude voet verder. Bovendien was mijn vlucht volkomen overbodig geweest. Natz had al acht dagen nadat ik was verdwenen een nieuwe vriendin gevonden. Yogi en hij hadden intussen een goed gesprek gehad, elkaar over hun gemeenschappelijke probleem verteld en de mogelijke oorzaken besproken en nu bloeiden ze helemaal op. Niemand had een offer van mij nodig. Ook Yogi had een nieuwe vriendin. Met haar lukte het altijd, zei hij. Overal was de lente losgebarsten. Zelfs Peter Hemstedt vond eindelijk een vriendin, een klein, onopvallend hippiemeisje.

Opeens kostte het me moeite om te bewegen. Het ging verder dan mijn gebruikelijke slapheid. Zelfs het optillen van een arm of een been vergde plotseling een enorme inspanning. Wie weet had ik voor mijn besluit om te vluchten mijn laatste restje wilskracht moeten aanspreken en was er nu gewoon niet genoeg meer over. Als ik te vlug bewoog moest ik huilen. Soms huilde ik al als ik 's morgens opstond. Ik huilde bij het tandenpoetsen en ik huilde bij het strikken van mijn veters. Op weg naar school, nog altijd op de fiets, stroomden er hele rivieren uit mijn ogen. Ik wachtte altijd eerst achter een struik tot mijn tranen waren opgedroogd en duwde dan pas mijn fiets het schoolplein op. Als ik in slowmotion naar mijn lokaal liep, dan ging het. Het gevolg was wel dat ik bijna elk uur te laat kwam. Gelukkig stoorden de leraren zich intussen niet meer aan zulke dingen. Ik duwde gewoon de deur open, sjokte naar mijn plek en liet mijn aktetas naast me op de grond vallen. Niemand wilde een excuus van me horen. Als we Duits, maatschappijleer, geschiedenis of filosofie hadden, waren de anderen toch net in een discussie gewikkeld. Er was altijd wel een of andere uitslover die aan het begin van de les zijn vinger opstak en vroeg of we niet mochten discussiëren over beroepsverboden, over het verbod op antikernenergiebuttons of over poppers en punkers. Er werd dan gestemd. Telkens was iedereen voor, ook zij die nooit meededen. Discussiëren was altijd nog beter dan les krijgen. Mij was het om het even. Het enige wat ik wilde was de volgende dertig of veertig minuten niet hoeven bewegen. Nadat ik op die manier drie of vier uur doorgekomen was, fietste ik weer naar huis, waarbij de tranen uit mijn ogen spoten. Ik sleepte me meteen de trap op naar mijn kamer, ontweek de tafel en de stoel en op de een of andere manier wist ik mijn bed te bereiken, ging op mijn rug liggen en staarde de rest van de dag naar het bruine plafond. Mijn bed was de enige plek op aarde waar ik niet kon falen en niet gekwetst kon worden, althans niet zolang ik alleen was. Ik was zo moe. Ik las niet meer en wilde ook niets meer eten. Ik kon er gewoon niet voldoende belangstelling of concentratie voor opbrengen. Trouwens nergens voor. Als iemand rechtstreeks het woord tot me richtte, dan vond ik het ongelooflijk vermoeiend om het contact in stand te houden en niet gewoon dwars door hem heen te staren. Geen idee welke dag van de week het was. De tijd verging niet meer, hij zwol alleen nog op. Na een of twee weken of maanden kwam mijn vader naar mijn kamer. In zijn hand had hij een bruine fles die eruitzag als een hoestdrankfles. Hij wilde dat ik die rommel innam. Hij had ook een lepel bij zich.

'Ik wil niet', zei ik opstandig, zonder het plafond uit het oog te verliezen. Zolang ik mijn vader kende, had hij elke middag depressief op de tuinstoel of op de bank gelegen. En dan zou ik niet een beetje naar het bruine plafond mogen staren!

'En nou is het afgelopen!' schreeuwde mijn vader. 'Slikken! Nu!'

Hij schreeuwde vrijwel nooit tegen mijn broertje en zus en mij, eigenlijk alleen met kerst. Maar als hij dan een keer uitpakte was het effect des te groter. Ik deed meteen mijn snater open en slurpte het spul van de lepel. Dat mijn vader me voerde was absoluut niet in overeenstemming met de mate van intimiteit tussen ons. Hij liet de fles achter. Een psychofarmacon. Waarschijnlijk geruild met een collega. ‘Hé, mijn dochter heeft last van depressies, heb jij daar niet iets tegen? Dan krijg jij van mij vijf tubes zalf tegen zwemmerseczeem en twee rubberen nijlpaarden.’

Van nu af kieperde ik ’s morgens en ’s avonds een flinke scheut van het spul uit het raam. Van mezelf hoefde ik helemaal niet op te knappen. Ik wílde de hele middag op bed liggen en naar het plafond kijken en niets voelen.

Als ik mijn vader tegenkwam probeerde ik me voortaan niet meer te laten gaan en een beetje rechtop en opgewekt langs hem heen te lopen en pas om de eerstvolgende hoek in tranen uit te barsten. Het verbaasde mijn vader absoluut niet dat zijn medicijn zo prompt werkte. Hij geloofde in zulke dingen.

Het is mogelijk dat ik tegenover mijn vader zó overtuigend het opgewekte kind speelde, dat de gehuichelde opgewektheid na verloop van tijd omsloeg in echte – in elk geval had ik aan het begin van de zomervakantie voldoende puf om een baantje te zoeken. Misschien had ik ook gewoon lang genoeg op bed gelegen en naar het plafond gestaard. Of ik was door het hongerlijden zo veel kilo’s kwijtgeraakt dat ik om die reden een goed humeur kreeg. Ik weet trouwens helemaal niet meer hoeveel ik toen woog. Lieve hemel, ik moet echt totaal van de kaart zijn geweest als ik zelfs dat niet meer weet.

De Deutsche Supermarkt bevond zich in de kelder van winkelcentrum Alstertal. Al na een dag was ik erachter dat ik hier niet lang zou blijven. Voor geen goud, en al helemaal niet voor 5,80 per uur. Ik werkte acht uur per dag, maar met pauzes, heen- en terugweg, het aantrekken van de stofjas en al het gedoe eromheen was ik elf uur op pad. De godganse dag was ik op de been. Pure stompzinnigheid, en na afloop kon ik alleen nog maar slapen. Je kon net zo goed dood zijn. Bovendien werd mijn rugpijn meteen weer erger. De bedrijfsleider heette Meyer en hij zat voortdurend vaderlijk aan me te plukken, maar hij verbood me om bij het inruimen van de conservenblikjes op de rand van de pallets te gaan zitten, omdat dat een te nonchalante indruk maakte. Ik had gedacht dat je alleen maar blikjes worteltjes en doperwtjes met het etiket naar voren in de schappen hoefde te zetten. Maar kennelijk had niet alleen mijn vader maar de hele wereld, inclusief die oude wijven die in de Deutsche Supermarkt boodschappen deden, recht op mijn veerkrachtige optreden. Ik beet op mijn onderlip en leefde naar de middagpauze toe. In de middagpauzes nam ik de roltrap naar de parterre en zeeg daar neer op een bank, naast de bejaarden met hun stokken. Een uur lang bleef ik daar zitten en staarde naar de etalage van Eins Zwei Drei, een winkel vol nutteloze rommel. Er stond een opgezette witte kip in de etalage, die me de hele tijd aankeek.

Toen ik een week in de supermarkt had gewerkt kwam Molle langs, een meisje dat ik oppervlakkig kende. Molle vertelde dat ze in een klein bedrijfje oprolbare hondenlijnen in elkaar zette. Er werkten daar een paar leerlingen van het Heddenbarg. Je kreeg per stuk betaald, maar zelfs de traagsten verdienden nog altijd twee keer zoveel als ik.

'Volgens mij kan hij nog wel iemand gebruiken', zei Molle.

De hondenlijnenfabriek was gevestigd in een klein eengezinshuis in de buurt van onze school. Vier vertrekken met twaalf tafels. De eigenaar heette Pörksen. Hij nam me meteen aan. Het werk lag me wel: eenvoudige, zich permanent herhalende handelingen, waarbij zelfs ik niet veel verkeerd kon doen. Bovendien wist je nooit van tevoren hoeveel lijnen je op een dag kon maken en wat je dan verdiende. Je had goede en slechte dagen, dat maakte het spannend. De tafels van Molle en mij stonden naast elkaar. We werden vriendinnen. Allebei kampten we met ons gewicht. Ik woog nu zeventig kilo. Zeventig! Zestig was al te veel geweest. Op de weegschaal van Molle woog ik zelfs eenenzeventig kilo – als ik de twee kilo voor kleren en schoenen er aftrok – en Molle beweerde nog wel dat haar weegschaal te weinig aangaf. Als dat waar was dan kon ik me wel ophangen. Molle was iets kleiner dan ik. Als kind was ze echt dik geweest, zo dik dat ze naar een kuuroord was gestuurd. 'Dikke vette Molle komt haar bed uit rolle!' had haar broer geroepen. Pas twee jaar geleden was ze slank geworden, niet echt slank, maar zo'n beetje als ik. De angst weer zwaarder te worden bleef haar achtervolgen.

'Hoe heb jij het voor elkaar gekregen om zoveel gewicht kwijt te raken?' vroeg ik, legde een stuk karton op de geprepareerde plastic kokers en bouwde de volgende laag. Molle's stapel telde intussen vijf lagen. Zij moest al gaan staan.

'Ik was verliefd geworden', zei Molle terwijl ze met een kleine spuit vet spoot in de kokers voor de veer waarmee de lijn weer werd opgerold. 'Die jongen was ouder dan ik en natuurlijk zag hij me niet staan. Ik wilde dat hij me eindelijk zag en dus ben ik op dieet gegaan. Ik deed niet meer dan een slablad of een tomaat op mijn boterham. Ik ben enorm afgevallen, twintig kilo – nee, meer – als ik uitga van het maximum dat ik ooit heb gehaald, dan was het vierentwintig kilo. En toen zag hij me eindelijk. Hij kende me al langer, maar die keer keek hij me voor het eerst echt aan. En weet je wat hij zei? Hij zei: "Nog vijf kilo en je bent echt een lief meisje." Daarop ben ik prompt vijf kilo aangekomen en die ben ik tot op de dag van vandaag niet meer kwijtgeraakt.'

's Middags hielden we tegelijk pauze. Molle rookte en soms gingen we samen naar de bakker om een taartje te kopen. Onze eetgewoonte leek op die van pythons. Soms aten we twee dagen helemaal niets en dan weer vraten we binnen de kortste keren zo veel gebak en chocola dat we er weer vier dagen tegen konden. Na afloop hadden we meteen spijt. Iedere heroïneverslaafde, iedere alcoholist had tenminste nog een flinke roes. Maar wie zoals wij aangewezen was op zoetigheid, had alleen de paar seconden of minuten dat hij het spul naar binnen werkte. Ik durfde niet bij mijn baas op het toilet met de dunne wandjes over te geven. Het desastreuze gevolg was dat Molle en ik niet in hetzelfde ritme hongerden en vraten, en als een van ons een vreetbui kreeg, dan sleurde ze de ander mee. Daarvoor waren we hoogstens wel eens een kilo aangekomen en die meteen ook weer kwijtgeraakt. Nu werden we steeds zwaarder. Ten slotte woog ik drieënzeventig kilo. Op mijn eigen weegschaal. Molle en ik besloten dat het zo niet langer kon. In de volgende pauze gingen we niet naar de bakker maar naar de apotheek, en we kochten eetlustremmers, elk een pak Recatol. Om te zorgen dat het ook echt werkte, nam Molle meteen twee en ik drie tabletten. Inderdaad hadden we geen honger meer. Ik had wel zin in eten, maar honger had ik niet. We vielen weer af. En dat niet alleen: sinds we Recatol slikten, werkten we ook vlugger. We werkten als idioten. En omdat we per stuk betaald kregen, verdienden we flink. Ik spaarde voor een auto. Mijn vader had gezegd dat hij voor alle kinderen het rijbewijs zou betalen. Hij had als tweede auto een oude kever aangeschaft en die mochten wij dan gebruiken. Maar ik wilde zijn kever niet, ik wilde een sportwagen of op z'n minst een auto die in de verte aan een sportwagen deed denken. Ik spaarde voor een Karmann Ghia. Intussen was de school weer begonnen en kon ik niet meer de hele dag werken, maar als ik een half pakje Recatol tegelijk innam, maakte ik in vijf uur bijna evenveel hondenlijnen. Alleen kon ik daarna niet slapen. Ik lag in bed en mijn hart sloeg alsof een onzichtbare kleine machinist vanbinnen plankgas gaf. Daarom stapte ik na het werk vaak nog een keer op de fiets om tot middernacht rond te fietsen. Sinds ik van huis was weggelopen, mocht ik van mijn ouders alles. Ik kon komen en gaan wanneer ik wilde. Om de een of andere reden kwam ik op mijn fietstochten altijd langs Sitrone. Ik stond dan aan de overkant van de straat te kijken wie er in en uit liep. Op een dag raapte ik al mijn moed bij elkaar, zette mijn fiets tegen de muur en ging naar binnen. Vanaf dat moment zat ik bijna elke avond in Sitrone. Ik stond in een donker hoekje naar de dansers te kijken en als er niemand was die ik kende, danste ik zelf ook. Ik danste altijd vlak voor de spiegelwand, half afgewend, maar natuurlijk bleef ik de hele tijd kijken. Het zag er helemaal niet gek uit zoals ik bewoog. Het dansen voor de spiegel was de rechtstreekse voortzetting van het dansen voor het raam in de woonkamer. Ik was telkens weer verrast hoe goed ik eruitzag. Als ik naar mezelf keek dan deed ik alsof ik in de spiegel naar een van de jongens keek. Ik leerde hoe je een jongen verliefd op je kon maken door alleen maar naar hem te kijken en hoe je ook zelf door te kijken op iemand verliefd kon worden. Om tien uur werd iedereen die nog geen achttien was de deur uit gezet. Ik beklom dan nog een keer de kasteelruïne achter Sitrone, ging op een muur zitten en staarde in de duisternis. Ik begon weer te roken omdat je daar slank van werd en omdat het zo'n lekker gevoel was om bij de ruïne te roken. Soms kwam er een jongen achter me aan en zaten we wat te knuffelen. Om middernacht lag ik in bed, maar toch werd ik om vier uur alweer wakker. Ik haalde Pörksen over mij een sleutel van het huis te geven zodat ik vroeger kon beginnen. Normaal gesproken kwam iedereen pas om zeven of acht uur. Hij wist natuurlijk niet dat ik al om halfvijf begon, maar ook dan had hij misschien niets gezegd. Hij was op dat moment enorm aan het uitbreiden en kon de vraag amper aan. Zelfs Caroline van Monaco had al een van zijn rollijnen. Ik fietste 's morgens om halfvijf naar de hondenlijnenfabriek, werkte tot zeven, acht of negen uur, afhankelijk van het aantal lessen dat ik spijbelde, ging dan naar school en maakte daarna de lijnen af waaraan ik was begonnen. Als ik daarmee klaar was ging ik weer naar Sitrone. Verbazingwekkend genoeg werd ik nu zelfs op school beter. Mondeling was ik opeens heel erg aanwezig. Ik kon mijn mond gewoon niet meer houden. Als ik een half of een heel pakje Recatol had ingenomen en me niet kon afreageren met dansen of stukken plastic in elkaar drukken, dan móést ik kletsen. Als een ruisende wc. Nu was ik degene die aan het begin van de les zijn vinger opstak en discussieonderwerpen aandroeg, willekeurig, over de RAF of over emancipatie of wat dan ook. Anderen kregen geen schijn van kans om iets te zeggen, want ik stak meteen monologen van twintig minuten af, waarbij ik almaar heen en weer rende, zogenaamd omdat ik me dan beter kon concentreren. Het was een wonder dat niemand op het idee kwam me te laten opnemen. Mijn oogleden hadden vroeger ook al getrild, maar nu viel het zo op dat ik er voortdurend opmerkingen over kreeg. Ik beweerde dan altijd dat dat door mijn contactlenzen kwam. Misschien klopte dat ook wel. Omdat ik nauwelijks meer sliep had ik mijn contactlenzen twintig uur achter elkaar in.

Op school zat ik nog steeds naast kleine Doris, maar eigenlijk had ik geen belangstelling meer voor haar. De laatste tijd bood ze me weer haar meegebrachte boterhammen aan. Ik glimlachte dan slechts minzaam en schudde mijn hoofd. Als ik honger kreeg nam ik gewoon nog een Recatol.

In de herfstvakantie gingen Molle en ik met de trein naar Parijs. Ik ging ervan uit dat Molle de kaartjes regelde en de dienstregeling bekeek en liep haar de hele tijd gewoon achterna. We logeerden bij twee Franse meisjes, die we geen van beiden kenden, vriendinnen van een vriendin van Molle. Ze woonden in een futuristische buitenwijk. De gebouwen zagen eruit als parkeergarages en waar de echte parkeergarages waren, staken reusachtige luchtkokers uit de grond, die hun ruitvormige bekken opensperden. Rechts en links werden de straten geflankeerd door kale muren. Als een labyrint voor proefratten. 's Middags keken de Franse meisjes naar Angélique-films op tv. Ik was ook een fan van Angélique. Ze was zo mooi als de zon en zo trouw als goud, maar toch raakte ze voortdurend bij andere mannen in bed verzeild. Of haar echtgenoten en minnaars stierven als vliegen of Angélique werd verkracht door piraten of ze werd lastiggevallen door Ludwig XIV. Meestal werd ze op het allerlaatste moment toch nog gered of bleek het allemaal niet zo erg te zijn. Oké, ze moest tegen haar wil trouwen met de lelijke Joffrey, de man met het stijve been en de afschuwelijke littekens in zijn gezicht. Maar zo lelijk waren die littekens nu ook weer niet. Eigenlijk stonden ze Joffrey wel. Wat dat betreft hadden wíj al heel wat meer concessies gedaan.

Vlak voor ons vertrek bleek dat Richard Buck en Peter Hemstedt tegelijk met ons in Parijs zouden zijn en ik begon weer in het lot te geloven. We ontmoetten elkaar op de afgesproken plek, een ingang van de onderaardse riolen van de stad. We liepen de trap af en stapten samen met een groepje toeristen in een boot. De boot wiebelde bij het instappen en we gingen vlug aan weerskanten op de bankjes zitten. Daarna voeren we over de stinkende, schuimende blubber de duisternis in. Ik zat naast Hemstedt. Ik noemde hem nu alleen nog bij zijn achternaam – Hemstedt. Het was aardedonker. De mensen in de boot giechelden. De schipper stak een lamp aan, bescheen de vochtige wanden of liet de lichtbundel zoekend over het bruine water glijden en over alle viezigheid die daar dreef. Met een metalen stang duwde hij de boot vooruit en als hij ermee tegen een wand stootte, weerklonk een lange, kletterende echo. En de hele tijd voelde ik Hemstedt naast me zitten. Zo was het. Ik herinner het me nog precies. Maar toen ik een paar jaar later opnieuw naar Parijs ging en uit sentimentaliteit nog een keer in het riool afdaalde, moest ik vaststellen dat daar helemaal geen mogelijkheid bestond om met een boot rond te varen. Ik vroeg het aan de man bij de kassa en hij zei dat hier nog nooit boottochten waren georganiseerd. Ik liep door galmende gangen, stapte door een grote plas en herkende niets. Maar op een honderd jaar oude foto zag ik een bootje zoals dat waarin ik met Hemstedt had gezeten. Ik wist niet of ik toen had gedroomd of nu droomde. Ik herinnerde het me immers zo precies. Toen we weer in het daglicht terugkeerden, zeiden Richard en Hemstedt dat ze honger hadden. We gingen naar een restaurantje met blauwgeruite gordijnen. De jongens aten volkomen ongeremd en hakten verlekkerd in hun stukken vlees, terwijl Molle en ik de sla op onze borden heen en weer schoven. Hongerig, maar in gezelschap van twee verzadigde jongens, stonden we na afloop weer op straat. We hadden geen Recatol meegenomen – we waren immers op vakantie – en daar hadden we nu spijt van. Zonder pillen en zonder chocola hadden we ontwenningsverschijnselen. Maar we hadden de hele reis al ontwenningsverschijnselen, behalve als we toevallig iets aten. Kwamen we langs een bakkerij met taart in de etalage dan wilden we daar een stuk van, en we wilden het nu, meteen, en bij de volgende bakkerij wilden we weer een stuk, en bij de volgende winkel wilden we nog een reep Mars, want na twee stukken taart deed het er allemaal niet meer toe. Maar met Hemstedt en Richard Buck erbij beheerste ik me natuurlijk. Wat wil je liever – Hemstedt of taart? hoefde ik me alleen maar af te vragen en het antwoord liet niets aan duidelijkheid te wensen over: Hemstedt. Maar ik wist ook dat dat waarschijnlijk inhield dat ik helemaal niets kreeg, Hemstedt niet en ook geen eten. Ik kreeg alleen jongens die ik eigenlijk niet wilde, en als ik dikker werd dan kreeg ik zelfs die niet meer.

Molle hield het tot de tweede snoepwinkel vol. Toen

kocht ze een Milky Way, en in de volgende winkel kocht ze een of andere Engelse chocoladereep en toen we langs een bakkerij kwamen wilde ze daar ook naar binnen.

'Waarom wil je eigenlijk elke, maar dan ook elke winkel in om iets te eten te kopen?' vroeg Richard.

Wat was ik blij dat ik me had weten te beheersen.

'Wat gaat jou dat aan? Wat gaat het jou aan hoeveel ik eet?' zei Molle met een rood hoofd. Daarna liepen we zwijgend met z'n vieren naast elkaar verder. Molle liet alle winkels links liggen.

'Het spijt me, echt', zei Richard op een gegeven moment zonder overtuiging, maar de stemming was definitief bedorven. Een uur later zaten we op de betonnen rand van een bloemperk en zwegen nog steeds. Ten slotte ging Richard naar Molle toe, kneep met beide handen in haar wangen en trok haar gezicht in de breedte.

'Jij hebt het liefste kleine... kikkergezicht dat ik ken', zei hij. Molle lachte en toen ging het weer goed met de jongens, en met Molle en mij ging het bijna goed.

Volgens mij waren we op weg naar de Arc de Triomphe toen Hemstedt opeens naast me kwam lopen en mijn hand pakte. Ik wist absoluut niet waarom hij dat deed, er was geen enkele aanleiding toe. Ik keek hem aan en toen begonnen we te rennen. We zorgden voor een flinke afstand tussen ons en de twee anderen, zodat ze ons net niet uit het oog verloren maar ook niet makkelijk konden inhalen. Ze moesten de dingen maar eens rustig op een rijtje zetten. Hemstedt en ik praatten niet. Er viel ook niets te zeggen. We hielden nog steeds elkaars hand vast. Ik was het niet gewend om gelukkig te zijn en mijn ogen trilden een beetje.

Bij de tunnel naar de Arc de Triomphe wachtten we tot

Richard en Molle ons hadden ingehaald en daarna kochten we samen kaartjes en renden de wenteltrap op, hoger en hoger, tot we met bonzend hart boven stonden, waar de wind ons haar alle kanten op blies. Niet bij de jongens natuurlijk, zij droegen wollen mutsen zoals je bij havenarbeiders ziet. We keken naar de rotonde onder ons en Richard vertelde het verhaal van de toerist die daar met zijn auto tussen was geraakt en er niet in was geslaagd weer uit te voegen, zodat hij net zo lang om de triomfboog heen had moeten rijden tot zijn benzine op was. Hemstedt stond helemaal aan de rand, voor de lange stalen punten die het zelfmoordenaars moeilijk maar niet onmogelijk maakten om naar beneden te springen. Ik zei dat ik daar een foto van hem wilde nemen. Hij draaide zich naar me om, sloeg zijn donkerblauwe trenchcoat als een dwangbuis om zich heen, de kant met de button naar buiten, en sloot zijn ogen. Ik drukte op de ontspanner. Toen we weer beneden waren, pakte Hemstedt mijn hand niet nog een keer, en toen we langs een pornobioscoop kwamen stelde ik voor om naar binnen te gaan. Ik had gedacht dat ik hem daarmee voor het hoofd zou stoten, maar tot mijn verbazing vond Hemstedt het een goed idee. Molle wilde absoluut niet, Richard wilde ook niet. Hemstedt en ik kochten gewoon kaartjes, zo vlug dat de andere twee niets anders overbleef dan ook kaartjes te kopen en achter ons aan te lopen. Niemand van ons kon de titel van de film vertalen. Het had iets met een harem te maken. 'Harem' deed me meteen denken aan de Angélique-films. In de zaal zaten negen mannen, gelijkmatig over de ruimte verdeeld. We zochten stoelen die zo ver mogelijk van de mannen verwijderd waren. Molle zakte zo diep weg in haar stoel dat ze bijna lag. Richard legde met een martelaarsgezicht een hand op zijn voorhoofd. De film was allang begonnen, maar dat maakte geen enkel verschil, want hij zat zo in elkaar dat je binnen tien minuten begreep waar het over ging, op welk punt je de handeling ook oppikte. Er was een detective die in dossiers rommelde en er heel betrouwbaar uitzag. Alleen kwam hij nauwelijks aan werken toe omdat zijn assistente per se met hem naar bed wilde. Daarna zag je een man die een meisje mee naar huis nam. Ze hadden seks met elkaar en toen sprongen er als in een poppenspel plotseling allemaal mannen uit de kast en achter de bank vandaan. Ze hielden het meisje vast, staken een injectienaald in haar armen en stopten haar in een soort lijkkist. Ze plakten een adres met Arabische letters op de kist en daar ging ze. Daarna was er een scène waarin het ontvoerde meisje een andere naakte vrouw streelde, en wel op het toneel van een Arabisch bordeel. Je zag dat het een Arabisch bordeel was omdat de toeschouwers boernoesen droegen. Als beloning kregen de vrouwen na afloop een shot heroïne. Daarna zag je opnieuw de detective, die samen met zijn assistente in een auto zat en vermoedelijk het spoor van de vrouwenhandelaren volgde. Het maakte niet uit of je de taal wel of niet verstond.

'Laten we gaan, laten we alsjeblieft weggaan', fluisterde Molle.

'Ja. Kom!' siste Richard.

Hemstedt legde een vinger op zijn lippen.

Een van de vrouwenhandelaren gooide een papieren zak met appels op straat, vlak voor de vrouw op wie hij het had gemunt. Ze tuinde er prompt in en hielp hem de appels oprapen, en hoewel hij expres onhandig deed en steeds weer appels liet vallen hielp ze hem zelfs nog de zak naar huis te dragen. Thuis werden ze natuurlijk opgewacht door de rest van de bende. De mannen vormden een kring rond hun slachtoffer en duwden haar naar elkaar toe, waarbij iedereen die haar te pakken kreeg haar een kledingstuk van het lijf rukte. De vrouw moest de hele tijd huilen. Ze had hangborsten en een ongezonde huid, ze zag er trouwens helemaal lelijk en slap uit. Hoewel ze slank was. Zo behandeld worden leek haar enige bestaansrecht.

Molle hield haar ogen dicht. Ze werkte op mijn zenuwen. Het was maar een film, ze moest zich niet zo aanstellen.

De vrouw gilde en huilde nog steeds en probeerde haar borsten te bedekken. Twee van de mannen gingen achter haar staan, grepen haar armen en bogen ze opzij. Het was een scène die veel leek op die ene Angélique-film, waar Angélique op de slavenmarkt wordt verkocht. Ook zij slaat haar handen voor haar borst, ook haar armen worden naar achteren gebogen en als de honderd mannen die haar aanstaren zien hoe mooi ze is gaat er een bewonderend gefluister, een respectvol, bijna geïntimideerd gemompel op, ongeveer zoals dat gebeurd moet zijn in de collegezaal waar Albert Einstein voor het eerst zijn relativiteitstheorie ontvouwde. De vrouwenhandelaren daarentegen lachten en joelden en knepen de vrouw tot ze het uitschreeuwde van de pijn. De pornoactrice met haar hangborsten leek natuurlijk ook niet op Angélique. Alleen als je mooi was, net zo mooi als Angélique, was je veilig. Dan had alle kwaadaardigheid en gemeenheid geen vat op je.

'Ik ga nu', zei Richard en stond op. Ook Molle stond op. Deze keer verzetten Hemstedt en ik ons niet. We volgden hen timide. Het daglicht verblindde ons.

'Waarom hebben pornoacteurs eigenlijk altijd puisten

op hun billen?' vroeg Richard. We bespraken het uiterlijk van de acteurs en vonden ze allemaal te lelijk voor hun baantje.

Twee dagen later reisden Hemstedt, Molle en ik weer terug. Richard bleef nog wat in Parijs omdat hij zijn zus wilde opzoeken, die daar als au pair werkte. We hadden een coupé voor ons alleen. Molle en ik zaten op de buitenste zitplaatsen van de ene bank, terwijl Hemstedt tegenover ons in het midden zat, zodat we allemaal onze voeten op de andere bank konden leggen. Na een tijdje zaten we alle drie te soezen en Molle viel ten slotte in slaap. Het ritme van de wielen op de rails bracht me in een soort trance. Ik keek met open ogen, zonder iets te zien, en steeds duidelijker voelde ik de nabijheid van Hemstedt. Ten slotte voelde het alsof de hele coupé gevuld was met Hemstedt, maar het dichtstbij voelde ik hem bij mijn been dat naast hem op de bank lag. Ik kon niet zeggen of het mijn been was dat zich naar hem toe bewoog of dat hij dichter naar mij toe schoof; het was een beweging die uren in beslag nam, langzaam als het opengaan van een bloemknop. Toen er geen twijfel meer mogelijk was, toen ik dwars door de stof van twee broeken heen duidelijk de warmte van zijn huid op de mijne voelde en de druk van onze benen groter werd, toen legde hij heel voorzichtig zijn hand op mijn knie. Die aanraking was zo zacht en vanzelfsprekend dat ik er absoluut niet van schrok en alleen maar hoopte dat hij het daarbij zou laten en bijvoorbeeld niet naast me op mijn bank zou komen zitten om me te zoenen, waardoor hij de betovering die over de coupé lag zou verbreken. Maar Hemstedt beperkte zich tot het langzaam over mijn knie strijken. Tijdens die treinreis begreep ik dat onschuldige aanrakingen helemaal niet bestaan. Ik keek in zijn ogen en legde ook mijn hand op zijn been en zo reisden we naar Hamburg. Molle werd een keer wakker, nam ons met een onderzoekende blik op, ging weer op haar zij liggen en legde haar jasje over haar gezicht. Ik probeerde niet alweer gelukkig te zijn. Wie gelukkig is heeft iets te verliezen; en alleen wie niets te verliezen heeft kan het tegen deze wereld opnemen. Toen we op het Centraal Station van Hamburg uit elkaar gingen, voelde ik al het grote zwarte gat boven mijn middenrif. Natuurlijk hoopte ik nog dat Hemstedt me zou bellen. Maar tegelijk hield ik mezelf voor dat hij dat vast niet zou doen. En natuurlijk belde hij ook niet.

Het duurde bijna tot kerst voor Hemstedt me zoende.

In de tussentijd werd ik achttien en kocht ik een lichtblauwe Karmann Ghia. Voor mijn verjaardag had ik geen verlanglijstje meer. Mijn ouders gaven me geld en mijn broer gaf me een foto die hij van me had gemaakt toen ik boven de wc-pot hing te kotsen. Het bedrag dat ik van mijn ouders kreeg verdiende ik intussen met gemak op één dag in de hondenlijnenfabriek. Van dat geld kocht ik van Hemstedt het zwarte leren jack dat hij had gedragen tot hij zijn trenchcoat aanschafte. Nu ik een leren jack had liet ik meteen ook mijn haar knippen. Ik wilde hetzelfde kapsel als David Bowie op de cover van een bepaalde plaat, overal kort stekelhaar en alleen in de nek lang. Het zag er afschuwelijk uit. Een dag lang liep ik ermee rond, toen knipte ik met de schaar uit de naaidoos van mijn moeder de slierten uit mijn nek. Ik rommelde nog een keer in de naaidoos, viste er de grootste veiligheidsspeld uit die ik kon vinden en stak hem door mijn oorlelletje. De volgende morgen was mijn oor opgezwollen, maar ik liet de speld toch zitten. Als tegenzet stelden mijn ouders voor dat ik ergens anders zou gaan wonen. Mijn moeder wilde van mijn zolderkamer een strijk-en-naaikamer maken en ze had de gordijnen al gekocht. Ze belde mijn zus op en zei: 'Ik heb een goed idee – Anne komt bij jou wonen!'

Mijn zus kreeg een woedeaanval, die twee jaar zou duren, maar ze kon er natuurlijk niet onderuit.

Op de dag dat Hemstedt me voor het eerst zoende, zaten we met z'n drieën op mijn nieuwe kamer in de woning van mijn zus. Ik zat op het bed, Hemstedt naast het bed en Stefan Dorms iets verder weg op de grond. We wilden samen op tv naar *Chapeau Claque* kijken. Ik weet niet meer hoe de ontmoeting tot stand was gekomen. In elk geval hadden we met elkaar afgesproken en nu zaten we hier. Buiten was het allang donker. In de kamer ook. Alleen de oude zwartwittelevisie van mijn oma gaf licht. Ulrich Schamoni spelde het alfabet en demonstreerde met behulp van zijn vingers het decimale stelsel, veel meer heb ik van *Chapeau Claque* niet gezien, want toen klom Hemstedt naast me op het bed. Het was een ander gevoel dan in de trein. Hemstedts hand sloot zich om mijn nek en zijn duim streek langs mijn keel. Hij boog zich over mijn gezicht en zoende me.

Ik dacht: het is gebeurd – Hemstedt heeft me gezoend.

Ik dacht: nu ben ik zijn vriendin.

Ik dacht: Stefan Dorms zit daar helemaal alleen op de grond.

Ik dacht: ik ga in geen geval met Hemstedt naar bed voordat ik minder dan zestig kilo weeg.

Hemstedt zoende me nog een keer en nu kon ik me er beter op concentreren. Zijn zoen was te vochtig en te zacht – alsof hij met zijn tong een jamschaaltje uitlikte. Maar een zoen was natuurlijk wel meer dan de aanraking van een been. Een zoen, al was die nog zo onaangenaam, wekte gerechtvaardigde verwachtingen. Midden in de kamer zat Stefan Dorms in het blauwige licht naar het tv-scherm te staren.

Ik dacht: arme Stefan! Waarom staat hij niet gewoon op en verdwijnt?

Maar Stefan Dorms vertrok pas toen de film afgelopen was. Na een tijd zei ook Hemstedt dat hij naar huis moest.

'Ik bel je', zei hij.

'Morgen?' vroeg ik.

'Ja, morgenmiddag.'

Om vier uur was het me duidelijk dat hij niet meer zou bellen, daarvoor hoefde ik niet tot het journaal te wachten. Ik wist dat ik nu in geen geval zelf mocht bellen, omdat ik me daarmee op een vreselijke manier bloot zou geven. Maar ik kende mezelf en wist dat ik anders ook de hele zondag nog zat te wachten, waarbij ik langzaam maar zeker in een stuk stront zou veranderen. Ik wilde het liever nu horen. Dan kon ik de hele zondag huilen.

Zijn vader nam de telefoon op. Hij zei: 'Peter heeft zijn arm gebroken. Hij is van de ladder gevallen toen hij de kerstverlichting in de boom wilde hangen. We zijn net terug uit het ziekenhuis.'

Ik zei: 'Gaat het goed genoeg met hem om hem te kunnen bezoeken? Ik kom,' zei ik, 'ik kom meteen even langs.' Ik sprong in de Karmann en scheurde naar de bloemenwinkel bij het station. Ze hadden geen papegaaitulpen. De verkeerde tijd van het jaar. Ik kocht een bos witte rozen, maar toen ik bij Hemstedt voor de deur parkeerde en de rozen uit het papier haalde, vond ik het opeens pijnlijk en liet ik ze in de auto liggen.

Hemstedt droeg een donkerblauwe badstoffen ochtendjas met rode strepen en zat met een benepen gezicht op zijn bed. Hij leunde met zijn rug tegen de muur. De linkermouw van de ochtendjas was afgeknipt en Hemstedt pulkte met zijn rechterwijsvinger onder het gips.

'Wat een smerig spul,' bromde hij, 'het begint binnen de kortste keren ontzettend te stinken. En onder het gips wordt de huid helemaal zacht en wit, alsof hij aan het rotten is.'

Ik zoende hem op zijn wang en ging naast hem zitten. 'Wat een idioot ongeluk,' zei Hemstedt terwijl hij langs me heen keek, 'echt iets voor mij. Van de ladder vallen terwijl ik voor mijn ouwelui van die stomme elektrische kaarsjes in de kerstboom hang. Daar ben ik mooi klaar mee.'

Hij was niet van plan het over ons te hebben. Hij wekte ook niet de indruk dat hij blij was mij te zien. Hij leek het eerder lastig te vinden. Misschien had hij ook alleen maar pijn. Ik had graag duidelijkheid gehad, maar van iemand die net uit het ziekenhuis kwam kon je moeilijk duidelijkheid eisen. Toen kwamen Jost en Richard en hij praatte alleen nog met hen. Eigenlijk was het antwoord duidelijk: ik had beter weg kunnen blijven! Ik had die stomme rozen niet moeten kopen! Ik had hem niet zo plompverloren en vertrouwelijk op zijn wang moeten zoenen! Ik had helemaal niet moeten bestaan!

'Ik ga er weer eens vandoor', zei ik en liep naar buiten,

ging in de Karmann zitten en reed terug. Ik huilde. Ik haatte mezelf vanwege het huilen en sloeg me twee keer zo hard mogelijk in mijn gezicht. Dat hielp. Ik pakte de bos rozen van de stoel naast me, draaide het raampje naar beneden en smeet de rozen naar buiten.

De week daarna begon ik op school aan een brief: 'Beste Peter,' schreef ik, 'het is bijna tien uur. We moeten voor Duits in drie uur een opstel schrijven over *Het lijden van de jonge Werther*. De eerste twee uur zijn al om. En als er nog een bewijs nodig is – wat ongetwijfeld niet het geval is – als er dus nog een bewijs nodig is dat dit boek niet voor mijn medeleerlingen is geschreven, dan is dat hierbij geleverd. Ze zitten over hun schriften gebogen en zijn zonder iets te voelen, zonder te aarzelen van wal gestoken. Naast me tekent Doris haar cirkelronde kinderlijke letters, Volker Meyer eet een appel en allebei zijn ze zo mijlenver van liefde en leed verwijderd dat Doris vast een negen en Volker een zeven krijgt. Waarschijnlijk schrijven ze dat de auteur maatschappijkritiek levert, daarmee ben je er al bijna. Maar Goethe levert helemaal geen maatschappijkritiek. Goethe vindt zichzelf fantastisch, dat is zijn probleem. Zijn Werther is voortdurend onder de indruk van zichzelf, van zijn intense gevoelens, van zijn nobele handelen, van zijn perfecte omgang met kinderen en van de goedmoedige en vanzelfsprekende manier waarop hij praat met mensen die beneden zijn stand zijn. Nou ja, misschien valt daar iets maatschappijkritisch van te brouwen. Het meest laat Werther zich nog voorstaan op zijn gevoeligheid. Telkens als hij weer eens zo'n heerlijk diep gevoel heeft of heeft bewezen wat voor ongelooflijk goed en gevoelig iemand hij is, moet hij dat op een broeierige manier aan zijn allerliefste vriend Wilhelm schrijven. Die vriend noemt hij in zijn brieven "schat" en ergens heeft hij het over "in liefde lispelende lippen". Godallemachtig! Beimer zal natuurlijk weer alles gooien op de tijd waarin het geschreven is. Hij zal wel zeggen dat de mensen zich in die tijd nu eenmaal zo uitdrukten. Maar ik vind dat Goethe voor honderd procent zelf verantwoordelijk is voor zijn sentimentele gezever. Als een tijd weerzinwekkend is dan moet je gewoon in opstand komen. De walgelijkste scène is die van het gemankeerde liefdespaar in de deuropening naar het terras. Ze staan te kijken hoe "de heerlijke regen" neerwaarts "ruist", waarop zij alleen maar "Klopstock" zegt en hij meteen weet wat ze bedoelt. Wat een truttige, zelfingenomen zak, die Werther! En toch – toen hij over zijn liefde en zijn ongeluk begon, had ik het gevoel in mijn eigen hart te kijken. Hij spreekt zo duidelijk en zo waar en treurig. Ik snap perfect wat Goethe bedoelt. Ik weet ook wel wat ik moet schrijven om bij Beimer een goede indruk te maken. Die twee dingen zijn alleen niet met elkaar te verenigen. In plaats daarvan schrijf ik dus maar een brief aan jou. Het is een brief zonder enige hoop, want wat zou ik voor argumenten kunnen aanvoeren om jouw gevoelens voor mij te veranderen? Zoiets heeft een argument nog nooit kunnen bewerkstelligen. In deze wereld is nog nooit iets belachelijkers bedacht dan mijn liefde voor jou, en toch schieten me daarbij vaak de tranen in de ogen…'

Hier stopte ik met schrijven en onder de tafel scheurde ik de brief in kleine snippers. Ik kon er ook niets aan doen dat ik me een idioot voelde, maar daarom hoefde ik me nog niet meteen zo te gedragen. Mijn oor deed pijn. De veiligheidsspeld had ik intussen verwijderd en vervangen door een gewone oorring met een moer als hanger, maar mijn oorlelletje was nog steeds een beetje opgezwollen. Ik koelde het lelletje af met de toppen van mijn vingers. Sinds ik elke dag een pakje sigaretten rookte had ik altijd lekker koude handen. Aan het eind van het uur schreef ik mijn naam rechtsboven op een leeg vel papier en leverde het in. Maar ik verwachtte niet dat Beimer zou begrijpen dat een leeg vel papier beter bij het onderwerp paste dan welke nog zo uitgekiende interpretatie.

Met Hemstedt had ik het moeilijk. Maar nog steeds had ik de zaak onder controle. Afgewezen worden was niet zo'n groot probleem. Daar zat ik niet mee. Op de keper beschouwd was liefde niet meer dan een vrijwillig opgelopen ziekte, die te voorkomen was als je uit de buurt van de infectiehaard bleef. Ik ging een paar weken niet naar Sitrone en spijbelde met gym. Ik weet zeker dat ik eroverheen gekomen was als ik er niet pal naast had gestaan toen Hemstedt Tanja een cassette met muziek gaf.

'Laat eens zien,' zei ik, 'wat staat erop?'

En toen vroeg Hemstedt: 'Zal ik voor jou ook een bandje maken?'

Bijna had ik nee gezegd. Wat moest ik met een cassette als ik geen recorder had? Maar om de een of andere reden zei ik ja.

'Vind je het erg om me het geld voor de cassette voor te schieten?' vroeg Hemstedt.

De volgende morgen kreeg ik al een donkerblauwe Memorex 90 chromiumdioxide van hem. Aan de ene kant had hij met potlood iets onleesbaars geschreven en aan de andere kant 'Kebabdromen'. Ik liep de hele dag met de cassette in de binnenzak van mijn leren jack en voelde steeds of hij er nog zat. 's Avonds belde ik mijn moeder op en vroeg of mijn broer thuis was. Dat was hij niet. Daarop reed ik naar Barnstedt, ging naar de kamer van mijn broer en stopte de cassette in zijn installatie. Ik ging op de grond liggen en kruiste mijn armen onder mijn hoofd. Allemaal stukjes van een minuut. Misvormde klanken en misvormde stemmen. Na het vierde nummer begon langzaam maar zeker tot me door te dringen dat dit de meest liefdeloze cassette was die ooit een jongen voor een meisje had opgenomen. Hemstedt had gewoon een elpee van het begin tot het eind gekopieerd. Welke plaat het ook was, ik verafschuwde hem. Allemaal troep. Rotzooi! Alleen dat ene, Aziatisch aandoende nummer over een meisje op een rode fiets, dat was echt mooi. Dat kon ik niet verafschuwen, want het was volmaakt. Ik draaide de cassette om. Op de B-kant had Hemstedt allerlei groepen gezet, Engelse en Duitse door elkaar. De Engelse songs kwamen op mij wat meer ontspannen, melodieuzer en levenslustiger over, terwijl de Duitse zeurderig en mopperig waren, vol echo's en dissonanten zaten en beweerden dat het leven saai was en seks niet de moeite waard. Het was alsof Hemstedt alle mogelijkheden van zijn ziel, of in elk geval het hele spectrum van zijn smaak, voor me blootlegde. Ik kon het niet tot in detail volgen, maar de kern ervan betoverde me. Liefdesliederen en sentimentele muziek en hersenliederen en krijsliederen. Songs die alleen maar vragen stelden en geen antwoord gaven, omdat ze wisten dat een antwoord nooit hét antwoord kon zijn. En songs die zelfs weigerden de vraag te stellen en beweerden dat dat het antwoord was. En toen – bijna aan het eind, na een nummer waarin iemand 'Ik vlieg met je weg, in een luchtballon, naar het land der fantasie, naar de Bondsrepubliek' brulde en vervolgens zo ongeremd in de microfoon krijste dat ik voor me zag hoe hij daarbij over de grond rolde – toen kwam het nummer, dat ene weergaloze nummer waarbij ik mijn verzet volledig opgaf. Het was een Engelse song. Zo duister als anders alleen Duitse songs kunnen zijn, maar tegelijk veel zachter, ook al kenmerkte de begeleidende muziek zich door een dwingend, stampend indianenritme. Heel even sloot ik mijn ogen en toen ik ze weer opendeed was alles om me heen veel duidelijker, veel lichter, en de spaarpotglobe van mijn broer straalde. Zo moest het zijn als je in de lichtflits van een atoombom stond, vlak voordat de paddestoelwolk opsteeg en alles verbrandde. Nu, op dit moment, werden de klanken onbegrijpelijk mooi, een grandioze compensatie voor alle stille jaren die achter me lagen. Het was als een glas water terwijl je eigenlijk al gedacht had dat je zou omkomen van dorst. De muziek drong mijn hoofd binnen, zat in mijn lichaam, stroomde dwars door me heen en vulde mijn hele wezen. En ik, al het onverkwikkelijke, weerzinwekkende dat ik tot nu toe was geweest, was eindelijk verdwenen. In mijn binnenste was alleen nog het mooie. Het prachtige.

En meteen was dat prachtige alweer voorbij. De volgende zanger begon en een nieuw ritme wiste uit wat ik had gevoeld. Ik sprong overeind, spoelde de cassette terug, luisterde even, spoelde net zo lang voor- en achteruit tot ik het begin van het nummer had teruggevonden en luisterde nog een keer. Ik wist niet naar wat en wie ik luisterde. Peter had niet de moeite genomen de titels of de artiesten op te schrijven. Maar wat het ook was, het maakte me duidelijk dat mijn leven van het begin af aan verkeerd was gelopen. Ik beluisterde de cassette helemaal. Daarna voelde ik me alsof ook ik aan het einde van mijn leven was aangekomen. Ik spoelde de B-kant weer helemaal terug en begon mijn leven van voren af aan. De nummers leken nog beter dan de eerste keer. Natuurlijk niet allemaal. Een nummer waarin een meisje met haar hand in een broodsnijmachine kwam en alleen maar 'Aua, aua, aua, aua, aua' schreeuwde, werd er de tweede keer heus niet beter op, maar de meeste andere wel, zelfs de brul-en-geluidensongs. Maar eigenlijk wachtte ik de hele tijd alleen op die ene song. Ik spoelde niet door, ik genoot van het wachten. Per nummer nam de spanning toe, tot het bijna niet meer uit te houden was. En toen de song eindelijk kwam, draaide ik hem steeds weer, steeds en steeds weer. Ik luisterde net voor de achtste keer toen mijn broer met zijn soldatenlaarzen de deur openduwde. Naast hem rende hijgend de hond naar binnen. Toen Benno me wilde begroeten trok mijn broer hem aan zijn halsband terug.

'Hé, wat krijgen we nou! Flikker op! Wie heeft er gezegd dat je aan mijn installatie mag komen. Flikker op! Als je naar muziek wilt luisteren, dan koop je de installatie maar.'

'Wat moet-ie kosten?' vroeg ik. Ik kon nu niet stoppen. Ik wist niet hoe ik de nacht door moest komen als ik niet kon blijven luisteren. Hij vroeg vijfhonderd mark. Dat was precies wat ik bezat. Mijn broer was zo blij verrast dat hij me zelfs de minitoren naar de Karmann hielp dragen, met me meereed naar de woning van mijn zus en daar net zo lang met de stekkers rommelde tot ze allemaal weer waren aangesloten. Ik gaf mijn broer zijn geld en zette de cassetterecorder aan. De song – daar was hij weer!

'Wat is dat voor troep!' zei mijn broer.

'Flikker op', zei ik. 'De installatie is nu van mij.'

'Vijfhonderd mark! Man! Vijfhonderd mark!' zei mijn broer. 'Dat is bijna net zoveel als waar ik hem voor gekocht heb. Hoe kun je zo stom zijn. Ik lach me dood, ik lach me echt dood.'

Toen hij weg was draaide ik het nummer nog een keer. Ik ging op mijn bed liggen en keek naar het plafond. Deze muziek riep bij mij een blijdschap op die ik nog nooit had gevoeld. Nu merkte ik wat ik had gemist. Hoe konden zulke platen bestaan zonder dat ik er ooit van had gehoord? Hoe was Peter Hemstedt daar eigenlijk achter gekomen? Ik wou dat hij naast me lag en zijn arm om me heen sloeg. Ik wou dat ik kon aanraken wat ik net had gehoord. Maar omdat dat niet kon, spoelde ik de cassette nog een keer terug, luisterde voor de elfde keer en viel toen eindelijk in slaap.

* * *

De vrouw bij de receptie heeft ondanks haar jeugd een knotje en ze draagt een rood-zwart geruit jasje met gouden knopen, terwijl bij de hals witte ruches woekeren. Ze legt de telefoon neer, wijst met haar balpen naar de glazen klapdeur aan het eind van de hal en zegt dat mister Hemstedt zo naar beneden komt. Ik loop een paar passen die kant op, de rubberzolen van mijn schoenen zuigen en piepen op de marmeren vloer. Net als de enorme handgrepen is ook het hang-en-sluitwerk van de beide deurvleugels van messing.

Achter de deur is het veel donkerder dan in de hal, en de spiegeling van het glas maakt het onmogelijk om erdoorheen te kijken. Mijn hart pompt koud bloed door mijn hals naar mijn slapen. Ik probeer nergens aan te denken, probeer door traag en bewust adem te halen mijn kalmte te bewaren en verdeel mijn gewicht gelijkmatig over beide voeten. Toch kan ik niet voorkomen dat zich binnen in mij, als een inktvlek op een stuk vloeipapier, een gevoel van minderwaardigheid uitbreidt. Het overspoelt mijn buikholte, stijgt tot onder mijn schedeldak en stroomt naar al mijn vingers. Ik wil iets van Hemstedt. Dat maakt me helemaal waardeloos. Twee keer verbeeld ik me dat er een schim naar de glazen deur loopt, dan komt er inderdaad een grijze mouw uit de duisternis en duwt een lichte hand de deur open. Hemstedt komt binnen. Hij ziet er oogverblindend uit. Oogverblindend is, geloof ik, het juiste woord. Slank en jong en ongelooflijk gezond en succesvol en beminnelijk en modieus en rijk. Volgens objectieve maatstaven is hij begerenswaardiger dan ooit. Maar ik kan natuurlijk niet nog meer van hem houden dan ik al doe en ook zou doen als hij een bochel en een gezicht vol wratten had en er haveloos bij zou lopen. Zijn schoonheid maakt dat mijn onuitgesproken hoop als sneeuw voor de zon verdwijnt. Ik word me bewust van het weerzinwekkende van mijn liefde, het opdringerige en behoeftige. Ik begrijp dat niemand zo bemind wil worden. Dat begrijp ik volkomen.

Als Hemstedt naar me toe komt doet hij dat zo onhandig dat hij over zijn eigen benen struikelt. Dat verbaast me. Is dan niet alleen de liefhebbende, de nietswaardige aanbiddende worm onbeholpen van verlegenheid? Kan iemand ook verlegen worden als hij wórdt bemind? Of vindt hij het pijnlijk dat hij door de receptiemuis samen met mij wordt gezien? Je hoeft immers maar één keer te kijken hoe ik erbij sta – een figuur als een boomstam, het vette hart vol verlangen en aangekleed door de firma H & M – en je weet genoeg. Hemstedt is erin geslaagd de onreine huid van de burgerman af te werpen. Ik weet weliswaar nog steeds niet wat voor werk hij doet, maar je ziet dat hij zijn zaakjes voor elkaar heeft. Ik niet.

* * *

Het was echt een wonder dat ik voor mijn eindexamen slaagde. Dat wonder heette onderwijshervorming. Iedereen kreeg zijn diploma nu min of meer cadeau. De beste lijst had natuurlijk kleine Doris. Daarom mocht zij op de diploma-uitreiking ook de afscheidstoespraak houden, waarvan ik trouwens bijna niets heb gehoord. Ik was een van de mensen die hun bedenkingen tegen de bijeenkomst tot uitdrukking brachten door de fruitschaal van het buffet te stelen en elkaar buiten voor de deur te bekogelen met sinaasappels, bananen en druiven.

Lange tijd heb ik me verbeeld dat het eerste jaar na school het beste van mijn leven was. Waarom eigenlijk? In elk geval was het wel het opwindendste. Het was de tijd dat ik de meeste baantjes had, de meeste drugs gebruikte, de meeste platen kocht, de meeste jongens zoende en bijna elke avond uitging.

De anderen waren nu allemaal bezig iets te worden. Kleine Doris studeerde natuurlijk medicijnen. Hemstedt beweerde dat hij in een penitentiaire inrichting wilde gaan werken, maar gaf toen toch de voorkeur aan een studie bedrijfskunde. Dat deed bijna de helft van alle jongens. Alsof de verschillen die er tot dan toe tussen hen hadden bestaan niet meer dan een spelletje of een vergissing waren geweest en ze zich nu bezonnen op hun eigenlijke bestemming. Als ze niet eerst hun dienstplicht moesten vervullen. De meisjes studeerden germanistiek en sociale wetenschappen of gingen eerst maar eens een extra vreemde taal leren. Het leren van een vreemde taal was de dienstplicht voor meisjes.

Alleen van mij kwam niets terecht. Daarom bleef ik in de hondenlijnenfabriek werken. Als iemand vroeg wat ik wilde worden deed ik of ik doof was en zette nog een paar extra hondenlijnen in elkaar om mezelf gerust te stellen. In de eerste plaats zat ik met mijn gemiddelde van 6,2 onder de numerus clausus voor elke min of meer aanvaardbare studie en in de tweede plaats wist ik niet hoe je op een wachtlijst kon komen zodat je misschien over twee jaar germanistiek of over zeven jaar diergeneeskunde kon gaan studeren. Ik kon moeilijk naar mijn zus of mijn klasgenoten gaan en zeggen: 'Willen jullie me alsjeblieft helpen, want ik weet niet hoe je je moet laten inschrijven. En nu we het er toch over hebben, ik weet ook niet hoe je met de bus of de trein bij de universiteit komt, en er zijn nog talloze andere dingen die iedereen kan behalve ik en die voor mij gewoon te hoog gegrepen zijn, en dat worden er steeds meer. Willen jullie me alsjeblieft helpen? O, in godsnaam, help me!'

Mijn laatste hoop was een dramatische ziekte, een hersentumor misschien, waardoor ik nog maar twee jaar te leven had. Twee jaar zouden ze me hopelijk nog wel met rust laten.

Ik geloofde ook niet meer dat er in mijn bed ooit nog iets moois zou gebeuren of dat ik in het bed van een jongen wakker zou worden zonder mezelf meteen op een aangenamer plek te wensen. Zoenen was alleen nog de inleiding tot vergeefse pogingen van de jongens om met mij naar bed te gaan. Wat was er met ze aan de hand? Hadden ze het er niet permanent over met wie ze het allemaal wilden doen; maakten ze niet constant toespelingen? Of ze belazerden de kluit óf het lag aan mij. Alleen kregen ze bij mij geen van allen een stijve. Maar dat hadden ze dan wel eens eerder mogen bedenken! Waarom spraken ze me eigenlijk aan? Waarom sloofden ze zich zo uit om met mij naar bed te kunnen gaan? De jongens die condooms gebruikten zeiden dat het aan het condoom lag, dat ze het niet konden als ze dat ding eroverheen getrokken hadden. Ik had eerder de indruk dat het andersom was: dat ze geen condoom over hun piemel kregen omdat hij niet echt stijf werd. Waar het uiteindelijk steeds weer op uitdraaide was dat ik een wanhopige jongen mocht aftrekken.

Hemstedt was nu met een meisje dat Bettina heette en nog langer was dan ik. Ik leerde haar kennen in de permanent onder water staande toiletruimte voor de wc's in Sitrone, waar ik haar haarlak leende. De toiletruimte voor de dames-wc's was een soort ontmoetingsplaats omdat het daar stil genoeg was om met elkaar te kunnen praten. Ook de jongens kwamen er als het op de heren-wc weer te vies was of als we kajalstrepen rond hun ogen moesten trekken, en ze bleven dan hangen om te kijken hoe wij ons opmaakten en om met ons te kletsen. Bovendien werden er pillen geruild. Bettina bracht me op het idee om percoffidrinol te nemen. Dat had bijna hetzelfde effect als captagon, maar was goedkoper. Ik wist zelf niet waarom ik al die troep slikte. Ik had er geen centje plezier van en bewustzijnsverruimend was het al helemaal niet. Als je met een stel mensen een joint rookte, heerste er altijd een vredige, soms zelfs plechtige stemming. Maar zo'n pil in je bakkes stoppen was alleen maar waardeloos, treurig en psychotisch. Nachtenlang kon je er niet van slapen en je werd er vreselijk nerveus en gespannen van. Alsof iemand alle zenuweinden in je hersens had gegrepen en met een ruk om zijn pols had geslagen. Met plezier had die toestand niets meer te maken. En toch slikten de meeste mensen die ik kende captagon en efedrine en valium en alles wat ze maar te pakken konden krijgen. Het enige wat ik wist was dat ik pillen nódig had. Ik zou er alles voor over hebben gehad om niet meer ik te hoeven zijn.

Bettina ruilde net een buisje percoffidrinol voor een paar sedaponnetjes van mij toen ze tussen neus en lippen door vertelde dat ze de afgelopen nacht Hemstedt had ontmaagd. Ze moest er erg om lachen en zwaaide haar sluike, zwartgeverfde haar in haar nek. Het liefst had ik haar hoofd in een wc-pot gestopt. In plaats daarvan trok ik haar naar me toe en drukte zacht mijn lippen op haar mond. Ik begreep niet wat Hemstedt aan haar vond. Ze was een luidruchtige, vervelende griet en kon niet eens erg goed zoenen. Als ik haar vanaf nu zoende, probeerde ik het zo te plooien dat we dat precies op de plek deden waar Hemstedt op weg naar Space Invader langs moest komen. Als een geslagen hond sloop hij dan voorbij. Waarom hij dat pikte begreep ik ook niet.

Mijn vriend van dat moment had nergens een idee van.

Hij merkte nooit iets. Hij was altijd druk bezig zijn fanzine aan de man te brengen. Ole was een brave punker met een middelbareschooldiploma. Hij wachtte op een studieplek en probeerde zelfs niet met me naar bed te gaan. Hij had me een foto van zichzelf gegeven waarop hij tussen allemaal troep op een versleten stoel van het grofvuil lag, maar in de kamer bij zijn ouders was het netjes als in een meubelfolder. Als ik bij hem was veegde hij met een keukendoekje altijd meteen de kringen weg die onze glazen op de tafel achterlieten. Zijn fanzine kostte tussen de een en anderhalve mark – afhankelijk van hoe rijk je was – en heette *TrRoep*. Hij had altijd een stuk of vier, vijf exemplaren van *TrRoep* onder zijn arm, die hij in kroegen en discotheken probeerde te verkopen. Op de cover van elk nummer van *TrRoep* was een plastic gimmickzakje geplakt met een tampon en veren of afgeknipte teennagels of een mens-erger-je-niet-hoedje en een chocolaatje erin. Het fanzine zelf bestond uit gefotokopieerde collages, platenrecensies en diagonaal over de pagina's gedrukte interviews. Allemaal van hemzelf. Als er in Hamburg een band optrad sleepte Ole me altijd mee en probeerde hij een interview te krijgen. Overdag hingen we in de platenwinkels. Samen met hem durfde ik wel naar binnen. Meestal stonden we in Unterm Durchschnitt, omgeven door allemaal bleke en schuchtere muziekfans. Ole flipte met rappe vingers door de hoezen en zocht platen voor me uit, die ik kocht om hem niet te beledigen. 'Amok' van Abwärts, of de singel 'Umsturz im Kinderzimmer', waarop de song 'Gib mir den Tod' zo ongeveer het vrolijkste nummer was. Toen Ole me voor het eerst op mijn kamer bij mijn zus opzocht, snuffelde hij in mijn doos met platen. Hij haalde er de elpee van Ideal en bijna al mijn singeltjes uit en gooide ze op de grond. De elpees van Hit Fever en Pop-Explosion had ik daarvoor zelf al verwijderd.

'Die en die en die en die – allemaal troep', zei hij. 'Ik snap niet hoe je zoiets kunt kopen. Dan ben je toch niet goed bij je hoofd! Heb je soms geen oren?'

Remain in Light, *Scary Monsters*, Monarchie und Alltag en de Street Level-sampler liet hij zuchtend passeren. Toen trok hij met duim en wijsvinger de laatste elpee uit de doos, begon luidkeels te jammeren, liet de plaat vallen en zwaaide met zijn hand alsof hij zich gebrand had.

'*Kate Bush!*' schreeuwde hij. 'Jij luistert naar *Kate Bush?*'

Hij lachte honend, wachtte mijn antwoord niet af, maar raapte de plaat tot mijn verrassing als enige weer op en zette hem terug in de doos.

'Nou ja, typische meisjesplaat. Echt een typische meisjesplaat!'

De volgende dag haalde ik de elpee van Kate Bush zelf uit de doos en smeet hem met een bezwaard gemoed weg. Dat ene nummer op die elpee, 'Army Dreamer', vond ik echt te gek, maar ik wilde mijn platenverzameling in geen geval bezoedelen met een meisjesplaat. Maar al deed Ole nog zo zijn best, ik wist dat ik altijd het meisje uit de buitenwijk zou blijven dat in werkelijkheid vooral van lieflijke melodieën en hitsige ritmes met lage bassen hield. Dat kwam door mijn kleinburgerlijke genen. Ik wist heel goed dat het primitieve bullshit was, maar ik was er niet tegen opgewassen. Naar muziek luisteren betekende voor mij in het gunstigste geval eenzaamheid, hartstocht en overweldiging, allemaal toestanden die het moeilijk maakten om een plaat op zijn abstracte waarde te beoordelen.

‘Een gitaarsolo, wat moet je daar nou mee?’ zei Ole koeltjes. Hartstochtelijk was hij alleen als hij na concerten om de leden van de band heen rende. Als een opgewonden jonge hond.

‘Mufti!’ schreeuwde hij. ‘Daar is Mufti van Abwärts! Hé, Mufti!’ En hup, hij liet me staan en beende naar een grote onbehouwen vent, op wie hij vervolgens urenlang inpraatte. Ik begreep nooit waarom jongens zo volkomen gespeend waren van trots. Dat genieten van hun vernedering, dat ongeremde dwepen met andere mannen. Zelfs Peter Hemstedt was daar niet helemaal vrij van: ‘Kijk! Daar heb je Diedrich Diederichsen!’ fluisterde hij voor de Broadway-bioscoop een keer tegen me. Ik draaide me om. Een jongeman in een groezelige lange visgraatjas, iets kleiner dan ik, sjokte naar de kassa en deed of hij heel wat voorstelde.

‘Ik zie het’, zei ik, terwijl ik niet eens wist over wie hij het had. Diedrich Diederichsen! Maar ik probeerde me zijn uiterlijk in te prenten zodat ik hem bij een volgende gelegenheid zou herkennen. Ik zou met Diedrich Diederichsen naar bed gaan. Als Diedrich Diederichsen met me naar bed ging zou ik in de ogen van Hemstedt meer waard worden.

Natuurlijk was Hemstedt niet met mij alleen naar de bioscoop gegaan. Bettina was er ook bij. Ze zat tussen ons in en zoende hem de hele tijd in zijn nek terwijl ze mij stiekem in mijn dijen kneep. Na een tijdje had ik het niet meer. Ik sprong op en deed alsof het de film was die op mijn zenuwen werkte: ‘Waardeloos! Er zit helemaal geen verhaal in, het enige wat die vent doet is de radio aan- en uitzetten’, riep ik veel te hard en rende de zaal uit.

Telkens als Hemstedt het uitmaakte met een van zijn vriendinnen ging ik naar hem toe en vroeg om een nieuwe cassette. Als ik de cassette dan ophaalde bleef ik nog een poosje op zijn kamer zitten en zodra het laat genoeg was gingen we op bed liggen. Toen hij het net had uitgemaakt met Bettina, hebben we ook met elkaar gevreeën. Vreemd genoeg kan ik me niet meer herinneren hoe het was. Ongelooflijk! Het moet toch vreselijk veel voor me betekend hebben. Ik moet toch weten of ik teleurgesteld was of dat het het gezang aller gezangen was. Maar telkens als ik het me probeer te herinneren wordt mijn hoofd zo leeg als een onverkoopbare nieuwbouwwoning, er zit niets in, geen enkele gedachte. Hij kon wel met me vrijen, dat weet ik nog, maar het is alsof ik er helemaal niet bij ben geweest, alsof ik het verhaal te horen gekregen heb van iemand die de details verzweeg. De andere keren lagen we alleen naast elkaar en raakten we elkaar aan. Ik bleef nooit tot de volgende morgen. Als Hemstedt in slaap viel, sloop ik de kamer uit en ging terug naar de woning van mijn zus. (Met de fiets. De Karmann had ik intussen in de prak gereden.) Natuurlijk was ik achteraf geen spatje gelukkiger. Daar had ik ook geen enkele reden voor, maar ongetwijfeld was ik springlevend, voor de komende paar uur ontsnapt aan de verdoving en de leegte die ik anders in mijn binnenste voelde. In mijn kamer stopte ik de cassette in de stereotoren en dan voelde ik weer de trillingen die zich door mijn hele lichaam verspreidden en alle kanten op schoten. Deze muziek was voor mij, deze muziek sprak alles uit wat ik niet kon zeggen. Ik ontmoette mezelf in deze muziek en mijn liefde voor Hemstedt had opeens niets minderwaardigs meer waarvoor ik me had moeten schamen. Mijn liefde was net zo ontroerend als deze songs.

Hemstedts ex-vriendinnen keken altijd verdrietig en teleurgesteld als ze erachter kwamen dat ik met hem naar bed was geweest. Ik had geen slecht geweten. Ik wist dat het niet lang zou duren of ze zouden op een andere jongen verliefd worden en daarna op weer een andere. En met de volgende of de daaropvolgende zouden ze dan trouwen en allemaal kleine kopieën van zichzelf op de wereld zetten. Maar voor mij betekende een nacht met Hemstedt zo veel dat ik het recht geheel aan mijn zijde had. En nu kan ik het me niet eens meer herinneren.

Intussen kotste ik vijf keer per dag. Meestal hielp ik mezelf daarbij een handje, maar soms ging het gewoon vanzelf, en ten slotte werd ik al misselijk als ik de tabletten alleen al rook en stopte ik ermee. Vreemd genoeg voelde ik me zonder percoffidrinol even nerveus als daarvoor. Er was geen enkel verschil. En braken moest ik nog altijd. Misschien was het een lichte voedselvergiftiging. De hondenlijnenfabriek had me ontslagen, van mijn vader kreeg ik tweehonderdvijftig mark per maand, waarvan mijn zus vijftig mark voor de telefoon inpikte en op het laatst vanaf mijn twintigste leefde ik uitsluitend van yoghurt met verstreken houdbaarheidsdatum, rottend fruit en groen uitgeslagen restjes worst. Mijn gewicht zakte naar zevenenzestig kilo, mijn heupbotten waren weer te zien, en als ik naar Sitrone ging droeg ik een strakke zwarte satijnen jurk en grote oorbellen van stras. Ik had elke nacht een andere jongen mee naar huis kunnen nemen. Dat deed ik ook, maar ik probeerde ze al bij de voordeur af te wimpelen of met een kop koffie het bos in te sturen. Seks vond ik gewoon te deprimerend. Ik weet dat alle dieren na afloop treurig zijn, maar ik was het al van tevoren.

En toen gebeurde er iets merkwaardigs. Nauwelijks was ik zover dat ik niet meer met jongens naar bed wilde, of ze waren niet meer te stuiten.

Ik zei: 'Natuurlijk kun je met me mee naar boven gaan om een kop koffie te drinken, maar ik ga niet met je naar bed. Als je desondanks trek in koffie hebt – graag, maar ik ben absoluut niet beledigd als je nu nee zegt en je tijd beter wilt besteden.'

En ze zeiden: 'Koffie graag.'

Later legden ze mijn hand op hun opbollende rits, ze smeekten me geen spelbreekster te zijn, iemand die een jongen eerst zit op te geilen en hem dan aan zijn lot en zijn knellende ballen overlaat. Ze lieten me gewoon niet met rust. En nu ze het eenmaal konden wilde ik ze ook niet meteen weer ontmoedigen. Bovendien kun je altijd makkelijker ja zeggen dan nee. Alleen was ík nu degene die het niet meer kon. De jongens wilden dat niet geloven en bleven het proberen. Hun erecties waren ontembaar. Ze stopten pas als ik begon te huilen. Dan bedelden ze of ik ze tenminste wilde aftrekken. Of met mijn mond klaarmaken. Ze bedelden als gekken. Soms had ik de indruk dat zij met seks hetzelfde probleem hadden als ik met eten.

'Eén keer maar, je hoeft me maar één keer af te trekken.'

'Als jij dan niet met mij wilt, mag ik het dan tenminste met jou doen?'

Ik dacht: ik kan natuurlijk niet steeds nee blijven zeggen. Het is ook mijn eigen schuld. Waarom heb ik hem anders mee naar binnen genomen? Ik weet toch hoe zoiets gaat. Ik dacht: dat is echt niet te veel gevraagd. Ik dacht: hopelijk hoepelt hij daarna meteen op. Ik dacht: eigenlijk zou ik er geld voor moeten vragen.

Zodra ik eenmaal minder dan zestig kilo woog zou ik met geen van deze jongens meer in bed belanden. Hoogstens nog een paar weken en ik zou een pezig en bewonderenswaardig lichaam hebben, een lichaam waarmee ik naast Hemstedt wakker durfde te worden, en van hem moesten de anderen dan afblijven. Dit lijf hier, dit zachte rotlijf, dat mochten ze met alle plezier hebben, daar mochten ze wat mij betreft op klaarkomen, dat was het mijne eigenlijk al niet meer. Ik trok me terug uit het heden en concentreerde me volledig op de toekomst. Wat deed het ertoe dat ik geen werk meer had of dat Hemstedt alweer een nieuwe vriendin had? Dat ging over. Als ik eenmaal slank was, zou mijn echte leven beginnen en alles zou op zijn pootjes terechtkomen.

Niets kwam op zijn pootjes terecht. De hele tijd wachtte ik op een gelegenheid, maar de gelegenheden heetten alleen postorderbedrijf Otto, wasserette Weisse Rose, aan de lopende band veiligheidsgordels in elkaar zetten, voor Bijou Brigitte parelsnoeren rondbrengen en opnieuw de hondenlijnenfabriek. Uiteindelijk deed ik wat mijn vader wilde en belandde ik op een opleiding voor belastingambtenaren.

Belastinginspecteur, dat was het ideale beroep van mijn vader. Ik kon zijn ideaal niet in vervulling laten gaan. In accijnsrecht was ik niet eens zo slecht. Dat strookte met mijn dwangmatige karakter. Maar bij alle andere vakken begon onmiddellijk weer de Egyptische executiefilm te draaien. En hoe! Ik snapte zelfs niet bij benadering waar de Algemene Wet Rijksbelastingen over ging. Twee banken voor me zat de enige knappe jongen. Hij zag eruit als iemand die veel naar de disco ging, van grote auto's hield en goed kon zoenen. Ik had geen idee hoe hij hier verzeild geraakt was. Vlak voordat we over de verschillende belastingkantoren verdeeld zouden worden, reed hij met zijn Polo tegen een boom en was vanaf zijn nek verlamd. Ik nam met minder genoegen. Ik zakte alleen voor mijn examen. Eerst was ik helemaal euforisch. Ik hoefde hier niet langer te blijven. Ik mocht hier zelfs niet eens blijven! Toen werd ik weer nerveus, omdat ik nog steeds niet wist wat ik dan wel wilde. Wat moet ik gaan doen, dacht ik. En: wat moet ik in vredesnaam gaan doen?

Ik belde mijn ouders op en zei: 'Hallo, mam. Ik heb de uitslag van het examen. Ik ben gezakt.'

'O... Ja... Wat jammer. Nou, niets aan te doen', zei mijn moeder, en haar stem klonk onnatuurlijk hoog en amechtig, en tegelijk hol alsof ze in een grot stond.

'Ik zou herexamen kunnen doen', zei ik. Ik wist niet waarom ik dat zei, maar het klopte wel. 'Ik geloof alleen niet dat het veel zin heeft. Ik begrijp er toch niets van.'

'Nou ja... dan... tot ziens dan maar', zei mijn moeder en hing op. Dat was dat. Ik was blij dat ik haar aan de telefoon had gekregen en niet mijn vader.

Een halfuur later ging de telefoon en mijn moeder zei: 'Je moet meteen naar huis komen! We moeten praten! Je moet herexamen doen! Je vader maakt zich anders van kant! Kom meteen hierheen! Het gaat heel slecht met hem. Ik ben bang dat je vader zich van kant maakt.'

Ik stapte op mijn fiets en ging naar mijn ouders. Toen ik in de woonkamer kwam zat mijn vader met gekruiste armen op de bank. Hij zag er inderdaad uit als iemand die ieder moment zelfmoord kon plegen. Hij zei geen woord. Het praten liet hij aan mijn moeder over.

'Zie je hoe je vader er aantoe is? We dachten dat je nu eindelijk goed bezig was. Dat je eindelijk onder de pannen was. We waren zo blij. Waarom doe je ons dit nu weer aan?'

Ik had graag een verstandig antwoord gegeven. Ik had graag gezegd dat zo'n baan lang niet zo leuk was als zij dachten, dat het zelfs een rotbaan was waar normale mensen niet aan wilden, maar alleen mensen die vroeger op school altijd gepest waren. Ik wilde zeggen dat de mensen daar al kruiswoordpuzzels zaten te maken terwijl ze nog maar net twintig waren, dat er wanhopige drinkers bij zaten en dat de enige kandidaat-belastinginspecteur die de indruk had gewekt dat hij zich zo nu en dan wel amuseerde inmiddels vanaf zijn nek verlamd was en dat de rest van de groep binnenkort ook vanaf de nek verlamd zou zijn en dat ik mijn hart al niet meer voelde.

Maar het gezicht van mijn vader weerhield me. Hij was er echt heel slecht aan toe. Zijn leven was al zo erg dat er niets meer bij kon. Ik kon het gewoon niet opbrengen hem te vertellen dat er aan mij toch geen eer te behalen viel en dat ik de gemiste stof in de drie weken tot aan het herexamen nooit kon inhalen.

'Oké', zei ik. 'Oké, dan doe ik wel herexamen.'

'Ja, hè? Dat kan toch nog wel?' riep mijn moeder. Mijn vader zei nog steeds niets. Hij bleef met gekruiste armen uit het raam staren. Hij vertrouwde me niet zo gauw.

'Ja, natuurlijk kan dat', zei ik. 'Ik zal behoorlijk moeten aanpoten, maar ik denk dat het wel zal lukken.'

Daarna fietste ik terug naar de woning van mijn zus, haalde mijn rugzak tevoorschijn en begon te pakken.

De volgende morgen ging ik met het stadsspoor richting het Centraal Station, stapte bij de Berliner Tor uit, liep de straat naar het tankstation in en stak mijn duim omhoog. Ik zou gewoon naar het zuiden gaan, uit het raam van de vrachtauto's kijken en wachten tot het landschap me beviel. Bij de Europabrug liet ik me afzetten. Aan het eind van de parkeerplaats liep ik langs een klein paadje naar beneden. Het was een groen, halfdonker pad met aan weerskanten welig tierende koningsvarens en overal grote stenen. Even later kwam ik bij een kabbelend beekje, dat naast het pad stroomde of het via houten goten kruiste en waarvan het water drinkbaar was. Vlak voor de zon onderging bereikte ik het dal. Niet ver van het pad stond een schuur vol hooi. Ik keek om me heen of iemand me zag, gooide mijn rugzak naar boven en klom erachteraan. Die nacht sliep ik voor het eerst sinds lang diep en vast. De volgende morgen liep ik het dal uit, kocht in de supermarkt van een dorp een pakje boterkoekjes en een stuk camembert en klom weer tegen een berg op. Halverwege de helling liep het pad dood en moest ik op handen en voeten een steile helling opklauteren. Nadat ik twee uur lang door al het groen, de omgevallen bomen en de zonnevlekken naar boven was geklommen, kwam ik ten slotte uit op een verblindend licht weiland, dat vol stond met klokjes en andere bloemen, gele en witte, die ik niet kende, en midden door het weiland slingerde een beek die in met gras begroeide gaten stortte en over mossige stenen verder sprong. En op de plek waar de beek vandaan kwam trof ik een echte waterval aan met een kleine poel, net hoog en breed genoeg om een bad te nemen. Ik dronk van de waterval, trok een korte broek aan en ging in het gras liggen. Daar bleef ik de rest van de middag. Ik dacht niets en deed niets. Ik luisterde naar de stilte en naar de bomen om me heen. Als kind had ik me verbeeld dat ik kon voelen wat bomen voelden. Ik kon het alleen niet beschrijven, omdat het totaal anders was dan wat mensen en dieren voelden. Het gevoel van de bomen kwam niet voort uit enigerlei behoefte. Het bestond gewoon, als een groen, fluwelig zoemen. Ik had het gezelschap van bomen altijd als een gigantische opluchting ervaren.

's Avonds douchte ik onder de waterval. Hij was zo koud dat ik tot een heel klein stipje ineenschrompelde. Ik kroop in mijn slaapzak, ging tussen de klokjesbloemen liggen en keek tot het donker was naar de hemel. Er verschenen geen sterren, maar wel een sikkelvormige maan. Alles was goed, ik was niet eens bang. Toen hoorde ik opeens kabaal in het bos en was ik toch bang, en urenlang lag ik stokstijf te wachten of er een wild zwijn of een lynx of een moordenaar zou verschijnen. De dauw spreidde zich uit over mijn goedkope slaapzak, die geen moment echt warm werd. Er zat een etiket op dat beweerde dat hij geschikt was voor temperaturen tot vijfentwintig graden onder nul. Waarschijnlijk betekende dat alleen dat je in deze slaapzak dan niet zou bevriezen en niet dat je het bij tien graden boven nul lekker warm had. Ik had het koud en luisterde als een klein diertje naar krakende voetstappen in het bos. Op een gegeven moment viel ik toch in slaap.

De volgende ochtend waste ik me opnieuw onder de waterval, kleedde me aan en wachtte tot de zon genoeg kracht had om me te warmen. De vogels zongen en gingen tekeer. Ik besloot hier voor altijd te blijven. Ondanks de wilde zwijnen. Ik zou voor mezelf een hut van gras bouwen, water uit de beek drinken en net zo lang klokjesbloemen eten tot ik ongemerkt was verhongerd en dan zou ik als een overreden hagedis verdrogen en tot stof vergaan. Ik zou op grasspriten kauwen tot miljoenen virussen en bacteriën mijn kaken waren binnengedrongen en me van binnenuit hadden verteerd. Misschien was er ook wel een manier om te overleven, misschien vond ik zo nu en dan een paddestoel en een paar bramen. Dan zou ik hier net zo lang blijven tot ik slank en essentieel geworden was en op de een of andere manier iets had begrepen. De zon klom hoger, het werd warmer, en op het moment dat ik mijn sokken in de beek uitwrong hoorde ik stemmen en gelach. Ik kon me nog net in de struiken verstoppen. De volgende twee uur kwamen er in totaal negen wandelaars langs. Ze picknickten bij de waterval, poepten achter de bomen en zetten daarna hun afdaling voort. Vlak achter de waterval, de enige plek waar ik de vorige avond niet was geweest, liep een wandelpad naar deze plek. Ik gaf het op, zwaaide mijn rugzak over mijn schouders, liep het pad af en begaf me weer richting Hamburg.

Bij een wegrestaurant in de buurt van Kassel moest ik een hele tijd wachten tot ik een lift kreeg. Het begon te regenen. Van boven kwam de regen en van opzij spatten de auto's de vuiligheid van de straat tot aan mijn heupen. In het begin probeerde ik de modderfonteinen nog te ontwijken, maar na een poosje droop ik en zag ik er zo ellendig en vies uit dat er natuurlijk helemaal niemand meer stopte. Toen kwam die grote donkerblauwe Mercedes. Hij minderde vaart en voor de zekerheid stak ik mijn duim omhoog. De ruitenwisser zwiepte opzij en gedurende een halve seconde zag ik heel duidelijk het gezicht van de bestuurder. Hij staarde me aan, vol weerzin en verontwaardiging. Toen het regenwater de voorruit alweer bedekte zag ik nog hoe hij zijn hoofd opzij draaide en met zijn vinger tegen zijn voorhoofd tikte. Een kille hand legde zich rond mijn hart en ik zwoer dat ik nooit op de christen-democraten zou stemmen.

Na een tijdje klaarde het wat op. Ik ging naar het toilet van het wegrestaurant, verwisselde mijn natte, vuile spijkerbroek voor een korte broek, droogde mijn gezicht af en kamde mijn haar. Van het in de regen staan was ik bekaf geraakt. Toen ik weer bij de oprit ging staan, stopte er meteen een vrachtauto. De chauffeur was dik en zwijgzaam. Het duurde nog geen halfuur of ik viel op de bijrijdersstoel in slaap. Hij schudde me wakker.

'Dat is te gevaarlijk', zei hij. 'Je kunt gerust gaan slapen, maar niet hier voorin. Als ik rem schiet je dwars door de voorruit.'

Hij had gelijk. Voor me zat alleen nog die enorme ruit. Niets dan glas.

'Je kunt in de slaapcabine gaan liggen', bood hij aan. Achter onze stoelen bevond zich een smal stapelbed. Op de bovenste matras lagen mijn rugzak en allerlei chauffeursspullen, landkaarten, een spiritusstel en thermosflessen, de onderste matras was leeg. Als je daar eenmaal lag was er geen ontsnappen meer mogelijk: boven je de tweede slaapplaats, aan de beide uiteinden en aan de achterkant het plaatwerk van de vrachtauto, aan de voorkant de stoelen.

'Nee, nee,' zei ik, 'ik blijf wel wakker.'

Maar even later dommelde ik toch weer weg en deze keer remde de chauffeur en vloog ik inderdaad tegen de ruit aan.

'Ik heb het je gezegd! Verdomme! Ik heb het nog zo gezegd. Maak dat je in de slaapcabine komt, en vlug!'

Het kwam niet bij me op om te vragen waarom hij eigenlijk zo hard had moeten remmen; ik kroop meteen geïntimideerd naar achteren. Nog steeds was het klaarlicht. Het gedoe met vrachtwagenchauffeurs begon altijd pas als het donker werd. Voor de zekerheid zou ik nu niet meer slapen.

Ik werd wakker omdat de dikke vrachtwagenchauffeur mijn arm aanraakte. Hij zat half tussen de beide stoelen en half op de matras.

We reden niet meer. In de cabine brandde een klein pitje. Verder was het donker.

'Er gebeurt je niets', zei de dikke vrachtwagenchauffeur. 'Als je je niet verzet, gebeurt je niets.'

Die zin kende ik al uit een detectiveserie op televisie. Nu is het jouw beurt, dacht ik. Nu overkomt jou wat de liftsters in die serie altijd overkomt. Over een halfjaar word je onder dennentakken gevonden door een vrouw die paddestoelen aan het zoeken is.

'Als je niet schreeuwt en je niet verzet, doe ik je niets', zei hij en streek langs mijn arm omhoog. Wat een onzin! Hij deed me immers al iets. Zijn andere hand legde hij op mijn been. Ik wist dat het mijn eigen schuld was. 'Ze wilde nooit luisteren,' zou mijn moeder zeggen, 'daarom hoeft ook niemand verdrietig te zijn – Anne wilde toch al nooit graag leven.' Nu legde de chauffeur een hand op mijn borst. Ik verzette me niet. De man woog meer dan honderdvijftig kilo en ik lag al onder. Als ik me verzette zou er een gevecht ontstaan dat ik onmogelijk kon winnen. Aan de andere kant zou me juist dat later voor de rechtbank worden verweten. Als ik ooit nog een rechtbank te zien kreeg.

'En nu?' zei de vrachtwagenchauffeur. 'Wat doe je nu als ik je gewoon pak?'

'Dan zal een van ons het niet overleven', siste ik. Het is nooit verkeerd om in je leven veel naar tv te kijken. Hij lachte me uit, maar toch was hij eerst een centimeter achteruitgeweken. Daardoor kon ik zien dat het raampje aan de bestuurderskant een klein stukje naar beneden was gedraaid. Hij merkte dat ik iets had gezien, draaide zich om en ontdekte de kier ook. Zonder van zijn plek te komen reikte hij naar het hendeltje om het raam dicht te doen, maar de smalle driehoek die daardoor tussen zijn rug en de leuning van de bijrijdersstoel ontstond was voor mij genoeg. Als een geest uit de fles schoot ik erdoorheen. De chauffeur graaide naar mijn benen, ik trapte van me af, had meteen bij de eerste keer de klink van het portier te pakken – die ik in vreemde auto's normaal gesproken pas bij de derde poging vind – duwde het bijrijdersportier open en liet me uit de auto vallen. Ik sloeg met mijn hoofd tegen een of ander uitstekend stuk metaal en lag op het asfalt. Een eenzame parkeerplaats. Er stond één armetierige lantaarn, maar een auto was in geen velden of wegen te bekennen. Gelukkig hoorde ik niet al te ver weg het geruis van de snelweg.

'Viespeuk, klootzak, rukker', schreeuwde ik.

Hij boog over de bijrijdersstoel heen en keek op me neer, maar maakte geen aanstalten om uit de vrachtwagen te komen.

Ik stond op.

'Mijn rugzak,' tierde ik, 'geef mijn rugzak! Kom op!'

'Stap weer in', zei de dikke vrachtwagenchauffeur. 'Vooruit, je komt hier nooit weg. Stap weer in!'

'Maak dat je wegkomt', schreeuwde ik.

'Stap nou maar weer in, het is onzin wat je doet.'

Hij gedroeg zich alsof we oude vrienden waren en alleen een onschuldige ruzie hadden gehad. Misschien dacht hij dat ik eigenlijk graag met hem naar bed wilde, maar daar te verlegen voor was. Je weet nooit wat zich in zulke hoofden afspeelt.

'Stap weer in, doe niet zo dom!'

'Maak eindelijk dat je wegkomt, doe niet zo dom!' aapte ik hem na, pakte een steen en smeet hem tegen zijn auto. Toen gooide hij mijn rugzak naar buiten, trok het portier dicht en reed eindelijk weg. Ik prentte me het nummer van zijn auto in, maar toen stelde ik me voor hoe ik een politiebureau binnen zou komen, in deze korte broek, met mijn dikke benen, die nog verbrand waren ook. Op de belastingschool was ik met de dag vetter geworden, tot ik ten slotte zesenzeventig kilo woog. Ik zag het helemaal voor me: de agenten zouden me van top tot teen opnemen. Het idee dat iemand seks met mij had willen hebben was belachelijk. Ik kon geen aangifte doen, niet als ik er zo uitzag.

Ik ging in de lichtbundel van de lantaarn zitten wachten. Ik rilde. Hoewel ik min of meer heelhuids uit dit avontuur was gekomen, voelde ik me beschaamd en ellendig. Twee uur later draaide er een auto de parkeerplaats op. Een gezin in een Volvo, papa, mama en twee kinderen op de achterbank. Ze stopten zo ver mogelijk bij me vandaan. Terwijl het ene kind zijn broek liet zakken, liep ik naar hen toe en vroeg de man me mee te nemen.

'U ziet toch dat we vol zitten.'

Hij wekte niet de indruk dat hij ooit een vreemde in zijn Volvo had meegenomen. De vrouw trok een angstig gezicht en een van de kinderen stond op het punt in huilen uit te barsten.

‘Tot het eerstvolgende wegrestaurant’, zei ik. ‘Iemand heeft geprobeerd me te verkrachten en me toen hier uit de auto gegooid. Ik kom hier anders nooit weg! Alstublieft, helpt u me!’

De man en zijn vrouw keken me net zo vol walging aan als ik had verwacht, maar ze namen me toch mee. Ik zat achterin naast de twee jongens. Mijn rugzak lag in de kofferbak. Ik legde mijn handen op mijn lelijke rode dijen. Gelukkig was het donker in de auto. Het hele gezin zat als versteend op zijn plaats, niemand zei een woord. Zelfs de kinderen niet. Bij het volgende wegrestaurant zetten ze me af en ik liftte met een andere vrachtauto verder naar Hamburg.

Toen ik als taxichauffeur begon te werken woog ik nog altijd vierenzeventig kilo. Maar in de taxi viel ik ongelooflijk snel af. Ik werkte elke dag van zes uur ’s avonds tot zes uur ’s morgens. Als ik vroeger mocht beginnen of als ik te laat werd afgelost, werkte ik nog langer. Zolang ik in de taxi zat at ik helemaal niets. Eerst kon ik niet eten omdat ik zo zenuwachtig werd van de mobilofoon. Je moest de hele tijd opletten of de halte waar je op dat moment stond werd opgeroepen en als je dan een rit aannam moest je er binnen drie of vier minuten zijn, om het even of je eerst op de plattegrond moest kijken, of een vredesmars je de weg versperde. Als de klanten instapten moest ik meteen weer een nieuwe route, een heel ander doel zien te vinden, en het was pijnlijk als ik de weg niet wist. Maar toen ik aan al die dingen gewend was at ik nog steeds niets. Omdat ik geen eten meer nodig had. Ik was verzadigd. Ik ging ook met niemand meer naar bed. Mijn idee-fixe was dat ik niet ouder zou worden zolang ik maar geen seks had. De mensen wisten het niet, maar telkens als ze het met elkaar deden kwam de dood een stukje dichterbij. De truc was het gewoon achterwege te laten, het niet eens met jezelf te doen, dan kon je stokoud worden.

De eerste tijd in de taxi was de beste periode van mijn leven. Ik zat opeens vol leven. Ik bestond! Ik was helder. Dat was het. In een Mercedes zitten en de hele nacht door de stad rijden en intussen naar muziek luisteren. Eindelijk was ik aangekomen op de plek waar ik me op mijn gemak voelde. Zo'n plek had ik altijd gezocht en nu bleek het helemaal geen plek te zijn, maar een auto. Beweging was de enige acceptabele toestand en muziek de enige troost. Als er op de radio een heel goed nummer was, schakelde ik soms de mobilofoon en het daklicht uit en reed ik zomaar een paar rondjes voor mezelf. Naarmate ik langer reed, werd ik steeds opgewekter en sterker, en als ik me sterk genoeg voelde, zette ik het daklicht weer aan en pikte ik een van de duistere figuren langs de straat op.

'Sinds wanneer mogen tieners een taxi besturen?' vroegen de passagiers als ze instapten. En ze voegden eraan toe: 'Ik ben blij dat ik jouw baantje niet heb.'

Toch was het een prima baantje. Het enige onaangename waren de passagiers. Maar daar betaalden ze natuurlijk voor. Ik verdiende per nacht minstens honderd mark. Al die briefjes van honderd stopte ik in een blik waar toffees in hadden gezeten. Het werden er steeds meer. Ten slotte waren het er zo veel dat ik vond dat ik per se iets moest kopen. Ik schafte een oude gele Audi 100 aan. Voor het eerst sinds maanden nam ik vrij en toerde de hele nacht met mijn Audi door de stad. Na verloop van tijd realiseerde ik me dat ik precies hetzelfde deed als anders, maar er alleen geen geld mee verdiende. Ik verkocht de Audi weer. Het zoemen van de taxi, het zuigende geluid van de banden op het natte asfalt, het gedempte licht, het nachtprogramma op de radio, de onvriendelijke mensen en de zekerheid dat ik zo weer van ze af zou zijn, het weer wegzakken in eenzaamheid, stilte en duisternis – wat wilde ik nog meer!

Als mijn werk erop zat fietste ik de dertien kilometer naar de woning van mijn zus. Om zeven uur of halfacht ging ik naar bed en om drie uur 's middags stond ik weer op, maakte een blik snijbonen warm, at ze op, keek wat tv en fietste weer terug naar het taxibedrijf. Mijn zus zag ik praktisch nooit en het duurde niet lang of ik woog vierenzestig kilo. Op dat gewicht bleef ik trouwens wekenlang zitten. Ik kwam er gewoon niet onder. Dat was niet eerlijk. Ik bedoel, in zo'n blik bonen zitten misschien achtenzestig kilocalorieën en bovendien fietste ik elke dag zesentwintig kilometer. Wat moest ik doen om nog meer af te vallen? Een arm afhakken? Een enkele keer at ik nog een paar koekjes, maar dan nam ik meteen daarna een laxeermiddel. Als ik stug op dezelfde manier doorging, zou ik ooit onder de vierenzestig kilo komen. Een ander resultaat was puur fysiek helemaal niet mogelijk. Deze keer zou ik dunner en dunner worden.

Toen leerde ik Felix kennen. Felix was ook taxichauffeur en na een halfjaar vroeg hij of ik met hem wilde samenwonen. Ik maakte van de gelegenheid gebruik en ging eindelijk bij mijn zus weg. Felix kookte en deed het huishouden en ik begon weer te eten en ouder te worden.

'Jij hoeft helemaal niet te gaan werken', zei Felix vaak.

‘Blijf vandaag toch thuis. Heb je geld nodig? Als je geld nodig hebt geef ik je wel wat.’

Vreemd genoeg werd ik armer naarmate Felix meer voor me betaalde. Ik raakte mijn plezier in het rijden met de taxi kwijt en was niet meer in staat nog twaalf uur achtereen te werken, en ten slotte kon ik zelfs mijn deel van de huur bijna niet meer betalen. Ik werd steeds armer en vermoeider en was zo uitgeput dat ik op de taxistandplaatsen in slaap viel. Als ik twee nachten niet had gereden kon ik me niet meer voorstellen dat ik ooit de mobilofoon had kunnen bedienen of de straten had kunnen vinden. Ik was bang dat ik alles fout deed. Het eigenlijke voordeel van dit beroep, namelijk zelf kunnen beslissen wanneer, hoe vaak en hoe lang je wilde werken, had zich als gevolg van de voortschrijdende aftakeling van mijn wilskracht tegen mij gekeerd. Ik kreeg het zelfs niet voor elkaar om bij Felix weg te gaan. Toen ik het probeerde zei hij gewoon nee.

‘Moet je me zien’, zei ik. ‘Moet je me zien. Ik ben twaalf kilo aangekomen sinds we samenwonen. Ik ben ongelukkig. Ik heb geen zin om met je te vrijen. Ik zit de hele dag als een gek te vreten en als ik niet voortdurend zou kotsen, zou ik nog vetter zijn. Ik kots minstens twee keer per dag. Hoor je dat dan niet? Dat zou je toch moeten horen. In deze woning hoor je immers alles. Laat me gaan!’

‘Nee’, zei Felix. ‘Ik wil niet zonder jou verder.’

En toen begon hij te huilen. Ik wist niet wat hij in me zag. Hij kende me helemaal niet, hij had geen flauw idee wie ik was. Ik kende mezelf niet eens. Misschien was er ook wel helemaal niets aan de hand en moest ik blij zijn dat Felix bereid was dat gebrek aan persoonlijkheid over het hoofd te zien.

Op een avond stapte Jost toevallig in mijn taxi. Hij vertelde dat Hemstedt tegenwoordig naast zijn studie bedrijfskunde een baantje in een platenwinkel had. Ik liep een paar weken rond met die informatie en nadat ik zes kilo afgevallen was voelde ik me in staat Hemstedt op te zoeken.

Een poosje drentelde ik voor de platenwinkel heen en weer, toen liep ik de Mönckebergstrasse in, kocht groene sportschoenen, keerde terug naar de winkel en checkte mijn uiterlijk in de spiegelende etalageruit. Ik droeg een witte korte legerbroek met een extreem hoge band en een blauw-blauw gestreept sweatshirt, dat voortdurend van mijn ene schouder zakte. Mijn haar was intussen weer lang. Ik had het met een sjaal opgebonden en de slierten die er uitstaken getoupeerd. Ik probeerde te glimlachen. Glimlachen was altijd goed. Maar niet bij mij. Mijn hele gezicht veranderde dan in een demonische waterspuwersgrimas. Ik schoof mondhoeken en wenkbrauwen weer op hun plek en stapte door de deur. Het was een grote winkel, de winkelvloer lag een paar treden lager en van hierboven had ik een goed overzicht. Hemstedt was er, ik zag hem meteen maar bleef in de buurt van de ingang rondhangen. Een hele tijd keek ik alleen naar hem – zijn elegante bewegingen, het witte overhemd bij de kaki broek, de ontspannen arrogantie waarmee hij bediende. Met een onbewogen gezicht luisterde hij naar de wensen van de jonge mannelijke klanten, schoot met snelle, maar beslist niet gejaagde pas voor hen uit de halve winkel door, haalde met een zwierig gebaar de gevraagde elpee uit een bak en hield hem de hijgende klant met duim en wijsvinger voor de neus terwijl hij zich alweer half omdraaide om iets naar een andere verkoper te roepen. Dat alleen al maakte me zo gelukkig dat ik met die beelden het liefst de winkel weer uit geslopen was in plaats van me bloot te stellen aan het risico van een echte ontmoeting. Ik wist me alleen niet op tijd los te rukken, want Hemstedt had me al ontdekt, zijn mond liet een rij grote, witte tanden zien en hij kwam naar me toe. Het spiertje naast mijn rechterooglid begon te trillen. Omdat ik het zelf merkte, werd ik nog zenuwachtiger. Uit pure verlegenheid begon ik meteen te praten, zo vlug en zo veel alsof ik twee pakjes Recatol tegelijk had ingenomen. Ik vroeg wat hij tegenwoordig deed, vroeg naar zijn vrienden, vertelde welke vroegere klasgenoten ik had ontmoet, vroeg tussendoor of hij nog een bandje voor me kon opnemen, drong hem mijn nieuwe telefoonnummer op – waarvoor ik mezelf inwendig vervloekte – ik praatte, praatte en vroeg waarom hij bij deze hitte geen korte broek droeg, ik praatte steeds vlugger, als de speed-versie van een langspeelplaat die je op vijfenveertig toeren draaide. Toen voelde ik iets in mijn keel schieten en zei: 'Maar nou moet ik weer eens gaan!'

Voordat Hemstedt kon antwoorden, griste ik de tas met de schoenendoos van de vloer en sjeesde naar de uitgang. Hemstedt liep met zijn grote snelle passen naast me en ik mompelde nog een keer: 'Echt, ik vraag me af waarom je bij deze hitte geen korte broek draagt.' Onderweg snaaide ik bij de kassa een singeltje uit de Top-Ten-display en liet het in mijn tas van de schoenwinkel verdwijnen.

Een week later belde Hemstedt op en zei dat ik de cassette kon komen halen. Dezelfde avond nog reed ik met mijn taxi naar zijn adres. Hij woonde nog altijd bij zijn ouders. Zijn vader deed open en ging me voor naar de woonkamer. Hemstedt zat voor de tv. Zijn vader pakte de krant van de tafel en liep de kamer uit. In de deur draaide hij zich om en vroeg wanneer Peter morgen thuis zou zijn.

'Laat,' zei Hemstedt, 'ik ga nog naar tafeltennis.'

'Pingpongen,' mompelde Hemstedts vader terwijl hij de deur achter zich dichttrok, 'pingpongen is toch geen sport.'

Ik ging op de vrijgekomen stoel zitten en keek met Hemstedt naar de televisie, waar een show werd uitgezonden. Aan het eind introduceerde een Amerikaanse zangeres haar nieuwe hit, en vier Duitse jongens die de finale van een danswedstrijd hadden bereikt vertoonden daarbij hun breakdance-kunsten. Het was helemaal geen song voor breakdance.

'Kijk haar nou! Moet je haar zien! En nu danst dat stelletje herriemakers er ook nog bij', zei Hemstedt en hij moest lachen. De jongens op de televisie trokken hun schouders op en knikten hun armen op z'n Egyptisch. Een van hen had een merkwaardig oud, verwrongen gezicht en Hemstedt zei: 'Hij lijkt E.T. wel.'

'Twee meisjes uit de Funny-Club hebben E.T.-poppen gekocht', zei ik. 'Ik rijd ze 's morgens altijd naar huis en dan zetten ze hun E.T.'s bij mij op de hoedenplank.'

'Ik heb die film destijds nooit gezien,' zei Hemstedt, 'alleen een paar fragmenten op tv. Ik ben natuurlijk prompt in tranen uitgebarsten. Hoewel ik niets van de voorgeschiedenis wist – ik zag alleen hoe die jongen afscheid van E.T. nam en E.T. hem in zijn armen sloot en met zijn lange spillevingers streelde. En prompt moest ik huilen.'

Vreemd dat het zo ontroerend is als een man toegeeft dat hij heeft gehuild. Misschien omdat ze dat zo zelden doen. Net als cadeautjes inpakken. Als een man je een slordig ingepakt cadeautje geeft, dan voel je je ook meteen heel bevoorrecht.

Hij had gehuild bij de scène waarin E.T. contact opneemt met zijn ruimteschip omdat hij terug wil, waarop het jongetje zegt: 'Je zou hier ook gelukkig kunnen zijn. Ik zou goed voor je zorgen. We zouden samen groot kunnen worden, E.T.'

'Ik geloof dat vooral gemene en hardvochtige mensen zo op E.T. vallen', zei ik.

Hemstedt boog zich vanuit zijn stoel naar me toe en streelde met de rug van zijn vingers zachtjes over mijn wang. Ik heb een keer een verhaal gelezen waarin iemand zich aan een cactus bezeert. Het is een heel bijzondere cactus. Als je daar een stekel van in je huid krijgt en je trekt hem er niet meteen uit, dan werkt hij zich helemaal vanzelf dwars door je lichaam naar je hart en zodra hij je hart heeft bereikt, ga je dood. Zo'n aanraking was dat.

'Ik heb je leren jack aan mijn broer verkocht,' zei ik, 'met verlies.'

Hemstedt stond op.

'Kom. De cassette ligt boven in mijn kamer.'

Maar net toen we in zijn kamer waren en hij me de cassette had gegeven, kwamen Jost en Richard Buck de trap op bonken en vanaf dat moment praatte Hemstedt niet meer met mij. Hij keek me alleen nog verontschuldigend aan. Zijn vrienden praatten ook niet met mij. Ik ging in een stoel zitten en kauwde op een plukje haar.

'Hoe is het eigenlijk met Kathrin?' vroeg Jost. 'Zie je haar nog wel eens?'

Hemstedt gaf Jost een brief, die op zijn bureau lag.

'Hier, die heb ik nog van haar gekregen.'

Jost pakte het briefje aan en begon er stukjes uit voor te lezen. De brief was inderdaad heel maf. Er werden dingen in uitgesproken die je gewoon niet zou moeten uitspreken, gevoelens. Voor mij was het bijna ondraaglijk dat er nog andere meisjes waren die verdriet hadden om Hemstedt. Mijn liefde was niet alleen iets ziekelijks en vervelends, ze was ook een gewone huis-, tuin- en keukenliefde. Toch ergerde ik me aan de lachende jongens.

‘Ik heb ook een keer een brief aan je geschreven’, zei ik. ‘Wat ben ik blij dat ik die toen niet heb verstuurd.’

‘Waarom niet? Had je moeten doen’, riep Hemstedt meteen.

Ik wees naar Jost.

‘Dat meen je toch zeker niet?’

‘Hoezo?’ zei Jost, die helemaal niet had geluisterd, omdat hij nog steeds aan het lezen was. ‘Hier, moet je dit horen...’

Ik lachte, nog voordat Jost kon voorlezen wat we moesten horen.

‘Als jij lacht, wordt je gezicht één grote grimas’, zei Hemstedt.

‘Zo,’ zei ik, ‘is dat zo?’

Jost en Richard bekeken me nu vol belangstelling. Ze wachtten tot ik moest lachen en in één grote grimas zou veranderen.

‘Bedankt voor de cassette,’ zei ik, ‘ik ga maar weer eens.’

Ik haatte en verafschuwde mezelf. Ik wou dat ik mezelf kon uitwissen, dat grimassen trekkende omhulsel en die weerzinwekkende, kwijlende liefde in mij. Zoiets had geen recht van bestaan. Weg ermee, weg ermee, weg ermee, dacht ik. Toen ik in de taxi stapte, pakte ik als eerste de cassette en stopte hem in de recorder. Ook daarom haatte ik mezelf. Ik draaide een straat in waar geen huizen stonden; drie lantaarns, en daarna sloeg de duisternis boven me samen. De muziek begon. Engelachtige stemmen, maar het waren engelen met vleermuizenvleugels, ze zongen voor de poorten van de hel, onaards lieflijk en dreigend, en ze werden begeleid door slaande bekkens. Ik draaide het volume helemaal open. Steeds weer schalden de bekkens. En toen zei een dreigend lage mannenstem: 'The world is my oyster', gevolgd door zo'n afgrijselijke en angstaanjagende lach dat ik de macht over het stuur verloor en in de greppel belandde.

'Hahahahahahahahaha...' zei de stem. Ik stapte uit en bekeek de schade.

Ik zat vast, in het holst van de nacht, en nu zong een vrouw: 'This is not a love song, this is not a love song.' Haar stem had een echt gemene ondertoon, je geloofde haar meteen.

'This is not a love song, this is not a love song!'

Ja, laat maar! Jezusmina, ja ja, ik had het al begrepen.

Ik riep de centrale op en vroeg om de vijfdubbelacht op kanaal drie, en toen Felix zich meldde vertelde ik hem waar ik zat en vroeg of hij me uit de greppel kon trekken.

Tot hij kwam bleef ik naar de cassette luisteren. Hoe kon iemand die zo weerzinwekkend en gemeen was als Hemstedt zulke muziek opnemen? Muziek die me heel behoedzaam te verstaan gaf dat ik mijn verlangens had verraden. Die me duidelijk maakte dat mijn leven erbarmelijk was. Hoe ben je daar toch in verzeild geraakt? zei de muziek. En: zorg dat je er weer uit komt. Hey Joe, riep de muziek – Joe, dat was ik –, hey Joe, look around, je staat op het punt iets ongelooflijk belangrijks te verliezen. Alleen kon ik me niet herinneren dat ik ooit iets ongelooflijk belangrijks had gehad. Eigenlijk bestond ik niet eens echt. Altijd als ik met een nieuwe man was, werd ik een ander mens. Ik was zo leeg als een spiegel en als iemand erin keek, dan zag hij iets wat zijn wensen in vervulling deed gaan en tegen zijn behoeften bestand was. Ook Felix hield van iets in mij wat in het begin helemaal niet had bestaan, maar wat hij net zo lang met grote zekerheid in mij meende te vinden tot het inderdaad bestond. Wie of wat ik op dit moment ook was, ik had niet het recht het hem af te pakken. Hij had het voor zichzelf gecreëerd, dus was het niet eens van mij. Alleen als ik bij Hemstedt was voelde ik mijn contouren en werd ik iets op zichzelf staands. Misschien was hij niet eens degene die ik miste. Misschien miste ik alleen mezelf. Ik miste de persoon die ik was als ik hem ontmoette.

Toen Felix kwam bleek dat hij me niet los hoefde te trekken; het bleek voldoende om de voetmatten onder de voorwielen te leggen.

Sinds ik niet meer glimlachte had ik voortdurend bonje in de taxi. Ik begreep natuurlijk wel dat mannen geen sombere vrouwen wilden zien. Ze stonden liever met een smartelijke blik aan de bar en wilden dan een stralende kleine wervelwind zien verschijnen om hen op te monteren. Ik was er echter steeds van uitgegaan dat mijn glimlach een gratis vrijwillig extraatje was, zoiets als een parfummonster bij de drogist. Maar nu kwamen dronken mannen plotseling met hun gezicht tot op een paar centimeter van het mijne en zeiden chagrijnig: 'Denk je soms dat je beter bent dan wij?'

Binnen vier maanden werd ik twee keer in mijn gezicht geslagen. Langzaam maar zeker begon ik te begrijpen waarom ik tot nu toe altijd had geglimlacht, en toen ik dat eenmaal begreep kon ik het helemaal niet meer. Als ik rondkeek in bars en discotheken had ik het gevoel dat bij elke vrouw een glimlach in het gezicht was gekerfd. Alsof ze allemaal lid van dezelfde smerige sekte waren. Sommige vrouwen glimlachten gelukkig, andere krampachtig, sommige glimlachten als een masker en sommige glimlachten met een vanzelfsprekendheid alsof ze nooit waren geboren. Ik kreeg nu bijna geen fooien meer. Mijn financiële situatie werd trouwens toch steeds nijpender en toen belde ook mijn moeder nog op of ik de komende twee weken op de hond kon passen. Intussen bekortten mijn ouders de Duitse winter, herfst of lente minstens twee keer per jaar op een van de Canarische Eilanden. Omdat ik als enig gezinslid geen fatsoenlijk beroep had, werd mij dan telkens de taak toebedeeld op het huis en de hond te passen.

'Ja, natuurlijk', zei ik. 'Natuurlijk doe ik dat.'

Alleen kon ik het me op dit moment helemaal niet veroorloven twee weken niet te werken. Onder normale omstandigheden moest ik, als mijn ouders op reis gingen, daarna telkens geld van Felix lenen en kostte het me twee maanden om mijn schulden af te betalen. Bovendien voelde ik me altijd beroerd als ik in het huis van mijn ouders sliep.

'Ik ben zo blij dat je eindelijk een keer de stad uit komt om hier een beetje van de frisse lucht te genieten en van je tbc te herstellen', zei mijn moeder.

Een tijdje geleden was er bij mij longtuberculose geconstateerd. Eerst was ik natuurlijk enthousiast, maar dat duurde slechts tot ik in een oersaai sanatorium tussen allemaal rochelende astmapatiënten was beland. Daar moest ik vaststellen dat ze voor lijders aan besmettelijke tuberculose die zich uit de voeten wilden maken een kamer hadden met een tralieraam. De fysiotherapeute stond op het punt me te rekruteren voor het basketbalteam van het sanatorium toen bleek dat ik toch niet besmettelijk was en ik mocht vertrekken.

'Dat heb je alleen maar opgelopen omdat je zo'n nachtbraker bent en in die achterbuurt woont', zei mijn moeder. Met 'achterbuurt' bedoelde ze de fabrieksetage waar ik met Felix woonde. Reclamejongens en redacteuren belden dat we ze meteen op de hoogte moesten stellen als we van plan waren te verhuizen, maar mijn ouders kenden noch de film *Diva* noch het woord 'loft' en bleven volhouden dat we asociaal woonden.

'En omdat je niets eet', zei mijn moeder.

'Mama,' zei ik, 'mama, ik ben veel te zwaar. Ik eet meer dan genoeg.'

'Maar je eet niet goed. Je propt je alleen vol met brood! In elk geval heb ik voor een volle koelkast gezorgd. Je hoeft zelfs geen boodschappen te doen. En voor noodgevallen heb ik zestig mark in de portemonnee laten zitten. Maar de koelkast zit boordevol. Het geld is alleen voor noodgevallen. Ik ben zo blij dat ik me tenminste twee weken geen zorgen over je hoef te maken en weet dat je hier lekker vakantie houdt.'

'Luister, mama,' zei ik voorzichtig, 'ik moet er best ook wat voor laten als ik op de hond kom passen. Ik doe het natuurlijk graag. Maar vakantie is het niet. Ik doe het voor jullie. En zomaar twee weken niet werken kan ik me eigenlijk helemaal niet veroorloven.'

'Als je een fatsoenlijk beroep had, zou je dat wel kunnen. Je zou niet zo van de hand in de tand hoeven leven.'

'Als ik een echt beroep had, zou ik helemáál niet op jullie hond kunnen passen.'

‘Ik dacht dat je het leuk vond. Ik dacht dat je gek was op Benno?’

‘Ik ben ook gek op Benno. Maar ik wil alleen dat jullie beseffen dat ik me voor jullie opoffer.’

‘Je offert je op? Dat je je opoffert willen we natuurlijk niet. Dan gaan we wel niet meer op reis.’

‘Nou ja, opofferen is misschien te veel gezegd...’

Mijn moeder nam de telefoon van haar mond en riep in de verte: ‘Papa, papa! We kunnen niet op reis. Je moet alles afzeggen. Anne wil niet op de hond passen. Denk je dat je het geld nog terugkrijgt van het reisbureau of is het daar al te laat voor?’

‘Laat maar’, zei ik. ‘Sorry. Ik offer me helemaal niet op. Ik ben blij dat ik op de hond kan passen. Ik ben blij dat de koelkast lekker vol zit en dat ik niets meer hoef te kopen en het er de hele tijd van kan nemen en kan uitrusten.’

Twee dagen later bracht ik mijn ouders met hun auto naar het vliegveld.

De laatste keer dat ik Hemstedt heb gezien was in 1990. Ik had me voorgenomen hem nooit meer te ontmoeten, maar het was praktisch onvermijdelijk dat hij ooit mijn pad zou kruisen. Omdat ik jaar in jaar uit en nacht in nacht uit in de taxi reed, stapte bijna elke Hamburger wel een keer bij me in de auto. Behalve Diedrich Diederichsen. Ik had altijd gehoopt nog eens een rit met Diedrich Diederichsen te krijgen, maar in plaats daarvan had ik steeds alleen Alfred Hilsberg naar Subito gebracht.

Hemstedt kreeg ik ’s morgens om halfzeven voor mijn motorkap. De taxi had ik toen al weggezet en ik reed in een zwarte Mercedes van honderdduizend mark naar mijn nieuwe woning. Na mijn scheiding van Felix en een fase van voortdurend wisselende contacten had ik de eigenaar van deze limousine leren kennen en voor het eerst van mijn leven goede seks gehad. Weliswaar kon ik me nog steeds niet herinneren hoe het met Hemstedt in bed was geweest, maar dat het niet echt goed geweest kon zijn, dat wist ik nu. Dat was wel duidelijk. Anders had ik het me namelijk wel herinnerd. Hield ik trouwens nog van hem? Nee, er was niets meer. Helemaal niets. Er was ook nooit iets geweest. Waarschijnlijk was ik alleen maar verliefd geworden op de eerste de beste die me net zomin kon uitstaan als mijn vader. Hemstedt bekeek de Mercedes bij het instappen met een neerbuigende blik en zei met gefronste wenkbrauwen: 'Maar Anne toch...' Ik merkte heel goed dat de protserige slee hem te denken gaf.

'Waar wil je heen?' vroeg ik. Hij vertelde dat hij allang een eigen woning had en al jaren voor een levensmiddelenconcern werkte. Ik begreep niet precies wat voor werk hij deed, hij zat op de marketingafdeling of zoiets.

'Eigenlijk is het volkomen zinloos wat ik doe', zei Hemstedt. 'Als niemand mijn werk zou doen, zou dat absoluut niets uitmaken. Ik produceer niets en ik repareer niets en of ik voor mijn bedrijf een winstfactor ben is puur hypothetisch. Het kan best zijn dat mijn hele baan één grote vergissing is.'

'Kun je niet opzeggen?' vroeg ik. 'Heb je geen zin om iets anders te gaan doen?'

'Nee', zei hij bits. 'Ik heb niets anders geleerd. Ik kan gewoon niets anders.'

We zwegen een poosje. Toen we zijn wijk binnenreden vertelde Hemstedt dat hij nu bij de jongerenorganisatie van de sociaal-democraten zat. Ik was perplex.

'Langzaam! Je moet langzamer rijden! Wat scheur je toch!' zei Hemstedt. En dat terwijl ik de hele tijd al echt langzaam reed om zo lang mogelijk naast hem te kunnen zitten.

'Ik ben Gods wraak voor iedereen die een verblijf op de openbare weg niet waardig is', antwoordde ik en trapte het gaspedaal in.

'Niet doen. Je bent asociaal!' zei Hemstedt. 'Dertig kilometer! Jezus, dertig kilometer! Het is hier een dertigkilometerzone, hier spelen kinderen.'

'Het is zondagmorgen zeven uur,' zei ik, 'hier spelen helemaal geen kinderen. Die slapen, zoals het hoort.'

'Slapen! Inderdaad!' zei hij. 'Hier wonen hardwerkende mensen die op zondag willen uitslapen.'

Ik liet het gaspedaal los. Het was nog niet voorbij. Als het voorbij was geweest, dan was ik niet eens gestopt om Hemstedt mee te nemen. Ik zag de werkelijkheid weer onder ogen: de auto van honderdduizend mark waarin ik reed was een smerige proletenbak, volgehangen met spoilers, opgevoerd en omgebouwd op een manier dat hij niet eens meer Mercedes mocht heten en hem de ster was afgepakt, zoals een eerloze officier zijn epauletten. De man van wie hij was, was een opgeblazen ijdeltuit, die zich in mijn minderwaardigheidsgevoelens wentelde als een dolfijn in de boeggolf van een schip, en mijn gespeelde liefde kwam alleen voort uit de angst dat ik anders nooit zou weten wat liefde is. In werkelijkheid wilde ik niemand anders dan Hemstedt. Ik hield zelfs van hem om het feit dat hij lid was geworden van de sociaal-democraten en me dwong langzamer te rijden. Zijn goede sociaal-democratische hart sloeg voor de hardwerkende bevolking en waakte over haar slaap. Waarschijnlijk dacht hij voortdurend na over sociale verbeteringen en een eerlijker verdeling van de belastinggelden. Wat jammer dat mijn ongeluk niet zo groot was dat een sociaaldemocratisch hervormingsprogramma het had kunnen verminderen.

Hemstedt vroeg of ik zin had om met hem te ontbijten. Hij maakte een vermoeide, uitgeputte indruk. Zijn jas was helemaal verkreukeld.

'Ik heb wel trek in een kop koffie', zei ik. Ik droeg een zwarte rijbroek, kniehoge laarzen en een grijze trui, het soort kleding waarin je altijd twee treden tegelijk neemt. Hemstedt liep door een smalle gang voor me uit naar zijn minikeuken. Ik ging tegenover hem aan het opklapbare tafeltje zitten. Hij zette koffie en deed toen uit een doos iets in een schaaltje en goot er melk overheen. Terwijl hij at, pakte ik de doos en bekeek de afbeelding die erop stond – kleine kussentjes van gevlochten tarwe.

'Is dat te eten?'

Hemstedt maakte een afwerende beweging met zijn lepel in de richting van het pak en at zwijgend verder. Zwijgend roosterde hij twee witte boterhammen en pakte de boter uit de koelkast.

'Aha, de dure Ierse boter', zei ik.

'Ja,' antwoordde Hemstedt, 'die neem ik tegenwoordig. Een beetje duurder maar makkelijker te smeren. Dat heb ik ervoor over.'

'Besef je wel dat die boter honderden kilometers hiervandaan is geproduceerd en dat er tijdens het transport een paar ton olie is verbrand voordat jij hem lekker soepel op je boterham kunt smeren?'

Hij haalde zijn schouders op.

'Boter is overal hetzelfde', zei ik. 'Koeien vreten gras en geven melk en daar maken we boter van. Je zou net zo goed boter uit Sleeswijk-Holstein kunnen kopen.'

'Ja, maar die smeert niet zo goed', zei Hemstedt.

Ik zei niets meer, ik had alles gezegd wat ik over boter te melden had. Hemstedt stond op.

'Ik moet nodig douchen', zei hij en liep de keuken uit. Toen ik het water hoorde lopen stond ik ook op om wat in zijn keuken rond te snuffelen. Ik pakte de pepermolen uit het kruidenrekje en verstopte hem op de plank aan de overkant achter de filterzakjes. Daarna deed ik de koelkast open. Hij was leeg, op zes pakjes Ierse boter na. Naast de koelkast hing een apothekerskalender. De afbeelding van deze maand vertoonde een mummelend konijn in het gras. Ik pakte het zoutvaatje en strooide een beetje zout op de vloer.

'Red me', zei ik tegen de Ierse boter achter de deur van de koelkast. 'Red me, want ik bevind me in een toestand van extreme geestelijke nood. Lever me niet over aan die opgeblazen patser met zijn pooiersauto. Hij doet dingen met me waar ik ziek en bang van word. Maar jij zou me kunnen redden.'

Hemstedt kwam uit de douche en bleef in de open keukendeur staan. Hij had alleen een handdoek om zijn heupen geslagen.

'Wat loop je toch met je SM-laarzen door mijn keuken te banjeren', bromde hij. Zo te zien deed hij aan gewichtheffen. En nu wilde hij kijken wat het effect was. Daarom stond hij daar halfnaakt – om mij zijn lichaam te laten zien.

'Ik weet niet...' mompelde ik.

Hemstedt verdween naar de aangrenzende kamer. Ik

stelde me zijn lichaam tegen het mijne voor, zijn handen op mijn gezicht, zijn lippen op mijn slapen.

'Raak me aan', fluisterde ik tegen de Ierse boter. 'Strijk nog een keer zo over mijn wang. Waarom hou je toch niet van me? Wat is er zo verkeerd aan mij?'

'Alles', zei de Ierse boter.

Hemstedt kwam terug in een witte badjas.

'Ik ben ontzettend moe', zei hij. 'Wees niet boos, maar ik wil graag gaan slapen.'

Ik stond vlug op en vertrok. Ik probeerde me voor te stellen hoe Hemstedt zich gedroeg als hij van iemand hield. Ik had geen idee. Zijn liefde vond altijd alleen in mijn afwezigheid plaats. Ik stapte weer in mijn patserige auto en reed weg. Bij het volgende stoplicht begon ik te huilen. Ik moest zo huilen dat ik niet verder kon rijden en naast een winkelcentrum moest stoppen. Ik hing over het stuur en huilde en huilde. Op de roltrap van het winkelcentrum stond een van die magere, verwaarloosde kinderen die je dit jaar overal in de stad zag en die op een trekharmonica of een goedkope synthesizer speelden. De armoedigheid van het kind was absoluut niet schilderachtig. Het zag eruit alsof het wormen had en het leek een beetje gestoord. Ik vroeg me af of ik zou uitstappen om tegen het kind te zeggen dat het vandaag zondag was en dat er 's morgens om acht uur toch niemand in het winkelcentrum kwam, maar misschien had het zijn geheime, alleen voor hem begrijpelijke redenen. Het wormenkind speelde op zijn inklapbare synthesizer een eigenzinnige versie van de lambada. Het was de treurigste lambada die ik ooit gehoord had. Als de klaagzang van een half verzopen vogel.

* * *

De Londense zon vibreert groen door de hal. Hemstedt zoent me op mijn wang en glimlacht. De dame van de receptie doet afwisselend alsof ze met de telefoon of met de ruches aan haar hals bezig is, maar ze verliest ons geen moment uit het oog. We staan nog steeds bij de glazen deur. Hemstedt stopt een sleutelbos in mijn hand en praat tegen me, maar ik ben veel te nerveus om de van tussen zijn indrukwekkende tanden tevoorschijn komende klanken en lettergrepen om te zetten in woorden, laat staan in hele zinnen. Het duurt een halve minuut voor het eerste woord bij me aankomt. 'Eilandhopping' heet het, en ik weet niet eens meer zeker of dat woord eigenlijk wel bestaat. Daarna is er sprake van een jacht, het woord 'zakenrelatie' duikt op, en een onverwachte uitnodiging die niet afgeslagen kan worden. Het zijn woorden als uit een saaie tv-serie; vreemd, denk ik, vreemd, en dan pas begrijp ik wat ze betekenen.

'Ik heb mijn weekendtas al bij me', zegt Hemstedt en knikt naar een haastig passerende collega. 'Na het werk ga ik rechtstreeks naar het stadion en na de wedstrijd meteen door naar het vliegveld.'

Houdt dat dan nooit op? Welke verwensingen zijn er eigenlijk boven mijn wieg uitgesproken? En waarom was er geen enkele góéde fee aanwezig om een van die verwensingen wat af te zwakken? Hemstedt vertelt hoe hij aan zijn kaartje voor de halve finale is gekomen, waarbij hij steeds weer stopt met praten als de draaideur goedgeklede jongemannen of gedisciplineerde schoonheden uitspuugt die teruggegroet willen worden. Hemstedt zegt dat het bedrijf een aantal zakenrelaties – maar niet die van het jacht – andere – heeft uitgenodigd voor het bijwonen van de halve finale. Ze hebben plaatsen voor de vip-tribune en Hemstedt is een van de employés die hen mogen begeleiden. Tjongejonge. Hemstedt pakt het goed aan. De hele truc is dat je ergens echt warm voor loopt: voetbal, paarden, beroepen, platenverzamelingen, plakplaatjes, marktonderzoek, politiek, bruggenbouw, aquariumkunde, eilandhopping – wat dan ook; het voornaamste is dat je het onder controle weet te houden en dat het je niet al te veel tijd geeft om na te denken. Je moet jezelf overladen met werk en hobby's en je moet jezelf elke dag weer voorhouden dat wat je doet ongelooflijk belangrijk is, en vanaf dat moment hoef je je niet meer met de liefde bezig te houden of je af te vragen wie je eigenlijk bent. Ik heb geen opleiding, geen geld, geen vooruitzichten en niets wat daarvoor in de plaats zou kunnen komen. De enige hobby die ik ooit heb gehad is: afslanken. Iemand als ik is overgeleverd aan de liefde – hulpeloos als een poesje dat in de wasmachine is terechtgekomen. Ik doe alsof ik een hoestbui krijg om niet te laten merken dat ik wel kan janken. Terwijl ik hoest kan ik meteen mijn trillende kin vasthouden. Wat had ik anders verwacht?

Ik zeg: 'O, fantastisch, schitterend. Echt fantastisch voor je! En meteen daarna eilandhopping! Wat een mazzel!'

'Je kunt natuurlijk mijn woning gebruiken. Als je weer vertrekt doe je de sleutel gewoon in de brievenbus.'

'Ja,' zeg ik, 'ja, dat zal ik doen.'

'Ik moet nu weer aan het werk.'

'Ja. Natuurlijk. Ga maar. En bedankt dat ik je woning mag gebruiken.'

Hè, wat maak ik het hem weer makkelijk. Zo dadelijk

vertrekt hij en nog steeds is er niets veranderd.

'Wacht even', zeg ik als hij me ten afscheid op mijn wang wil zoenen. 'Waarom denk jij dat ik met mijn stomme kop naar Londen ben gekomen? Voor die voetbalwedstrijd? Voor de kroonjuwelen?'

Hij haalt zijn schouders op en kijkt overdreven hulpeloos.

'Ik vervloek je, Peter Hemstedt,' zeg ik zacht en kijk daarbij zo neutraal vriendelijk dat de dame van de receptie ons gesprek waarschijnlijk voor smalltalk aanziet, 'jij zult het in dat stomme bedrijf van jou nog een eind schoppen; je zult chef worden van een heel belangrijke afdeling of wat je daar maar begerenswaardig lijkt, en elk jaar ga je lekker eilandhoppen...'

'Hey, Peter', roept een van drie voorbijrennende jongemannen, trekt dubbelzinnig met zijn wenkbrauwen, heft zijn linkeronderarm op tot schouderhoogte en tikt in het voorbijgaan met zijn rechterwijsvinger op zijn horloge. Misschien was dat trekken met zijn wenkbrauwen dus toch meer vermanend bedoeld. Hemstedt kijkt hem na. Ik vraag me opnieuw af of hij het soms pijnlijk vindt om samen met mij gezien te worden. Hij heeft nog helemaal niet gezegd dat ik zo dik ben geworden. Eigenlijk valt het niet over het hoofd te zien. Zelfs niet als iemand je volkomen koud laat. Hemstedt draait zijn gezicht weer naar mij toe.

'Je zult een betoverend mooie vrouw vinden,' zet ik mijn vloek haastig voort, 'die eruitziet als een fotomodel en afgestudeerd is in een Romaanse taal. Jullie zullen een moderne stadswoning en een prachtige villa op het platteland bezitten en je vrouw zal de gordijnen voor de keuken in je landhuis zelf naaien. Jullie zullen twee kinderen krijgen, eerst een jongen en dan een meisje, en als de kinderen eenmaal het huis uit zijn zul je gaan scheiden en nog een keer met net zo'n mooie, gecultiveerde en verstandige vrouw trouwen, maar deze keer met een die vijftien jaar jonger is en een studie kunstgeschiedenis achter de rug heeft. En deze keer zul je echt tijd voor de baby nemen en in je werk een stapje terug doen, maar je blijft natuurlijk nog altijd superbelangrijk en jullie zullen naar een nog groter huis verhuizen. En nu, Peter Hemstedt, nu moet je goed luisteren, want nu komt het ergste deel van mijn vloek:'

Hemstedt buigt beleefd naar voren om aan te geven dat hij aandachtig luistert.

'Je zult gelukkig zijn! Dat leven zal je gelukkig maken. Je zult niet eens merken wat voor shitleven je leidt! Zelfs op je sterfbed zul je nog denken: het is allemaal prima gelopen, wat had ik nog meer gewild?'

Hemstedt knippert heel even met zijn ogen, dan steekt hij zijn hand uit en raakt mijn wang aan om me van mijn stuk te brengen.

'Hou je rotpoten bij je!'

'Het spijt me', zegt hij. 'Maar ik heb beloofd dat ik meega.' Hij loopt weg, draait zich nog een keer om, de glazen deur schuift dicht en Hemstedt lost op in de donkere gang erachter. Weg is hij. De dame van de receptie staart me aan. Ik knik mechanisch naar haar, pak mijn koffer en loop naar buiten.

De woning van Hemstedt ligt in een chique wijk. Aan de Victoriaanse gevels hangen borden die meedelen dat hier elk uur wordt gepatrouilleerd. De voordeur gaat zelfs met een sleutel zo moeilijk open dat ik echt blij ben dat ik hier geen inbreker hoef te zijn. In de taxi hierheen heb ik me weten te beheersen, maar nu het bij de voordeur mis dreigt te gaan, ontsnapt er een rauwe snik aan mijn keel, gevolgd door een ongeremde huilbui. Ik rammel en ruk aan het vervloekte slot en blijf de hele tijd stilletjes janken. Als de deur eindelijk openspringt is dat voor mij allang geen troost meer. Jankend sjouw ik mijn koffer twee marmeren trappen op en open – deze keer zonder problemen – de deur van Hemstedts woning. Alles is er gigantisch. Alleen al de gang – minstens vijftien meter lang. Hij is helemaal leeg en pas geverfd. Wit. Ik laat mijn koffer vallen en loop de eerste kamer in. Ook die is wit en leeg, op zes massieve gietijzeren kroonluchters na die op de grijze vloerbedekking staan. Grijs. Dat is de tweede kleur. Overal ligt grijze vloerbedekking. In plaats van kroonluchters hangen er aan de plafonds platte patrijspoortachtige lampen met dikke klinknagels in het metaal. Het tweede vertrek is de slaapkamer. Een zwart, metalen bed, een zwarte commode, zwarte gordijnen, waarachter een kast schuilgaat waarin je kunt lopen. Aan een stalen buis hangen vijf pakken, twee blauwe, een grijs, een zwart, een zandkleurig. Een schap met spijkerbroeken, een met truien, een met T-shirts en twee met overhemden. Witte muren, grijze vloerbedekking. Via een deur kom je van de slaapkamer in de badkamer. Vergeelde tegels, een grote spiegel en een badkuip met een oeroude messing kraan. Ik houd mijn gezicht onder de kraan, loop druipend terug naar de slaapkamer, ga op het bed zitten en trek mijn laarzen uit. Het is geen tweepersoonsbed, maar het is breed genoeg om met gemak twee mensen in te laten slapen. Slapen. Precies. Dat ga ik nu doen.

* * *

Normaal gesproken belde mijn moeder altijd alleen 's morgens vroeg als ik nog sliep, zodat ik protesteerde en zij kon zeggen: 'Wat heb je toch een afschuwelijk beroep met al die nachtbrakerij.' Ik had dus meteen wantrouwig moeten zijn toen ze opeens 's middags belde.

'Anne?' riep een stem in de hoorn. 'Anne, ik moet je iets vertellen. Het gaat om Benno.'

Ik dacht meteen dat ik weer op de hond van mijn broer moest gaan passen, maar ze vervolgde: 'We gaan Benno wegdoen of we laten hem inslapen.'

'Wat?' zei ik. 'Wát?'

Ik wist dat de hond mijn moeder op de zenuwen werkte omdat hij te veel troep maakte en soms urenlang jankte. Maar dit ging wel erg ver.

'Het gaat niet meer. Nu je broer het huis uit is, zorgt er niemand meer voor hem en moeten je vader en ik alles zelf doen. En jij wilt ook al niet meer op hem passen.'

'Hé,' zei ik, 'dat is helemaal niet waar. Ik heb hem tot nu toe elke keer onder mijn hoede genomen. Ik kom minstens twee keer per jaar op de hond passen.'

'Maar je hebt gezegd dat je het erg lastig vindt. Iedereen heeft alleen maar last van die hond.'

Ik kon me niet voorstellen dat mijn moeder de hond echt van kant wilde laten maken, hij was tenslotte een lid van het gezin. Aan de andere kant klonk ze zo verbeten dat het er alle schijn van had dat ze absoluut van hem af wilde.

'Dat kunnen jullie niet maken', zei ik. 'Ik zal wel op hem passen. Als jullie op reis willen pas ik wel op de hond. En als jullie helemaal van hem af willen, dan neem ik hem. Jullie hoeven hem niet van kant te maken!'

'Je hebt geen idee wat hier allemaal gebeurd is', zei mijn moeder. 'Je bent er niet bij geweest. Je broer was hier met zijn Susanne en je vader is bijna op tilt geslagen. Het arme meisje was helemaal ontdaan. "Nu ben ik eindelijk met pensioen en zou ik op reis kunnen gaan," zei hij, "en nou zit ik hier met die hond." Je vader is toch al depressief. Hij was zo wanhopig dat ik bang ben dat hij zich nog eens iets aandoet. Maar geloof me, ik vind mijn man belangrijker dan een hond!'

Ik kon me heel goed voorstellen hoe het gezicht van mijn vader eruit had gezien toen hij die woorden uitstootte. Het was vast weer helemaal vertrokken geweest, door die nog net in toom gehouden, ongerichte woede, alsof hij ieder moment in huilen kon uitbarsten. Als hij zo'n gezicht trok deden we allemaal altijd meteen wat hij wilde.

'Rustig nou maar', zei ik. 'Hij trekt wel weer bij. Luister, ik probeer iets te regelen zodat ik de hond kan nemen...'

'Dat gaat helemaal niet. Wat doe je dan als je taxi rijdt? We laten hem binnenkort inslapen, hij is ook al oud. Ik zeg het je alleen maar vast, zodat je niet achteraf weer klaagt dat we je nooit iets vertellen.'

'Ik bedenk wel iets', zei ik. 'Ik neem hem wel, ik zorg wel voor hem. Het is een gezonde hond. Als jullie hem maar niet van kant maken.'

'Nou ja, dat zou ook nog niet meteen gebeuren', zei mijn moeder. 'Ik wilde het je alleen vast vertellen.'

Die avond belde ik mijn broer op.

'Wat is er eigenlijk gebeurd?'

'Die ouwe wordt steeds gekker', zei mijn broer. 'We hadden een zak wasgoed bij ons. Dat wilde mama. Ze belde me op en vroeg of ik nog vuile was had. Ze smeekte echt onze was te mogen doen. Dus had ik onze zak wasgoed meegebracht en onder het avondeten ontplofte pa opeens: wat we wel niet dachten om mama nog altijd met ons wasgoed op te zadelen. Hij wist van geen ophouden. En dat allemaal waar Susanne bij zat. Ze huilde bijna.'

'De hónd,' zei ik, 'hebben ze niet tegen je gezegd dat ze de hond willen laten afmaken?'

'Ach, hij zat weer te zeuren dat hij zo graag wilde reizen. Dat is ook zoiets ziekelijks, al dat reizen. Hij bedenkt zich nog wel. Wat een idiotie.'

'Ze menen het', zei ik. 'Mama heeft gezegd dat ze hem wil laten inslapen. Ze heeft alleen maar zitten wachten op een gelegenheid om eindelijk van hem af te komen.'

'Wat een onzin. Dat doet ze nooit. Daar is ze veel te laf voor. Dat durft ze nooit aan de dierenarts te vragen. Bovendien is het nog altijd mijn hond. En als hij voet bij stuk houdt dan schiet ik hem zelf dood – in de garage.'

'Ik neem hem wel', begon ik opnieuw. 'Jullie hoeven Benno niet af te maken!'

'Jij hebt genoeg met jezelf te stellen', zei mijn broer.

Ik maakte een lijst van alles wat ik moest regelen. Eerst moest ik aan mijn huisbaas vragen of ik bij wijze van uitzondering toch een hond in mijn woning mocht hebben. Zo niet, dan moest ik zo gauw mogelijk een nieuwe woning zien te vinden en bovendien een baantje zoeken waarbij ik de hond kon meenemen. Misschien kon ik op de taxicentrale gaan werken of in een winkel waar ze hondenvoer verkochten. Misschien kon ik bij mijn nieuwe vriend intrekken als zijn huisbaas honden wel toestond. Maar helaas kenden we elkaar pas twee weken. Het was niet eenvoudig. Ik hoopte echt dat mijn ouders niet voet bij stuk hielden. Aan de andere kant zou ik op deze manier misschien toch nog aan een hond komen. Benno zou naast mijn bed slapen en overal mee naartoe gaan. Hij zou me dwingen mijn leven te veranderen. Wie weet waar dat allemaal nog toe zou leiden.

De volgende dag belde mijn moeder om ongeveer halfvijf alweer op. Ze huilde aan één stuk door. Met overslaande stem en steeds weer onderbroken door gesnik zei ze: 'Anne? Anne, je mag nu niet boos op me zijn! Beloof me dat je niet boos op me zult zijn!'

'Wat is er dan aan de hand?' vroeg ik, maar eigenlijk wist ik het al.

'Benno is dood.'

'Wat, Benno is dood?'

'Ik heb hem vandaag laten inslapen.'

'Je bedoelt dat je hem dood hebt laten spuiten.'

'Je mag me nu geen verwijten maken! Ik voel me verschrikkelijk. Zeg dat je het me vergeeft! Zeg nu dat je het me vergeeft!'

Ze begon opnieuw te snikken.

'Nee,' zei ik, 'dat kan ik je niet vergeven. Je hebt hem gekild. Je hebt een gezonde hond gekild.'

'Ja, ach... als je het zo ziet...' en toen hing ze op.

Ik hing ook op en begon toen ook te huilen. Eerst zat ik nog even zwijgend voor me uit te staren terwijl de tranen onafgebroken uit mijn ogen liepen, maar toen liet ik me helemaal gaan. Het gesnotter was niet om aan te zien. Alle sluizen gingen open en er wilde geen einde aan komen; er wilde gewoon geen einde aan komen. Ik liet me op de grond vallen en schreeuwde en ging tekeer tot de tranen ook nog uit mijn neus liepen, speekselslierten tussen mijn lippen hingen en het snot aan mijn kin. Ik had de hond meteen moeten halen. Waarom was ik Benno niet meteen gaan halen? Ik jankte en schreeuwde tot ik geen lucht meer kreeg. Ik probeerde mijn huilbui nog te laten escaleren. Ik wilde dat er een ambulance moest komen om me naar het ziekenhuis te brengen. Maar zover kwam het niet. Opeens openden mijn longen zich knisperend en ik kon weer ademhalen en moest zelf zien hoe ik deze dag doorkwam.

'S Nachts droomde ik dat mijn moeder een strop van ijzerdraad om mijn nek deed en me probeerde te wurgen. Dat deed ze in de badkamer, waarschijnlijk omdat de tegels daar makkelijker schoon te krijgen waren. Uit de kraan spoot bloed in de wasbak. Op handen en voeten, nog steeds met de ijzeren strop om mijn nek, probeerde ik de badkamer uit te kruipen, en mijn moeder liep naast me en sloeg met schalen op mijn hoofd.

Eerst belde mijn zus op, toen mijn vader, en ten slotte kwam ook mijn broer nog langs. Ze zeiden dat ik me niet moest aanstellen en me met de rest van het gezin moest verzoenen. Mijn vader had nog nooit eerder uit zichzelf opgebeld en het was zo bijzonder om zijn stem om een gesprek te horen vragen – 'Om de kwestie eindelijk uit de wereld te helpen' – dat ik er prompt intuinde. Maar het enige wat mijn vader toen zei was dat ik nu eenmaal labiel was en overal veel te zwaar aan tilde en dat ik me er maar bij neer moest leggen dat ik was zoals ik was. Ik sprak hem niet tegen, maar daarna weigerde ik de telefoon nog op te nemen. Daarom hadden ze mijn broer gestuurd.

'Wat is die man toch een ongelooflijke huichelaar', zei mijn broer. 'Je had hem moeten zien toen hij de dode hond in de tuin ging begraven. Janken, janken, tot hij haast niet meer uit zijn ogen kon kijken. En de volgende morgen stapte hij keuvelend met mama in de auto om op de meubelboulevard een compleet nieuw woonkamerameublement uit te zoeken. Eindelijk konden ze de vuile bank weggooien.'

Vreemd genoeg wilde mijn broer toch dat ik het met mijn ouders bijlegde of in elk geval kerst met hen vierde, en toen ik weigerde zei hij: 'Jij bent net zo getikt als onze ouwelui.'

Voordat hij vertrok schoot hem nog te binnen dat hij Axel Vollauf had ontmoet en me de groeten moest doen.

'Of je weer eens contact met hem op wilt nemen', zei mijn broer.

'Axel Vollauf? Hoe bestaat het. Hoe zag hij eruit?'

'Zoals altijd. Hij is geen spat veranderd.'

Natuurlijk was hij wel veranderd. Hij was zo'n mager, opgeschoten type geworden met oneindig lange luciferbenen en een kont als een stuk zeep. Wel had hij nog hetzelfde kapsel als vroeger en nog altijd de ogen van een panische ree die in de koplampen staart. We gingen naar Lullaby, een kroeg waar veel taxichauffeurs kwamen, omdat hij tot vroeg in de morgen open was. Axel was ook taxichauffeur geworden, maar ik was hem nooit tegengekomen omdat hij overdag reed. Die nacht vertelde ik Axel dat mijn ouders de hond hadden vermoord, dat ik altijd alleen maar automonteurs en taxichauffeurs als vriend had, dat ik van geen van hen ooit had gehouden, ook niet van de man met wie ik nu was, hoewel het deze keer een rij-instructeur was, maar dat het me nooit lukte er een punt achter te zetten, dat ik nog maar met één man goede seks had gehad en dat die man zich alleen zo had uitgesloofd omdat hij me tot in het diepste privé-gedeelte van mijn ziel en mijn lichaam wilde overheersen en kwellen, dat ik de meest eenvoudige fundamentele dingen niet voor elkaar kreeg en zelfs niet wist hoe je met de tram reisde en dat het enige mooie in mijn leven de tijd met hem in het dierenziekenhuis was geweest en dat ik hem alleen maar de bons had gegeven omdat zijn wilde omhelzingen mijn familie op de zenuwen hadden gewerkt.

'Ja,' zei Axel bitter, 'het is altijd hetzelfde, het duurt altijd even voordat mijn hartelijke omhelzingen worden begrepen.'

Ik herinnerde me dat hij me toen bijna had gewurgd, maar ik vond het niet gepast hem daar nu op te wijzen. Axel vertelde dat hij intussen in therapie was en dat dat de beste beslissing van zijn leven was geweest, hij vertelde dat zijn moeder op zijn veertiende naakt voor hem was komen staan en gevraagd had: 'Hoe vind je dat ik eruitzie?' en hij had geantwoord: 'Mooi, mama, ik vind je mooi', terwijl hij in werkelijkheid het liefst was weggelopen. Hij vertelde dat hij verliefd was geweest op een vrouw die Andrea heette, heel erg verliefd, maar dat hij er nu overheen was en dat ze nog steeds vrienden waren, dat zijn vriendenkring – die bestond uit deze vrouw en een man – nu zijn gezin was, zijn nieuwe gezinnetje, waarmee hij ook kerst vierde, en dat hij zo nu en dan een artikel schreef voor alternatieve tijdschriften. Hij had net een artikel willen schrijven over de vraag waarom vrouwen opeens weer meer maandverband dan tampons gebruikten.

'De nieuwe maandverbandtrend,' zei Axel, 'en of het misschien door een sterker lichamelijk bewustzijn komt dat vrouwen zachter met zichzelf omgaan en niets meer in hun lichaam willen stoppen. Maar mijn therapeut heeft gezegd dat ik daar maar niet aan moet beginnen, omdat dat allemaal voortkomt uit mijn eigen geboortetrauma, al dat bloed en zo.'

Die therapeut leek me een verstandige vent, en het beste was dat hij kennelijk voortdurend in vergelijkingen sprak, net als de leermeester van Kwang Chai Cane in de serie *Kung Fu*.

Toen Axel nog verliefd was op die Andrea die niets van hem wilde weten, had zijn therapeut hem een keer het volgende verhaal verteld: 'Stel je eens voor dat je broodjes wilt gaan kopen. Je hebt vreselijke trek in broodjes. Ten slotte vind je een winkel, je gaat naar binnen en zegt: mag ik alstublieft tien broodjes. En dan zegt de winkelier tegen je: het spijt me, ik verkoop geen broodjes. Dit is een schroevenwinkel. Ik verkoop alleen schroeven.

Nu heb je drie mogelijkheden. Je kunt elke dag teruggaan en zeuren dat je broodjes wilt hebben, en als je geluk hebt werk je de winkelier daarmee na een tijdje zo op zijn zenuwen dat hij besluit zijn schroevenwinkel te sluiten en in plaats daarvan broodjes te gaan verkopen. De tweede en raadzamere mogelijkheid is: je loopt de winkel uit en gaat kijken of je ergens anders een bakkerij kunt vinden. En in de derde plaats kun je je natuurlijk ook afvragen of je misschien niet een paar schroeven kunt gebruiken. Of je honger naar broodjes misschien helemaal niet zo urgent is. Of je het niet ook met schroeven afkunt. Maar als je vindt dat schroeven je honger nooit zullen kunnen stillen, dan kun je die winkel maar beter laten voor wat hij is en op zoek gaan naar een bakkerij.'

Met zulke vergelijkingen had zijn therapeut hem van de ene onzalige dwaling na de andere genezen: 'Als ik vroeger iemand hielp verhuizen pakte ik altijd opzettelijk de zwaarste dozen,' zei Axel, 'ik dacht dat ik moest bewijzen dat ik dat kon. Maar intussen weet ik dat ik niet de sterkste ben. Nu neem ik steeds de lichtste dozen en daar schaam ik me niet voor.'

Echt enthousiast kon ik over zijn nieuwe vorm van mannelijk zelfbewustzijn niet worden. Als er iets was wat me met de gebruikelijke mannelijke tekortkomingen had verzoend, dan was het wel dat mijn automonteurvrienden mijn auto's, motorfietsen en elektrische huishoudelijke apparaten altijd perfect onderhielden en de zwaarste kisten voor me naar boven sjouwden. Ik vond niet dat je zulke attenties gewoon achterwege kon laten zonder op andere terreinen aan kwaliteit te winnen. Aan de andere kant: had ik me met mijn automonteurs ooit ook maar een beetje gelukkig gevoeld? School mijn hele ongeluk misschien niet in het feit dat ik altijd met een scheef oog naar die conventionele mannelijkheid keek en harteloosheid aanzag voor nonchalance?

'Ik begrijp niet waarom je niet bij je vriend weg kunt gaan', zei Axel. 'Hij rijdt nu stompzinnig met zijn taxi door de stad en luistert naar heavy metal. En om te zorgen dat zo'n afgestompte idioot gelukkig blijft, moet jij ongelukkig zijn en bij hem blijven, hoewel je dat helemaal niet wilt? Of is dat wel wat je wilt?'

‘Hij rijdt helemaal geen taxi en hij luistert helemaal niet naar heavy metal’, zei ik verontwaardigd, maar tegelijkertijd kostte het me moeite om niet instemmend te giechelen. Voor het eerst leek een scheiding me haalbaar. Ja, dacht ik, ja, ik ga weg bij mijn vriend. Ik ga tegen hem zeggen dat ik niet van hem hou en dan is het eindelijk voorbij. En dan... Waarom zou ik het treurige onrecht waar mijn familie me destijds toe had aangezet niet ongedaan maken? Waarom zou ik de liefdesgeschiedenis van Axel en mij niet alsnog tot een goed einde brengen en al onze wonden genezen? Als we op een dag samen zouden gaan wonen, was ik waarschijnlijk degene die de dozen met de elpees droeg. Maar was het dat niet waard?

Vlak voor zonsopgang bracht Axel me met zijn rode huisvrouwenautootje naar huis. Voor de deur zette hij de motor af. De vogels begonnen al lawaai te maken. We keken elkaar aan, glimlachten eerst en waren toen een beetje verlegen. Ten slotte vroeg ik of ik hem mocht zoenen. Ik dacht dat hij daarop uit was. Waarom zet je anders je motor af?

Maar in plaats van zich naar me toe te buigen, sperde Axel panisch zijn schotelogen open, verstijfde op zijn stoel, perste een toonloos ja uit zijn mond en bleef koppig recht voor zich uit kijken. Eerlijk gezegd voelde ik al niet meer de geringste behoefte om hem te zoenen. Hij gedroeg zich niet bepaald sexy. Aan de andere kant was het misschien nog erger voor hem als ik hem nu gewoon zo liet zitten. De situatie was echt te stom voor woorden. Ik boog me vlug naar hem toe en zoende hem zo vluchtig mogelijk op zijn lippen. Zelfs dat was al te veel. Jezus, wat was er met hem aan de hand?

Bij onze tweede afspraak gingen we naar de bioscoop. Er draaide een film die in Ierland speelde. Iemand kocht een logge koe met een enorme uier, ongetwijfeld het dier dat die zo fantastisch smeerbare boter produceerde, en de held van de film trok de koe aan een touw achter zich aan door een schitterend Iers landschap.

'Wat lief!' piepte Axel.

Ik besloot dat als een positief teken op te vatten. Geen van de mannen met wie ik ooit iets had gehad, zou bij de aanblik van een koe 'wat lief' hebben gezegd en met geen van hen was ik gelukkig geweest. Na de film gingen we meteen naar mijn huis toe. Ik was een vrij mens. Twee dagen daarvoor had ik het uitgemaakt met de rij-instructeur. Gewoon door het te zeggen. Ik had hem niet eens hoeven te bedriegen. Het was zeker niet makkelijk geweest, maar nu voelde ik me alleen nog maar opgelucht.

Axel klaagde dat het licht in mijn woonkamer zo fel was en hij vroeg om een kaars. Ik haalde een kaars. Maak je vooral niet vrolijk over die kaars, hield ik mezelf voor, hij vond het vast al moeilijk genoeg om erom te vragen. Toen lagen we allebei op de grond. We praatten, het kaarslicht maakte het inderdaad eenvoudiger, dat moest ik toegeven, en bovendien had ik me voorgenomen deze keer geen vinger uit te steken en niets te verwachten. Soms stak Axel zijn hand uit en streek hij over mijn arm. Het zag ernaar uit dat dit eindelijk eens een fijne avond zou worden, zo'n avond waarop niemand kwaadaardig of als een geesteszieke uit de hoek kwam en waarop je gewoon alleen maar aardig voor elkaar was. Achteraf is altijd moeilijk te zeggen op welk tijdstip de man met wie je op het punt staat zo'n fijne avond te hebben plotseling van gedachten verandert. Wie weet was dat al het geval toen Axel tegen me zei: 'Ik vind dat je dikke achterwerk in deze rok heel goed uitkomt.'

'Dat is niet bepaald het soort compliment waarvan je uit je dak gaat', antwoordde ik.

'Hoezo? Omdat ik gezegd heb dat je een dik achterwerk hebt? Maar je hebt nu eenmaal een dik achterwerk. En ik heb daar ook helemaal niets tegen.'

'Vind je het erg om het over iets anders te hebben?'

'Hoezo? Heb je soms problemen met je achterwerk? Ik vind het helemaal niet erg dat je zo dik bent.'

'Het is al goed,' zei ik, 'laten we erover ophouden. Jij vindt mijn dikke achterwerk mooi. Meer valt er niet over te zeggen.'

Ik was niet op mijn hoede. Ik dacht dat Axel alleen erg onhandig was in het maken van complimentjes. Ik *wílde* dat denken. Ik had me vastgebeten in het idee dat we twee kinderen waren die ooit lelijk pech hadden gehad en die nu een tweede kans kregen, en deze keer zou hun liefde het winnen van de boosaardigheid en kleingeestigheid van de wereld. Zo zag ik ons.

'Ik wil je graag zoenen', zei Axel en schoof dicht naar me toe. Ik haalde mijn arm weg waarop ik had gesteund, liet mijn hoofd op de grond zakken en sloot mijn ogen. Er gebeurde niets. Ik deed mijn ogen weer open. Axel had zich over me heen gebogen, zijn handen steunden links en rechts van me op de grond. Zijn gezicht was nog geen twintig centimeter van het mijne verwijderd en het was geen aangename blik waarmee hij me aankeek, geen blik waarbij je je op je gemak voelt. Ik moest hem tijd gunnen. Hij was zo verschrikkelijk geremd. Axels ogen waren zo groot als schotels, zoals altijd, en rond zijn ogen was alles verstard. Maar in zijn ogen begon iets te bewegen. De pupillen. Ze werden afwisselend groot en klein. Tien seconden lang keek hij me aan met grote fluwelen pupillen van genegenheid en dan – klik – keek hij me opeens aan vanuit kleine zwarte punten met een fonkelende blik vol haat en – klik – werden zijn pupillen weer groot en – klik – werden ze weer klein, tien, twintig keer herhaalde zich dat. Het was echt griezelig.

'Wat is er aan de hand?' vroeg ik.

'Ik weet nog niet of ik je wel wil zoenen', antwoordde hij.

Er waren grenzen. 'Waarom doe je dit? Vind je dat leuk?'

'Dat hoef ik niet te pikken,' zei Axel en stond op, 'dat gezever hoef ik niet te pikken!'

Ik steunde op mijn ellebogen, maar lag nog steeds half op de grond. Waarom stellen mensen zich eigenlijk bloot aan al die potentiële vernederingen als ze iemand mee naar huis nemen?

'Ik had je al duizend keer voor schut kunnen zetten', schreeuwde ik. 'Denk je soms dat jij niet belachelijk bent? Ik heb dat toch ook niet gedaan. Waarom doe jij het dan?'

'Jij hebt echt een probleem!' brulde Axel terug. 'Jij hebt een probleem, maar dat gaat mij niets aan. Val me niet lastig met je gezever!'

'Zo, dit heeft niet veel zin', ging hij verder, nu weer rustig. 'Let op, ik schrijf hier een telefoonnummer voor je op. Dat is het nummer van mijn therapeut. Je kunt hem bellen, of ook niet. Ik wil met die ziekelijke aanvallen van jou in elk geval niets meer te maken hebben.'

'Je kunt je reet afvegen met dat telefoonnummer!' schreeuwde ik. 'Stomme idioot!'

'Ik leg het briefje hier op tafel', zei Axel. 'En nu ga ik. Tot ziens!'

En hij vertrok en deed de deur achter zich dicht. En daarmee stonden we waarschijnlijk quitte.

Ik kon de therapeut vanaf het begin eigenlijk niet uitstaan. Hij was heel groot en had lang zwart haar, dat hij nonchalant in een staartje had gebonden. Ik had liever een kleine, lelijke, schrander ogende therapeut met borstelige wenkbrauwen gehad. Deze zag eruit als de meest begeerde man op een openluchtconcert. Deze leek op het type dat mijn leven altijd al had verpest. Het is goed, hield ik mezelf voor, als je meteen in het begin een negatieve emotie of projectie hebt, of hoe dat ook heet, dan heb je iets om je tegen af te zetten en daar heb je later alleen maar baat bij. De therapieruimte zag eruit zoals ik me had voorgesteld: rauhfaserbehang in opbeurend apricot, twee afschuwelijke aquarellen van vaag herkenbare menselijke lichamen en twee tegenover elkaar staande comfortabele stoelen met een oranje plaid. Naast een van de beide stoelen stond een grote doos Kleenex-zakdoekjes. Het enige wat ik niet had verwacht was het lichtgele keukenblok, dat werd gedomineerd door een monsterlijk koffiezetapparaat, een reusachtig metalen geval dat uit een grote kantine of uit het Pentagon afkomstig moest zijn.

Zoals ik al vrij snel doorhad, was de belangrijkste taak van een therapeut niet het bedenken van concrete oplossingen voor de problemen van zijn patiënten, maar het je de hele tijd aankijken alsof hij in je geloofde zoals je graag in jezelf zou geloven. De mijne kweet zich niet slecht van zijn taak, ware het niet dat hij het nodig vond om aan het begin van elke sessie eerst een kop koffie met geklopte melk voor zichzelf klaar te maken. Dat duurde minstens drie minuten, en het Pentagon-koffiezetapparaat dreunde, vibreerde, sputterde en boerde alsof het ieder moment het luchtruim kon kiezen. Terwijl mijn therapeut bezig was met zijn kopje, de verstelbare tuit en het buisje waar de hete lucht uit kwam, had ik moeten schreeuwen om gehoord te worden. Als hij op die manier mijn nietigheid wilde demonstreren dan lukte hem dat aardig. Daarna ging hij met zijn koffie in de andere stoel zitten en keek me vol verwachting aan terwijl zijn bovenlip als die van een gulzige shetlander al naar de rand van het kopje tastte.

Eerst dacht ik dat hij me wilde provoceren of wilde kijken hoe lang ik zijn schaamteloze gedrag zou tolereren. Maar hij bleef gewoon doorgaan. Hij wilde absoluut niet provoceren. Hij dronk alleen graag koffie terwijl hij naar de deprimerende kletskoek van zijn patiënten luisterde. Ten slotte rekende ik hem voor dat bij een uurtarief van honderdtwintig mark deze kop koffie mij, respectievelijk het arme ziekenfonds minstens zes mark kostte.

'Welke rol speelt geld in jouw familie eigenlijk?' vroeg mijn therapeut. Ik haalde mijn schouders op. Telkens als ik hem iets over mijn familie vertelde, verdacht ik mezelf ervan dat ik de hele tijd zat te liegen of mateloos overdreef, waarschijnlijk om mezelf belangrijk te maken. Het was echt geweest zoals ik het hem had verteld, maar het was niet de hele tijd zo geweest. Bovendien had ik het minder erg gevonden dan een buitenstaander moest denken. Voor mij was het heel gewoon geweest. En als íémand problemen had met geld, dan toch zeker mijn therapeut. Nauwelijks had het ziekenfonds zich bereid verklaard het gangbare tarief te betalen of hij verhoogde zijn honorarium met twintig mark per sessie. Hij beweerde doodleuk dat het goed voor me was als ik in elk geval een deel van mijn therapie zelf betaalde.

'Nee,' zei ik, 'dat is alleen goed voor jou.' En meteen begon hij weer over mijn geldprobleem. Ten slotte keek hij me ernstig aan en zei: 'Weet je trouwens dat ik heel erg op je gesteld ben en je ontzettend aardig vind?'

'Dat is je werk,' zei ik, 'daar betalen het arme ziekenfonds en ik je honderdtwintig mark per uur voor.'

Dat was natuurlijk ook zo.

'Jij met je vervloekte geldprobleem! Volgens mij denk je echt zo! Denk je dat ik hier zit te liegen?'

'Ach, kom,' zei ik verzoenend, 'zo zit de wereld nu eenmaal in elkaar. De verkoopsters in een boetiek zeggen: dat staat u fantastisch; prostituees zeggen: o, wat ben jij sterk; en therapeuten zeggen: ik vind je ontzettend aardig. En wie daar ook maar iets van gelooft is niet goed bij zijn hoofd. Of heb jij ooit tegen een van je patiënten gezegd dat je hem niet kunt uitstaan, dat hij een saaie stomme lul is en dat je opziet tegen iedere sessie met hem?'

Daarop beweerde mijn therapeut dat er helemaal geen saaie mensen bestonden – zoals ouders altijd beweren dat ze van alle kinderen evenveel houden – wat voor mij weer aanleiding was om te vermoeden dat hij misschien in zijn hele leven nog nooit een interessant iemand had leren kennen of dat hij gespeend was van onderscheidingsvermogen. Eerlijk gezegd minachtte ik mijn therapeut om die reden een beetje, waarbij mijn therapeut van mening was dat minachting alleen een uitdrukking van verzet was om angst voor afwijzing te neutraliseren. Behalve over geld kibbelden we namelijk ook nog over het feit dat ik hem altijd mijn gekkendokter noemde. Hij vond dat denigrerend, terwijl ik de uitdrukking therapeut veel erger vond.

Als ik zijn vriendschap al niet accepteerde dan moest ik ten minste iets vóélen. Hij nam geen genoegen met mijn bewering dat ik ergens mee zat. Mijn gekkendokter wilde me zien janken. Ik probeerde hem uit te leggen dat mijn probleem niet was dat ik te weinig voelde, maar dat ik voortdurend ook nog moest voelen wat anderen op dat moment voelden. Maar dat begreep hij niet.

'Wie geen pijn voelt, kan ook geen geluk voelen', zei hij. Dat klonk logisch. Maar die vlieger ging natuurlijk alleen op als er ook maar enige kans op geluk bestond. Daar had hij, geloof ik, nog niet bij stilgestaan. Het eind van het liedje was dat ik me minder goed anders kon voordoen. Terwijl ik vroeger nauwelijks met mijn ogen had geknipperd als ik ergens mee zat, kreeg ik nu bij het minste of geringste een brok in mijn keel en brak mijn stem verraderlijk. Dat was geen hulp; dat was alsof hij me ongewapend op een bende revolverhelden afstuurde.

Na de tiende sessie was mijn therapeut begonnen me bij de begroeting en bij het afscheid in zijn armen te nemen. Afgrijselijk, maar ik liet het een paar keer toe om hem niet voor het hoofd te stoten. Hij omarmde namelijk al zijn patiënten. Als ik uit zijn kamer kwam en de volgende naar binnen ging, vielen ze elkaar meteen in de armen en drukten ze elkaar langdurig aan de borst. Na een poosje vroeg ik of we dat niet achterwege konden laten, en hij zei dat hij ook al had gemerkt dat ik dat niet zo op prijs stelde, en vanaf dat moment liet hij me met rust. Alleen voelde ik telkens hoe hij erop wachtte dat ik hem op een dag toch zou omarmen.

Daarbij ging het hem minder om de omarming zelf dan om het feit dat ik het wílde. Om de een of andere reden vond hij dat belangrijk. Ik wilde hem niet altijd teleurstellen en daarom deed ik soms of ik er op dat moment behoefte aan had. En inderdaad keek hij meteen veel opgewekter als ik hem had omarmd.

Na een jaar wilde ik met de therapie stoppen, maar ik had nog steeds niet geleerd hoe je ergens een punt achter zet. Ik wist niet hoe ik het mijn therapeut moest vertellen zonder hem te krenken. Onze confrontatie eindigde met mijn aanmelding voor een van zijn workshops. De workshop duurde vijf dagen en vond plaats in een verbouwde boerderij in Nedersaksen, waar ook de ex-vrouw van mijn therapeut en hun gemeenschappelijke zoon woonden. De eerste avond kwam de groep bij elkaar in een niervormig bijgebouw, dat met zijn lichte houten lambrisering, zijn parketvloer, turkooizen en paarse ergonomische zitkussens en een stapel wollen dekens een orthopedische charme uitstraalde. De ramen waren met zware blauwe linnen gordijnen afgeschermd tegen de belangstellende buren. We gingen met z'n allen in een kring zitten en toen moest iedereen vertellen wie hij was, wat hij deed, wat hij van deze workshop verwachtte en of er iets was waar hij bang voor was. We waren – zonder de therapeut – met twaalf deelnemers, zeven mannen en vijf vrouwen. Van de zeven mannen waren er vijf taxichauffeur, één was informaticus en één sociaalpedagoog, en van de vijf vrouwen waren er vier sociaalpedagoog en de vijfde was ik. In tegenstelling tot mij leken de anderen elkaar allemaal min of meer te kennen. Bij de begroeting hadden ze elkaar omarmd en op de wang gezoend. Een paar waren er zelfs samen naar de boerderij gekomen.

'Normaal gesproken is het niet de bedoeling dat de mensen in een workshop elkaar kennen,' zei onze therapeut opgewekt, 'maar daar trek ik me niets van aan.'

Toen het ging over onze hoop en onze angst, hoopte bijna iedereen in zijn psychische ontwikkeling verder te komen en was bijna iedereen bang iets bij zichzelf te ontdekken wat zij of hij misschien liever niet had ontdekt. Ik was eigenlijk nergens bang voor, althans niet tot het door mij op de gang beluisterde gesprek tussen mijn therapeut en zijn zoon.

Vlak voordat we naar de niertempel waren gegaan, hadden we in de hal van het hoofdgebouw namelijk nog even bij elkaar gestaan en was de zoon van mijn therapeut binnengekomen, die ons vol afkeer bekeek. Hij was een jaar of acht, droeg een spijkerbroek en een *Jurassic Park*-T-shirt en over zijn schouder hing een plastic machinegeweer. Mijn therapeut was op zijn hurken gaan zitten en had zijn zoon net zo hartelijk omarmd als hij dat bij zijn patiënten altijd deed.

'Kijk eens aan, wat heb jij daar? Zo, een echt geweer!'

Hij was achter zijn zoon gaan zitten, had het geweer van zijn schouder gepakt en samen met hem op een denkbeeldig doel gemikt. Allebei hadden ze één oog dichtgeknepen, zodat de dames sociaal-pedagogen en de taxichauffeur van pure ontroering hadden moeten glimlachen.

'Wat vind je,' had mijn therapeut aan zijn zoon gevraagd, 'wie zullen we daar eens mee doodschieten? Zullen we mama doodschieten? O ja, we gaan samen mama doodschieten! Wat vind jij?'

De andere deelnemers aan de workshop, kennelijk ingewijd in de scheidingsperikelen van hun therapeut, hadden vol begrip gelachen, terwijl de achtjarige – om zijn vader te behagen – had geprobeerd te grijnzen en in zijn verlegenheid een hoge rug had opgezet, alsof hij in zichzelf wilde wegkruipen. Zo'n gevoel had ik ook. Het liefst was ik meteen weer naar huis gegaan, had alle gordijnen dichtgedaan en een koekjeszak over mijn hoofd getrokken. Maar om aan deze bijeenkomst deel te kunnen nemen, had ik een week lang in de taxi gereden en alles vooruitbetaald. Ik kende mijn therapeut goed genoeg om te weten dat hij het cursusgeld nooit zou terugbetalen, maar hoogstens een discussie over mijn geldprobleem zou beginnen. Daarom deed en zei ik niets. Na mij was de informaticus aan de beurt. In zijn mondhoeken zat droog speeksel. Hij hoopte hier eveneens verder te komen in zijn psychische ontwikkeling. Verlegen lachend voegde hij eraan toe dat hij bovendien hoopte hier iemand te leren kennen. De anderen grijnsden veelzeggend.

De volgende morgen werd me duidelijk waarom iedereen zo stom had gegrijnsd en waarom er zo verbazend veel mannen aan deze bijeenkomst deelnamen. Waarschijnlijk zijn er niet veel gelegenheden waarbij je iemand zo makkelijk en vanzelfsprekend kunt leren kennen als tijdens een therapeutische workshop. Dat komt door al die oefeningen die je twee aan twee doet en waarbij je soms behoorlijk dicht op elkaars huid zit. We moesten meteen bij de eerste oefening allemaal een partner zoeken. Terwijl de anderen worstelden met de vraag of ze zichzelf moesten blootgeven door iemand te kiezen, of dat ze liever afwachtten tot iemand zich over hen ontfermde, stond ik vlug op en vroeg aan Frank, een van de taxichauffeurs, of ik bij hem mocht zitten. Frank was ouderwets mannelijk – zoals een held uit een actiefilm met auto's uit de jaren zeventig. Zo'n lichtelijk treurig en uitgedroogd gezicht met scherpe plooien naast zijn mond en van die gekwetst en tegelijk agressief kijkende ogen. Ja ja, het leven was niet ongemerkt aan hem voorbijgegaan, maar hij had nooit geklaagd en kon alleen door toeval in deze workshop verzeild geraakt zijn. Helaas was de spijkerbroek die hij droeg vreselijk lelijk van model. Ik had dat al gezien toen ik achter hem naar de groepsruimte liep. De broek zat veel te hoog boven zijn heupen en werd nauw op de plek waar bij een vrouw de taille zou zitten.

De opdracht was twee aan twee tegenover elkaar gaan zitten en elkaar vijf minuten aan te kijken. Hoe lang kijk je iemand die je niet kent normaal gesproken in zijn ogen? Vier seconden? Vier seconden is waarschijnlijk al te lang. Om niet hulpbehoevend te lijken, keek Frank me somber aan. Ik op mijn beurt glimlachte vriendelijk. Gelukkig had ik dat intussen voor de spiegel geoefend. Als ik mijn onderlip op mijn tanden liet liggen en alleen de bovenste rij tanden ontblootte, als ik de oogpartij bevroor en alleen het stuk van mijn jukbeenderen tot mijn bovenlip naar boven en naar buiten trok, dan produceerde ik iets wat voor een conventioneel beminnelijke glimlach kon doorgaan. Ik keek Frank diep in zijn ogen, glimlachte, liet mijn blik naar zijn mond glijden, werd serieus, dompelde mijn blik opnieuw onder in zijn ogen en glimlachte tot ik geen enkel gevoel meer in mijn onderkaak had. Hij had het minder makkelijk, maar hij ontdooide zienderogen en toen de oefening allang voorbij was, toen iedereen weer in een kring zat om te vertellen hoe hij het er af had gebracht en welke gevoelens het bij hem had opgeroepen, zochten onze ogen elkaar nog steeds. Toen mijn therapeut vroeg hoe ik het had gevonden, zei ik eenvoudigweg: 'Fijn.' Toen hij dezelfde vraag aan Frank stelde, zei Frank: 'Prima.'

Het was echt eenvoudig. Wie zelfs tijdens een workshop niet met anderen in contact komt, kan maar beter verhuizen naar een maatschappij waar huwelijken worden gearrangeerd.

Daarna was het alweer pauze en ging iedereen naar de tuin om te roken. Daar stonden ze dan, volwassen mensen, en iedereen dacht heimelijk van zichzelf dat hij de interessantste patiënt van zijn therapeut was. Een merkwaardig soort eerzucht: de grootste afwijking hebben. Hoewel, als ik het saaie zootje in de tuin bekeek, was ik waarschijnlijk nog altijd de interessantste patiënt. Ik hoorde sociaal-pedagoge Brigitte tegen sociaal-pedagoge Maria zeggen: 'Ik begin nooit meer iets met een man die nog nooit een therapie heeft gevolgd.'

'O nee,' zei Maria, 'dat zou mij ook te veel moeite zijn. Wie weet krijg je iemand bij wie je helemaal van voren af aan moet beginnen.'

Twee boeren naderden de boerderij, ze liepen langs de afrastering en staarden naar ons. In hun ogen waren wij natuurlijk allemaal halve garen. Waarschijnlijk heette de boerderij in het dorp kortweg de halvegarenhoeve of de halvegarenfarm. De anderen lieten zich doodgemoedereerd aangapen. Het leek hen net zomin te deren als kolonisten de blikken van de voor hen werkende inboorlingen.

De volgende twee oefeningen deed ik ook met Frank. Maar 's middags was hij niet snel genoeg en was taxichauffeur Ronald er als eerste bij om me te vragen. Ronald was opvallend groot, hij was half kaal en bezat een verhit temperament. Deze keer moesten we elkaar om beurten vertellen wat we bij de ander observeerden en wat we daaruit opmaakten, of dat nu logisch was of volslagen onzin. Ronald hield zijn hoofd schuin en zei: 'Ik zie kleine rimpeltjes bij je ogen en daaruit maak ik op dat je een warm hart hebt en graag lacht.'

Ik zei: 'Jij houdt je hoofd schuin en grijnst naar me en je maakt een compliment dat niet echt een compliment is, en daar maak ik uit op dat je denkt mij op die manier te kunnen versieren.'

'Ik zie dat je ogen trillen', zei Ronald. 'Je bent nerveus en daar maak ik uit op dat je bang voor me bent.'

'Ha,' riep ik, hoewel we geen commentaar mochten leveren, 'ik zie dat jij met je gezicht steeds dichter bij het mijne komt en ik kan je tanden zien terwijl je tegen me praat, en daar maak ik uit op dat je beledigd bent omdat ik je een blauwtje heb laten lopen en dat je hoe dan ook wilt dat ik bang voor je ben.'

'Ik zie dat je ogen nog harder trillen en daar maak ik uit op dat jij helemaal niet tegen deze situatie opgewassen bent, maar de indruk wilt wekken dat het je niets kan schelen wat ik zeg.'

'Ik zie dat jij nu mijn pols beetpakt en daar maak ik uit op dat jij jezelf voor geen meter onder controle hebt, en als je nu niet met je poten van me afblijft dan geef ik je een ongelooflijke knal!'

'Jij bent een stomme trut! Dat moet je vooral doen!'

Dat was het moment waarop onze therapeut ingreep.

'Ho, stop! Iedereen stoppen. Wat is daar achterin aan de hand? Ronald, laat haar onmiddellijk los! Begrepen? Onmiddellijk!'

'Ze heeft me beledigd!'

Ronalds ogen waren glazig toen hij me bij onze therapeut verklikte. Ik schonk hem mijn mooiste gecontroleerde glimlach en masseerde mijn pols. Sluit twaalf willekeurige, beschaafd lijkende volwassenen onder jeugdherbergachtige condities op in één ruimte en binnen vierentwintig uur bevinden ze zich weer op het niveau van twaalfjarigen.

De laatste avond hadden we de zogenaamde waarheidsronde, waarbij iedereen mocht zeggen wat hij op zijn lever had en tot nu toe niet had durven zeggen. Na een stilte van een paar minuten meldde de eerste taxichauffeur zich: 'Ik wilde zeggen dat ik verliefd ben op Brigitte. En bovendien wilde ik nog zeggen dat ik bang ben voor Anne.'

'Ik ook, ik ook', sloten twee anderen zich bij hem aan. Ik was perplex. Ik kon me geen zwakker en erbarmelijker mens voorstellen dan mezelf. Bovendien dachten zij dat ik dingen kon waarvan ik allang wist dat ik ze helemaal niet kon.

Waarschijnlijk had het me te denken moeten geven dat Frank, toen hij bij mij thuis kwam, om te beginnen de glasplaat van mijn tv schroefde en schoonmaakte met Glassex. Maar eerlijk gezegd – ik vond dat wel fijn. Het glas was daarna echt heerlijk schoon. Tjonge, wat had ik opeens een mooi beeld, zo helder en kleurig!

De naam van Andrea viel al vrij snel. Andrea was zijn grote liefde. Ze had hem bijna kapotgemaakt, ze had zijn gouden hart aan barrels gestampt, ze was een slet, een kreng, ze had zelfs beweerd dat hij haar mishandelde, terwijl het enige probleem was dat haar huid zo gevoelig was dat ze meteen blauwe plekken kreeg als je haar een beetje stevig bij haar arm pakte. Kennelijk waren haar ogen de basis van haar seksuele macht. Volgens Frank was Andrea amper een meter zeventig lang, maar speelde ze het door een of andere gymnastische truc klaar om zelfs een lilliputter schuin van onderaf aan te kijken. Ze had een blik waar geen enkele man tegen bestand was. Daarmee had ze ook Frank steeds weer weten in te palmen. Maar dat was nu verleden tijd! Nu had hij haar door en was hij er voorgoed overheen.

'Andrea?' vroeg ik. 'Je bedoelt toch niet die Andrea met wie Axel Vollauf een keer iets gehad heeft?'

Jawel. Dat was precies degene die hij bedoelde.

'Hij heeft ook gezegd dat hij eroverheen is.'

'Hij?!' riep Frank. 'Nooit! Hij komt er in geen honderd jaar overheen. Ze zitten altijd te tortelen in dat gezinnetje van hen, of hoe ze het ook noemen. De tweede figuur daar is natuurlijk ook verliefd op haar. Echt ziek! Als Axel eroverheen was, dan was hij allang bij haar weggegaan.'

Het beeld van de rampzalige Andrea schitterde in de loop van de tijd in steeds nieuwe facetten. Bernhard, de beste vriend van Frank, had namelijk ook een keer iets met haar gehad en vervolgens de hele ellende van zijn vriend meegemaakt.

'Zo erg als hij haar beschrijft is ze natuurlijk niet', verklapte Bernhard aan mij. 'Als je het goed bekijkt is ze eigenlijk een arme sloeber. Er is haar vroeger een keer iets verschrikkelijks overkomen. Ze is door een aantal soldaten van de *Bundeswehr* verkracht, geloof ik. Helemaal zeker weet ik het natuurlijk niet, maar zoiets heeft ze een keer laten doorschemeren.'

Frank daarentegen had me verteld dat ze waarschijnlijk misbruikt was door haar vader, terwijl Axel toen in de taxikroeg had gesuggereerd dat ze door haar eerste vriend was verkracht. Bij alle drie hadden Andrea's lotgevallen het verlangen gewekt haar redder en verlosser te worden, zonder dat een van hen op het idee was gekomen het naadje van de kous te willen weten.

'En nu palmt ze hen allemaal in zonder vervolgens iets met hen te beginnen. Als puntje bij paaltje komt, geeft ze niet thuis', zei Bernhard. Natuurlijk zat hij ook tot over zijn oren in die het-is-vreselijk-geweest-maar-nu-ben-ik-er-helemaal-overheen-fase. Een fase die ik maar al te goed kende en die onmiddellijk voorafgaat aan de oké-dit-is-een-totale-capitulatie-en-dan-ben-ik-maar-voor-de-rest-van-mijn-leven-ongelukkig-verliefd-fase. Bernhards broek had hetzelfde lelijke model als die van Frank. Frank had zeventien van die dingen met zo'n hoge taille die mannenheupen doen veranderen in lange *tantekonten*. Hij droeg helemaal geen andere broeken meer. Andrea had ze gemaakt. Behalve een brandmerk op hun hart en lelijke broeken hadden de meeste exen van Andrea ook nog dezelfde therapeut.

'Volgens mij heeft zelfs Frederic een keer iets met haar gehad', zei Frank. Frederic was de voornaam van onze therapeut.

'Ja, dat klopt', zei Frederic toen ik hem daarmee confronteerde.

'Dat mag helemaal niet. Iedereen weet toch dat zoiets absoluut niet mag.'

‘Ik geloof dat ik daar correct mee ben omgegaan’, zei mijn therapeut. ‘Het is me helemaal in het begin overkomen, toen ik net met mijn praktijk was begonnen. En toen ik merkte dat ik verliefd op haar werd heb ik meteen een einde aan de therapie gemaakt...’

‘...en ben je met haar naar bed gegaan’, vulde ik aan, hoewel ik dat helemaal niet wist.

‘Maar toen was ze mijn patiënt niet meer.’

Die zat!

‘Maar ze loopt toch nog altijd bij je.’

‘Dat is iets van acht jaar geleden. En twee jaar geleden is ze opnieuw bij me begonnen.’

‘Vind je dat een goed idee?’

‘Maar ik ben toch niet meer verliefd op haar! Dat was een beginnersfout. Ik had in die tijd heel snel door wat er met me gebeurde...’

‘En nu ben je eroverheen?’

‘Helemaal’, zei hij.

Het was niet de eerste keer dat ik dacht dat ik beter een andere therapeut kon gaan zoeken. Dat had ik al gedacht toen Frank – die onder andere in therapie was omdat hij het zo moeilijk vond zijn pretenties waar te maken – Frederic hielp bij het opknappen van zijn woning en Frederic hem een uurloon betaalde dat maar de helft bedroeg van dat van de andere arbeiders. Maar zodra ik me probeerde voor te stellen dat ik een andere therapeut moest gaan zoeken – stonden die eigenlijk in de Gouden Gids en zou het ziekenfonds dat zomaar accepteren? – leken de complicaties me onoverkomelijk. Daardoor bleef ik nog een jaar bij Frederic.

Bij mijn tweede workshop was Axel Vollauf ook een van de deelnemers. Ik wist het van tevoren, maar gaf me toch op. Of misschien wel juist daarom. Dat was mijn eerste en grootste fout. Daarna vloeide het een uit het ander voort.

Een boekhandelaar, wiens telefoonnummer ik van mijn therapeut had gekregen, nam me mee in zijn autootje. De boekhandelaar had donker haar en heette Winfried. Hij was op een wat stoffige manier aantrekkelijk. En hij was intelligent en sympathiek zoals ik dat van een deelnemer aan de workshop nooit had verwacht. Toch reed hij slechter dan mijn moeder. Al bij de tweede keer optrekken schampte hij met de wieldoppen langs de stoeprand, op de snelweg moest ik een paar keer een corrigerende ruk aan het stuur geven, waarvoor hij me telkens uitbundig bedankte, en toen hij de parkeerplaats van de halvegarenfarm op draaide nam hij een stuk van de heg mee.

Axel was er al. Hij stond met zijn bagage in de hal. Hij had zijn surrogaatgezin meegebracht: de legendarische Andrea en een man die Olaf heette. Van Frank wist ik dat ze alle drie al minstens vijf jaar in therapie waren. Een workshop was in hun terminologie een 'shop'.

'Zo, doe jij ook weer eens mee aan de shop?' riep Andrea, helemaal vrouw van de wereld, tegen een roodharig meisje. Dat het Andrea was merkte ik meteen aan de manier waarop ze me aankeek: alsof we al samen op de kleuterschool hadden gezeten en elkaar toen al niet konden uitstaan. Ze was veel aantrekkelijker dan ik had verwacht, zo mooi dat je met haar gezicht cosmetica en met haar lichaam auto-onderdelen had kunnen verkopen. Ze had lang zwart haar en net zulke grote en rechte tanden als Peter Hemstedt. Ze was drie klassen te goed voor Axel, Frank of Olaf, die ook nog in haar kielzog meeliep. Waarom liet ze zich in met zulke verknipte figuren?

'sAvonds dobbelde ik met Axel, zijn gezinnetje, boekhandelaar Winfried en een man die Guido heette en eruitzag als een jeugdige uitvoering van Franz Josef Strauss en die steeds in elkaar kromp als ik het woord tot hem richtte. Normaal gesproken moest ik niets hebben van gezelschapsspelletjes, maar ik wilde bij de boekhandelaar zijn.

Dat met de boekhandelaar liep de volgende dag bij de eerste duo-oefening al mis. Deze keer konden we onze partner niet uitkiezen. We moesten ons opstellen in twee rijen die een paar meter van elkaar verwijderd waren, en daarna moest je naar degene toe lopen die toevallig tegenover je stond. De boekhandelaar had Andrea gekregen. Ik moest de oefening samen met Olaf doen. Hij moest zien te ontdekken hoe dicht hij me bij zich wilde laten komen. Hij liet het er niet bij zitten en schreeuwde al 'stop' toen ik nog maar net was gaan lopen. Vervolgens verzonk hij in gedachten en zei 'Langzaam dichterbij komen, nog langzamer', schreeuwde meteen weer 'Stop! Terug! Terug!', liet me toen toch weer dichterbij komen, en uiteindelijk stond ik zo'n twee meter bij hem vandaan. Toen de rollen omgedraaid waren hoefde ik niet lang te proberen op welke afstand ik Olaf kon verdragen. Ik liet hem tot op één meter komen, bracht hem daar tot staan en toen was het goed. In de taxi zaten de passagiers ook een meter achter me. Wat een meter of meer van me verwijderd was, voelde ik inmiddels helemaal niet meer.

In de daaropvolgende ronde moest iedereen weer zeggen

hoe het hem tijdens de oefening was vergaan.

'Ik ben verbaasd dat Anne me zo dicht bij zich heeft laten komen', zei Olaf. Daarna probeerde hij oogcontact te krijgen, maar ik keek gewoon over zijn schouder naar de boekhandelaar.

Andrea zei: 'Ik wil over de oefening eigenlijk helemaal niks zeggen. Ik wilde alleen tegen Winfried zeggen dat hij zo'n mooie glimlach heeft. Als hij glimlacht krijgt hij zo'n lief kuiltje in zijn rechterwang.'

De boekhandelaar kreeg een kleur en was vanaf dat moment voor deze wereld verloren. Als een blinde eland stond hij voor haar jachtgeweer. Het was niet om aan te zien. De boekhandelaar was de enige intelligente en interessante figuur in deze club, sympathiek, beschaafd, flexibel, maar tegenover zoiets was hij natuurlijk machteloos.

De middagronde verliep stroef. Frederic deed zijn best om iemand van zijn apropos te brengen, maar om de een of andere reden hing iedereen apathisch op zijn ronde kussen en als hij iets vroeg antwoordden we kortaf of zwegen we bokkig.

'En jij? Hoe gaat het met jou, Anne?' vroeg Frederic.

'Met mij? Met mij gaat het prima.'

'Weet je dat zeker? Weet je zeker dat er niet iets is wat je zou willen zeggen?'

Zijn vragen waren nu al duidelijk meer gespannen.

'Nee,' antwoordde ik, 'nee, met mij gaat het prima.'

De taak van onze therapeut was ons steeds een stap voor te blijven, een emotionele instorting te voorzien, te provoceren, te ensceneren en degene die instortte vervolgens weer op te vangen. Waarschijnlijk was het een goed gevoel alle touwtjes in handen te hebben, als enige te beschikken over alle achtergrondinformatie en de grote genezende allesweter te zijn, die zich aan het einde van de workshop trots en eenzaam terugtrekt. Maar deze keer wilde het niet erg lukken; niets lukte. Frederic raakte steeds geprikkelder, hij viel uit tegen Axel omdat hij met Andrea zat te smoezen, en ten slotte brak hij de sessie voortijdig af.

Omdat ik geen reden meer zag om ook nog een tweede avond met dobbelen te verdoen, haalde ik Silke – een vrouw die in de kennismakingsronde had gezegd dat ze hier eindelijk 'nee' wilde leren zeggen – over mij haar auto te lenen en belde ik mijn ex-geliefde Rita op. 'Ex-geliefde' klinkt misschien als een ingrijpende heroriëntatie (en voor Frank was het ook een behoorlijke schok geweest), maar ik moet er meteen bij zeggen dat Rita een meter tweeënnegentig lang was en van beroep automonteur. De affaire duurde niet lang. Ik had de hele tijd een slecht geweten omdat ik eerst dik en vet en ongelukkig had moeten worden voordat ik op het idee kwam het met een vrouw te proberen. Juist als je je afkeert van mannen moet je er perfect uitzien en tot in het kleinste detail beantwoorden aan hun verwachtingen en verlangens. En dan, als alle mannen helemaal stapel op je zijn, dan pas zeg je: 'Sorry, jongens, dat zie ik toch anders', om je vervolgens door een vrouw te laten beminnen zoals je nog nooit bent bemind. Iemand als ik was geen verlies, maar bevestigde slechts het vooroordeel over de lelijke geëmancipeerde vrouw die niet aan de man kan komen. Bovendien wist ik niet helemaal zeker of ik echt op vrouwen viel. Zolang alle betrokkenen hun kleren aanhadden, was ik vervuld van verlangen en begeerte, maar zodra iemand zich uitkleedde, vond ik mezelf meteen een stuk minder lesbisch. Misschien voelde ik me in Camelot alleen maar zo op mijn gemak omdat de vrouwen daar normale kleren droegen. Ze hadden geen linten in hun haar en geen ruches aan hun kraag of frutsels op hun sweatshirt of oorbellen in de vorm van lieve kleine beertjes. Ze zagen eruit als volwassen mensen die overdag een normale baan hadden. Een uitzondering daarop waren de SM-lesbo's, die – van hun duistere, mysterieuze party's komend – 's morgens vroeg Camelot binnenvielen en met kaalgeschoren hoofden, grove nethemden over hun blanke borsten en laklaarzen aan hun voeten op de dansvloer tekeergingen. Ook Rita ging wel eens naar zulke black party's. Ze had beloofd me naar de eerstvolgende mee te nemen, maar toen was de workshop ertussen gekomen. 'Ik ga toch mee,' zei ik nu tegen haar aan de telefoon, 'hier is het een verschrikkelijk lam zootje.'

In de Polo van Silke scheurde ik richting Hamburg. Eerst reed ik naar mijn appartement om me te verkleden. De vraag wat ik moest aantrekken plaatste me voor een niet gering probleem. Behalve nogal gewelddadig ogende zwarte bikerlaarzen bezat ik niets passends voor een sadistenparty. Ten slotte trok ik een zwarte broek en een strak zwart spijkershirt aan.

Rita droeg piratenlaarzen tot aan haar dijen, een stretchbroek en een zo nauw leren jack dat het haar moeite kostte om in de Polo te stappen. Tegen tienen reden we voor. Het feest werd gehouden in een donkere villa met een wirwar van kamers en gangen. Hij zag eruit als het huis van de Munsters. Rechts en links van de zware voordeur brandden fakkels. Eerst zaten we een tijdje in een kroegachtige ontvangstruimte, en afgezien van het feit dat iedereen nogal vreemd gekleed was, had het hele gebeuren iets van een reünie. In de hoeken werd gegiecheld en gefluisterd, alleen uit de luidsprekers kwam sombere sadistenmuziek, een trage, theatrale melodie waarvan het refrein bestond uit een vrouwenstem die steeds weer tegenstribbelend 'Nee, ik wil niet!' riep en een diepe mannelijke bas die 'Vooruit, kom op!' antwoordde. Achter een bloedrood fluwelen gordijn lagen de martelkamers, maar daar mocht nog niemand naar binnen. Ik vertelde Rita over de workshop. En over Andrea.

'Minstens drie mannen met wie ik iets heb gehad, zijn ook met haar naar bed geweest. En ze zijn allemaal nog steeds verliefd op haar. Zoals trouwens alle mannen in de workshop. Zelfs mijn therapeut is al met haar naar bed geweest.'

'Dat arme kind,' zei Rita, 'ze moet verschrikkelijk ongelukkig zijn.'

'Zie je wel,' zei ik, 'als ik het niet dacht. Nu ben jij ook nog verliefd op haar geworden. Het kon ook haast niet anders!'

Ik bladerde in een blaadje dat *Haumiblau* heette.

'Sadomasochisme op vrijwillige basis – allemaal goed en wel,' schreef ingezondenbrievenschrijver Anton F. uit HH-Eppendorf, 'maar wie van ons, echte sadisten, zou werkelijk weerstand kunnen bieden aan de verleiding om iemand ongestraft te pijnigen die dat niet wil. Stel dat de politieke en juridische situatie zodanig was dat je een dienstmeisje mocht africhten en slaan? Wie zou dan uit morele overwegingen nee zeggen?'

'Jij denkt zeker dat masochisten betere mensen zijn omdat ze niemand iets doen?' zei Rita toen ik haar de brief liet lezen. 'Ik zal je eens iets vertellen: masochisten zijn alleen maar stinkend lui. Masochisten die zich willen laten bedienen zijn er bij de vleet. Maar vind maar eens een goede sadiste. Daar zoekt volgens mij iedereen naar, hetero's incluis.'

Er kwam een serveerster die twee pilsjes voor ons op tafel zette. Op haar zwarte T-shirt stond VERDIENDE STRAF. Voordat we ons glas leeg hadden begon het feest al. Een tweede vrouw, met op haar T-shirt MIJ DOET HET VEEL MEER PIJN DAN JOU, trok het rode gordijn opzij en ontgrendelde de daarachter liggende slotpoort. Alle vrouwen liepen achter elkaar de met zwarte doeken behangen zaal in. Uit enorme geluidsboxen weerklonk dreunende orgelmuziek. In het grotachtige licht herkende ik een houten kruis, groot genoeg om Jezus Christus op vast te spijkeren, en een traliekooi voor mensen waarvan de bodem helemaal vol stond met waxinelichtjes. Rita stelde voor dat we afzonderlijk wat zouden rondkijken. Ik was niet enthousiast, maar ze verdween al door de rechterdeur.

'Martelen is geen geintje', riep ik haar achterna voordat ik naar links liep. Fakkels verlichtten de smalle gangen die van het ene vertrek naar het andere leidden of doodliepen. In een grote zaal bevond zich een lange, wormstekige houten tafel waarop om onverklaarbare redenen een zilveren schaal vol aardappels stond. Daar ontmoette ik Pony, een vriendin van Rita die ik al eens in Camelot had gezien en die ik niet kon uitstaan. Pony droeg een zwarte leren broek waarin de billen waren uitgespaard, en als tegenpool had ze haar hoofd kaalgeschoren. Ik was dankbaar dat ik überhaupt iemand tegenkwam die ik kende.

'Pony, hé, Pony, weet jij wat ze hier met die aardappels uitspoken?'

'Jawel,' zei ze met een veel donkerder stem dan anders, 'met aardappels kun je veel lekkere dingen doen', waarop ze het superieure lachje van de ingewijde lachte en me liet staan. Ik stommelde verder door de gangen. Nog steeds gebeurde er niet veel. De meeste vrouwen waren laffe voyeurs zoals ik. In een klein kapelletje met kerkramen van gekleurd papier werd een meisje door een geconcentreerd kijkende vrouw met een zweep geslagen, maar volgens mij sloeg ze niet echt door. In een ander vertrek verdrongen kijklustige vrouwen zich rond een hangmat waarin een naakte vrouw door vier anderen om beurten met een dildo werd gepenetreerd. Ik liep weer terug om te kijken of er intussen iemand met de aardappels bezig was. In de verste hoek van de aardappelzaal zag ik een kampeertent die ik op de heenweg over het hoofd had gezien. Ik glipte naar binnen en werd geconfronteerd met een merkwaardig tafereel. Drie theedrinkende dames. Ze droegen kleren uit de jaren zestig met amoebedessin, zaten om een klaptafeltje, schonken hun kopjes vol, brachten de thee naar hun mond en pakten koekjes. Lieve tantes. Alleen werd er geen woord gezegd. Dat ging ook niet vanwege de dreunende orgelmuziek. Een vierde stoel was nog leeg. Hij stond een eindje van het tafeltje vandaan. Dat kwam goed uit. Ik had namelijk alweer pijn in mijn rug en verder kon je hier nergens zitten. Ik was de enige toeschouwster. De vrouwen in hun tante-uitdossing zetten hun kopjes weg. Toen ontdekte ik een schriel naakt meisje, dat waarschijnlijk al de hele tijd op de achtergrond had staan wachten. Een van de tantes wenkte haar, trok haar op schoot en begon het meisje eerst te zoenen en toen te bijten. De anderen keken zwijgend toe. Daarna moest het meisje over de knieën van de tweede tante gaan liggen en die tweede tante pakte een mattenklopper van de grond waarmee ze haar sloeg. Toen draaide ze de mattenklopper om en priemde de steel tussen de billen van het meisje. Het leek wel een nachtmerrie. Het liefst was ik opgestaan en weggelopen, maar ik wilde in geen geval de aandacht van die verschrikkelijke vrouwen trekken. Pas toen het gordijn openging en er nog een paar toeschouwsters binnenkwamen durfde ik me uit de voeten te maken.

'Jezus, dat was echt verschrikkelijk', zei ik tegen Rita, die ik samen met Pony onder het kruis aantrof. 'De rest hier is min of meer poppenkast. Maar die mattenklopper heeft diepe indruk op me gemaakt. Mijn knieën knikken ervan.'

Het kruis was nog steeds leeg. In de kooi zat een naakte vrouw. Ernaast stond een bewaakster met rijglaarzen, een leren slipje, een leren tuigje om haar borst en voor haar gezicht een masker. De vrouw in de kooi kende ik van gezicht. Ook uit Camelot. Ze heette Gabi en probeerde altijd bij een groepje te gaan staan, maar eigenlijk wilde niemand iets met haar te maken hebben.

'Wanneer heeft ze zich laten opsluiten?' vroeg ik.

'Een halfuur geleden al', zei Pony. 'Als je de bewaakster vijf mark geeft, kun je vijf minuten met haar doen wat je wilt.'

'Maar er komt niemand die haar wil pijnigen', riep Rita. Ze barstten in lachen uit. Ze moesten elkaar vasthouden.

'Er komt gewoon niemand.'

'Er zou iemand moeten zijn die haar ten minste even met een zweep slaat of zo,' zei ik, 'je kunt haar daar toch niet zomaar laten zitten.'

‘Waarom ga jij niet?’ vroeg Rita.

‘Dat kan ik niet. Ik weet helemaal niet hoe je zoiets doet. Ga jij maar, dan krijg je van mij vijf mark.’

‘Ik raak haar niet aan. Nog voor geen honderd mark.’

‘Ik ook niet,’ zei Pony, ‘het is haar eigen schuld. De vorige keer heeft ze geprobeerd zich op de slavenmarkt te laten verkopen en toen wilde ook al niemand haar hebben. Zelfs niet toen het laatste bod zakte naar tien mark.’

Opnieuw lachten ze zo hard dat ze elkaar moesten vasthouden.

‘Ik moet trouwens weer eens gaan’, zei ik tegen Rita. ‘Het is nog een heel eind. Jij kunt straks wel met Pony meerijden.’

Pas toen ik weer in de Polo van Silke zat merkte ik dat mijn knieën trilden. Ik besloot de black party gekunsteld en belachelijk te vinden, maar toch trilden mijn knieën.

Even voorbij Lüneburg werd ik misselijk. Ik stopte, stapte uit en kotste op de vluchtstrook. Tegen een uur of vijf was ik weer op de halvegarenfarm. Mijn contactlenzen waren zo droog geworden dat ik mijn hoornvlies bijna kapottrok toen ik ze uit mijn ogen haalde. Ik ging in bed liggen. Eerst kon ik niet in slaap komen en toen droomde ik van het mattenkloppertafereel. Om acht uur stond iedereen op. Ik wachtte tot ze klaar waren met douchen en aan het ontbijt zaten zodat ik de badkamer voor mezelf had. Er was geen sprake van dat ik mijn contactlenzen weer in kon doen. Ik moest met mijn bril op mijn neus naar beneden. Toen ik in de niertempel kwam zaten de anderen al op hun ronde kussens. Terwijl ik het mijne opzocht werd ik gevolgd door de blik van mijn therapeut. Het was de blik van iemand die zich met een opgeheven vliegenmepper op een insect concentreert. Maar nog steeds was Olaf aan de beurt. Hij droeg die morgen een broek die duidelijk door Andrea was gemaakt en hij vertelde over de Disney-film *Bambi*. Een vriendin had hem overgehaald samen naar *Bambi* te kijken en afgezien van het feit dat die beestjes allemaal zo suikerzoet waren dat hij bijna diabetes had gekregen, waren ook Bambi's weerzinwekkende ouders er nog geweest.

'Bambi's moeder zat de hele tijd te dwepen: "Moet je kijken, Bambi, je vader, wat een gewei!" Ik kon alleen nog maar aan ons eigen gezin denken. Mijn moeder vertelde ook steeds wat voor fantastische vent mijn vader was. Maar intussen is de vader van Bambi nooit thuis. Hij bemoeit zich nergens mee en staat alleen voortdurend op een of andere bergrug zijn gewei te laten bewonderen.'

Tegenover me zat Andrea de boekhandelaar te bewerken door haar ogen neer te slaan, dan plotseling naar hem op en meteen weer opzij en vervolgens naar de grond te kijken. Als haar grote bruine ogen de zijne ontmoetten lag er iets hartverscheurend gekrenkts en smekends in. Als haar ogen toevallig langs mij gleden werden ze zo koud als natte sokken.

'Dat stomme reekalf!' zei Olaf.

'Witstaartherten', onderbrak ik hem. 'In de Disney-variant zijn het witstaartherten. Vandaar ook dat grote gewei.'

'Hoe gaat het vanmorgen met je?' vroeg Frederic. 'Hoe was het in Hamburg?'

Ik had natuurlijk niet verteld dat ik naar een sado-masoparty was geweest.

'Goed', zei ik. 'Het gaat goed. Prima zelfs!'

In werkelijkheid voelde ik me alsof ik uit suikerspin bestond. En iedereen die dat wilde kon een stuk van me afplukken en ermee wegrennen.

'Wil je zeggen dat er tussen jou en Axel niet iets is wat nodig besproken moet worden?'

'Ik weet wat je bedoelt', zei ik. 'Ik weet het en jij weet het en de helft van de aanwezigen is op de hoogte. Maar ik heb besloten het te laten rusten. En eigenlijk voel ik me daar prima bij.'

Mijn god, ik spuide al dezelfde clichés als mijn gekkendokter.

'Waarom', vroeg Frederic, 'wil je het er niet over hebben?'

'Kijk,' probeerde ik inschikkelijk, 'het is alleen maar een treurig verhaal. In mijn herinnering was Axel gewoon een vriend uit mijn kinderjaren die met een bos papegaaitulpen aan mijn bed stond. De hele tijd dacht ik dat het enige mooie in mijn leven kapot was gemaakt. Maar het was niet meer dan een hoop bullshit. Er is nooit iets moois geweest wat iemand had kunnen vernietigen.'

Ik kreeg alweer een brok in mijn keel. Waarom had ik mijn bek niet gehouden? Grote flarden suikerspin waaiden weg. Frederic – eindelijk weer in zijn element – richtte zich tot Axel.

'Hoe voelt het als je zoiets hoort?'

Axel haalde zijn schouders op.

'Daar kan ik niks over zeggen. Dat wil ik ook niet. Dat heeft volgens mij echt niets met mij te maken.'

'En wat vind jij als je Axel zo hoort praten?'

'Dat', zei ik, 'is nou precies de reden waarom ik er niet over wil praten. Waarom zou ik hem dat plezier ook nog doen?'

‘Anne,’ zei Frederic heel zacht, ‘wat vind jij? Ga nou eens bij jezelf na hoe je je echt voelt.’

Hij wilde eindelijk scoren.

‘Val me daar alsjeblieft niet mee lastig’, zei ik.

‘Kijk Axel nou eens’, zei Frederic. Axel keek de andere kant op en blies lucht tussen zijn lippen door. Zijn ogen waren normaal, zijn gezicht ontspannen. Hij voelde zich fantastisch.

‘Waarom zeg je niet gewoon dat je verdrietig bent?’ zei Frederic nog zachter.

Ik weet helemaal niet of ‘verdrietig’ het goede woord was. Op hetzelfde moment schoot ik namelijk vol. Ik schreeuwde en huilde, ik verloor mijn gezicht, de vlokken suikerspin vlogen alle kanten op en de ellende sloeg over me heen als een golf over een zandkasteel. Er bleef niet veel van me over. Ik wist niet waar die loodzware pijn vandaan kwam, waardoor hij teweeg was gebracht. Waarschijnlijk door de gespeelde betrokkenheid in de stem van mijn therapeut, daar was bijna niemand tegen bestand. Ik probeerde me te concentreren op de fles mineraalwater naast me, ik hoefde hem alleen nog maar op de vloer kapot te slaan en het restant met de scherpe punten in zijn gezicht te drukken en rond te draaien. Als ik eruitzag zoals ik me voelde dan kon ik net zo goed stoppen met huilen.

‘Daar had ik eigenlijk niet op gerekend,’ zei Frederic ten slotte een beetje hulpeloos, ‘ik wist niet dat je zo heftig reageert.’

Ik probeerde te antwoorden, maar kwam niet verder dan het janken van een middelgrote hond. Ik was een schipbreukeling die in de kolkende zee van de pijn heen en weer wordt geslingerd, terwijl de golven van schaamte onophoudelijk over hem heen slaan, de orkaan van hulpeloze woede in zijn oren fluit en de wolken van absolute verlatenheid de hemel verduisteren. Als je zelfs niet meer kon vertrouwen op degene aan wie je honderdtwintig mark per uur voor zoiets betaalde, op wie dan in godsnaam nog wel?

'Is er iets wat ik voor je kan doen? Is er iets waar je behoefte aan hebt?' vroeg mijn therapeut.

'Ja, dood zijn', kwaakte ik.

'En wat voelen jullie nu?' richtte hij zich tot de anderen. Waarom kon die klootzak niet gewoon ophouden? Waarom moest hij alles altijd erger en erger maken? Ik begreep dat niet. Ik begreep dat gewoon niet.

'Ik kan hier absoluut niet tegen,' zei Andrea, 'ik kan hier echt absoluut niet tegen, tegen die belachelijke dreiging met zelfmoord. Ze doet het namelijk toch niet. Ik weet ook wel waarom me dat zo irriteert. Het irriteert me natuurlijk omdat ik zoiets van mezelf ken. Omdat ik ook altijd aankondig dat ik zelfmoord ga plegen en het dan toch niet doe. Het is allemaal zo belachelijk.'

Ze keek verlegen naar de grond en toen ze haar ogen weer opsloeg ving ze de bezorgde en tedere blik van de boekhandelaar op.

Nu vroeg Olaf het woord.

'Het is altijd hetzelfde', zei hij terwijl hij achteroverleunde. 'Juist de vrouwen die zich in het begin zo sterk voordoen zijn achteraf heel klein. Ik zou wel eens willen weten hoe dat komt?'

'Ja,' viel Guido hem bij, 'ik zag het meteen al. Ik zag al vanaf het begin hoe hard en koel ze uit de hoek kwam. Ik besefte meteen dat ze dat niet kon volhouden. Het was allemaal zo gekunsteld.'

Ze waren niet meer te houden. Terwijl ik maar bleef janken en snotteren, riep de een na de ander dat hij meteen al had gezien dat ik iets speelde wat ik helemaal niet was. Alleen de boekhandelaar zweeg omdat hij een goedmoedig en fijn mens was en omdat hij de hele tijd moest nadenken over de vraag wat Andrea toch voor ergs overkomen kon zijn dat ze zelfmoord had willen plegen.

'Ik ben echt verbaasd dat je zo heftig hebt gereageerd', zei mijn therapeut ten slotte, alsof ik al was gestopt met huilen. 'Ik weet niet... kan ik je zo wel de pauze in laten gaan?'

Hij had zijn koffie verkeerd nodig en bovendien had hij zijn buik vol van wat hier gebeurde.

'Ja natuurlijk,' snotterde ik, 'wat wil je anders? Hier tot sint-juttemis mee doorgaan?'

'Als je jezelf maar niets aandoet!'

Hij glimlachte. De klootzak.

'Nee,' zei ik, 'nee. Andrea heeft immers al helder geanalyseerd dat dat niets voor mij is.'

'Goed, dan begint nu de lunchpauze. We zien elkaar om drie uur hier terug.'

Ze glibberden allemaal op hun sokken naar de lunch. Ik wilde eigenlijk pas gaan als zij de niertempel uit waren, maar ik zag dat mijn therapeut me in de gaten hield en als ik tot het laatst was gebleven dan zou hij dat opgevat hebben als een teken dat ik alleen met hem wilde praten. Daarom stond ik vlug op, liep met de anderen mee en pakte mijn schoenen. Ik liep langs de deur van de eetkamer, deed alsof ik naar de slaapvertrekken wilde gaan, maar keerde toen weer om en glipte de deur uit. Ik liep door de tuin, rende de schuur in waar mijn therapeut zijn auto had staan en keek of daar ergens een stuk touw lag, maar het was zo'n opgeruimde schuur waar alleen maar een auto stond, een reservejerrycan en een plank aan de muur die vol moersleutels hing. Ik wilde geen zelfverbranding en daarom liep ik weer naar buiten en ging naar een klein loofbosje, allemaal jonge, ranke bomen, allemaal minder dan tien meter met daartussen brandnetels en struikgewas. Ik sloeg van het pad af en baande me een weg door de struiken. Het was zoals gezegd een klein bosje, aan alle kanten omringd door akkers en huizen, je kon er niet in verdwijnen zonder binnen de kortste keren gevonden te worden. Ik liep zo ver mogelijk het bosje in en zocht een steen. Er lagen heel veel stenen. Vanwege zijn droogheid en zijn stenen werd de streek 'de strooibus van het noorden' of zo genoemd. Toch duurde het een hele poos voordat ik een steen vond die lekker in de hand lag. Ik probeerde te bedenken wat de anderen zouden zeggen als ik mezelf van kant maakte. Dat had ik als kind al steeds gedaan. Axel zou zich natuurlijk ontzettend gevleid voelen; ik zou me althans gevleid voelen als iemand om mij zelfmoord pleegde. Zoiets zou Axel later goed in een gesprek kunnen gebruiken als hij een nieuwe vrouw leerde kennen, en hij zou dan heel zwaarmoedig in het niets staren. Dat zou de nieuwe vrouw meteen duidelijk maken wat haar plaats was. Andrea zou wanhopig huilend tegen de schouder van de boekhandelaar leunen en snikken: 'Het is mijn schuld. Had ik maar niet moeten zeggen dat ze toch geen zelfmoord zou plegen.' En de boekhandelaar, overrompeld door zijn geluk, zou de vrouw die hem zijn eigen kracht had laten voelen in zijn armen nemen, haar schouders strelen en zeggen: 'Welnee. Daar kun jij niets aan doen. Dat mag je niet denken.'

Axel en alle andere mannen zouden ook om haar heen komen staan en Axel zou zeggen: 'Ze was toch al een beetje geschift.' En dan zou Frederic een hoge borst opzetten en verkondigen: 'Het is niemands schuld. Als iemand echt van plan is om zelfmoord te plegen dan kan niemand hem tegenhouden. Zo iemand vindt altijd middelen en mogelijkheden. En dit was natuurlijk alleen een aanleiding. Als ze nu geen zelfmoord had gepleegd dan had ze het waarschijnlijk over een halfjaar gedaan en de aanleiding zou even nietszeggend zijn geweest. Niemand behalve zijzelf draagt daarvoor de verantwoordelijkheid.'

Toch zouden zijn buren dat vermoedelijk anders zien. Als hier iemand zelfmoord pleegde zou het gefluister niet van de lucht zijn. Als mijn therapeut naar de bakker ging zouden vanaf dat moment de gesprekken stokken en iedereen zou zich naar hem omdraaien. Ik had echt medelijden met hem, mijn therapeut, terwijl hij daar bij de bakker stond. Het was niet eenvoudig geweest om in het dorp enigszins geaccepteerd te worden. Hij had alle heimelijke spot dapper geïncasseerd en toen zijn buren zagen dat de halvegarenfarm floreerde, dat hij kon uitbreiden en renoveren, toen had hij voor de allereerste keer iets van respect menen te bespeuren. En nu was alles weer tenietgedaan door een gek die het op de heupen had gekregen en met haar zelfmoord niet had kunnen wachten tot ze weer thuis was.

Ik hief de steen op en beukte ermee op mijn hoofd. Natuurlijk sloeg ik niet hard genoeg, want ik wilde immers niet echt zelfmoord plegen, ik wilde mezelf alleen wijsmaken dat ik zelfmoord probeerde te plegen maar het helaas niet voor elkaar kreeg. In elk geval wilde ik pijn hebben en het bloed over mijn gezicht voelen stromen. Dat was moeilijker dan ik had gedacht. Ik sloeg nog een keer en nog een keer. Ik moest me aan een berk vasthouden, en met één arm om de stam heen geslagen zakte ik door mijn knieën. Nog altijd zonder bloed op mijn gezicht. Het was niet voor niets dat zelfmoordenaars over het algemeen liever voor een stuk touw, een slaapmiddel of een brug kozen. Hier moest je veel te vastberaden voor zijn. Ik kroop op handen en voeten over de grond en zocht een grotere steen. Ik gooide hem in de lucht en probeerde me voor te stellen dat ik een voetbal wilde koppen. De vierde poging was raak. Het deed zo'n pijn dat ik meteen besefte dat ik vandaag niet meer zou sterven. Ik trok me aan de witte boomstam op en wachtte tot mijn duizeligheid over was. Toen pakte ik de steen, kuste hem, deponeerde hem naast de berk en droop af richting halvegarenfarm. Terwijl ik naar de boerderij liep groeiden er op mijn schedel vier bulten. Als bij een stripfiguur. Ik besloot de rest van de pauze onder de douche door te brengen. Op die manier zou ik niemand tegenkomen en met niemand hoeven te praten. Natuurlijk waren ook de douches permanent toegankelijk, net als de slaapvertrekken met de zes bedden, die zelfs niet in kamers voor mannen en vrouwen waren gescheiden, maar ik douchte zo lang en zo heet dat er om me heen een muur van damp ontstond.

Toen ik naar de niertempel liep was mijn huid opgezwollen en rood. Ik hoopte inderdaad dat mijn therapeut de hele zaak voor mij in het juiste licht kon plaatsen. De vernedering had ik gehad, nu kwam het inzicht. Hij had me gebroken en nu zou hij me weer in elkaar zetten. Ik zou erachter komen waarom ik zo had moeten huilen, hij zou me de juiste vragen stellen, hij zou Axel de juiste vragen stellen en ik zou iets over mezelf te weten komen wat maakte dat het dit allemaal waard was. Altijd denk je dat het toch nog goed komt. Waarom eigenlijk?

Frederic kwam bij de anderen en mij in de kring zitten en vroeg hoe het met me ging.

'Dat vraag je toch niet serieus', zei ik terwijl ik de grootste bult betastte. De pijn was adembenemend. Zolang ik mezelf zo veel pijn kon doen, zou ik dit ook wel uithouden zonder nog eens te moeten huilen.

'Je ziet er goed uit', zei Frederic. 'Heel zacht en ontspannen.'

'Vinden jullie ook niet?' zei hij terwijl hij zich tot de anderen richtte.

'Ja, heel zacht', zei Guido.

'Dat vind ik ook', zei een vrouw die Grit heette.

'Ik geloof dat het haar goed gedaan heeft', beaamde Olaf.

'Zo… op de een of andere manier ontspannen', zei Andrea.

Ik woelde door mijn haar en liet een vuurwerk van pijn in mijn schedel exploderen.

'Gebroken', zei ik. 'Het woord dat jullie zoeken is "gebroken".'

Mijn therapeut richtte zich tot de boekhandelaar. 'Jij hebt hier ook al eens zitten huilen, weet je nog?'

'Ja', zei de boekhandelaar. 'Dat weet ik nog heel goed. Ik ben blij dat me dat deze keer bespaard is gebleven.'

Mijn therapeut praatte met de boekhandelaar en daarna met Olaf. Met mij was hij klaar. De workshop functioneerde weer en mijn therapeut had de touwtjes weer in handen.

Ik was niet van plan de komende nacht in de kamer met de zes bedden door te brengen en daarom haalde ik mijn beddengoed naar beneden. In de groepsruimte kroop ik in de berg rode dekens. Ik zette de cd-speler aan. De *La Traviata*-cd van Grit zat er nog in en ik drukte op de herhaalknop van de cd-speler.

Om een uur of elf kwam Olaf binnen. Ik had erop gerekend dat hij zou komen.

'Mag ik naast je komen liggen?'

Ik zei niets en hij kroop bij me onder de dekens. Hij streek over mijn hoofd en mijn rug. Zijn handen waren groot en warm, zijn aanrakingen troostten me. Ik hoefde alleen te vergeten wie er aan het andere eind van die armen hing. Hij zoende mijn gezicht, mijn slapen en mijn wangen en toen mijn hals. Zijn adem streek over mijn huid en deed me huiveren. Ik zou nooit iets anders krijgen dan mannen als hij. Het was volstrekt ondenkbaar dat een aardige, intelligente man ooit belangstelling voor me kreeg. Misschien zou ik er op een dag in slagen mezelf op te hangen, als ik er maar zeker van kon zijn dat iemand mijn lijk zou lossnijden en op de grond zou leggen.

De deur ging voor de tweede keer open en Andrea kwam binnen. 'O, sorry,' mompelde ze, 'ik was alleen vergeten mijn deken mee te nemen.'

Ze greep haar wollen deken en verdween weer.

'Ze is jaloers', zei Olaf toen ze weg was. 'Het was geen toeval dat ze binnenkwam. Ze kan het niet hebben dat ik nu bij jou ben.'

'Ze is bang om oud te worden', vervolgde hij toen ik niet antwoordde. 'Langzaam maar zeker wordt ze minder aantrekkelijk en dat weet ze.'

Hij wilde met zijn geslijm bij me in het gevlei komen en deed dat door haar te kleineren.

Maar voor hem zou Andrea nooit iets van haar aantrekkelijkheid verliezen. Olaf zou haar nooit kunnen vergeten; zelfs in het bejaardentehuis zou hij nog bedelen om een glimlachje van haar. Hij was een mislukkeling en een viezerik, maar hij was de enige mens op de hele wereld die bereid was mij in zijn armen te nemen. Hij zoende me op mijn mond, hij zoende heel goed, en bijna was het alsof we iets met elkaar hadden.

'Hé, jij bent een keiharde,' zei Olaf, 'dat had ik helemaal niet achter je gezocht.'

* * *

Als ik wakker word schijnt de middagzon in mijn gezicht, ik knipper met mijn ogen, wie ben ik ook alweer en waar ben ik, ik lig in het bed van Hemstedt, zo veel zon, knipperen helpt niet, dus draai ik me om, daar ligt nog een wit hoofdkussen. In een reflex strek ik mijn arm uit. Mijn hand strijkt over de koele, gladde stof. Ik bekijk de hand een poosje, maar dan stel ik me voor hoe David Peskow alleen in míjn woning op míjn bed zou zitten en over míjn hoofdkussen zou strijken als ik hem zijn gang liet gaan – een volkomen weerzinwekkend idee – en ik roep mijn hand onmiddellijk tot de orde. David Peskow behoort tot hetzelfde neerslachtige, sombere menselijke geslacht als ik en is minstens tien jaar verliefd op me geweest – tot ik echt vet werd. Toen was ik van hem af. Ik ken dus ook de andere kant. Ik weet hoe het is als iemand ontzettend veel van je houdt zonder dat je daar een antwoord op hebt. David Peskow dacht dat ik het middel was om te ontsnappen aan de duisternis en de uitzichtloosheid van zijn eigen bestaan. En een tijdlang wilde ik hem inderdaad redden. Iedere willekeurige adder had dat beter gekund. Want op de keper beschouwd onderschreef ik de lage dunk die David van zichzelf had. Als ik alleen al zijn slappe houding zag, zijn slonzige kleren, zijn hondse blik – je kon hem alleen maar afwijzen. Zodra hij zijn mond opendeed viel ik hem in de rede. Had hij net 'wij' gezegd? Hoe haalde hij het in zijn hoofd om zichzelf en mij als 'wij' te beschouwen? Ik bespotte en kwelde hem en tegelijk wentelde ik me als een varken in zijn liefde. Het was als met de instructies van het cabinepersoneel in een vliegtuig: altijd eerst je eigen zuurstofmasker pakken en opzetten en je dan pas afvragen hoe je anderen kunt helpen.

Ik gaap en probeer me uit te rekken, maar ik krijg mijn schouderbladen niet meer tegen elkaar aan omdat er twee vetrollen tussen zitten. Tijdens het douchen zonder gordijn probeer ik niet in de grote badkamerspiegel te kijken. Ik kan het niet over mijn hart verkrijgen mezelf naakt in een spiegel te bekijken. Maar ook als ik aangekleed ben, is in elk geval duidelijk dat hét afgelopen is. Aan seks hoef ik niet meer te denken.

Als een oude vrijster snuffel ik rond in de slaapkamer en beland ten slotte bij de zwarte commode. Wat draagt Hemstedt eigenlijk voor onderbroeken? Zwarte. Ik pak er een, zet hem op mijn hoofd en loop ermee door de gang. Moet hij maar niet zo stom zijn om zijn woning gewoon aan mij te geven! De gang is één lange muur van inbouwkasten. Ik maak de eerste open. Hij is leeg. Ook de tweede is leeg, en de derde en de vierde. En de vijfde, zesde en zevende zijn leeg, leeg en opnieuw leeg. Het is een beetje griezelig. Acht inbouwkasten, waarvan er zeven leeg zijn. Als ik de achtste opendoe hangen daar op een kleerhanger een bruin-witte sjaal van St. Pauli en een bruine trui met een doodshoofd erop. In een vak eronder ligt een bruin-witte bivakmuts. Met een plechtig gebaar trek ik de onderbroek van mijn hoofd. Ik vermoed dat het mannelijk is om het gevoel te hebben ergens bij te horen. Ze kunnen niet anders dan alles op zichzelf betrekken, vooral het succes of de nederlagen van een voetbalelftal. Ik heb zelfs bij het journaal niet het gevoel dat het nieuws me iets aangaat en ik zou nog liever ezeldrijver zijn dan in een stadion staan juichen voor iemand die mijn naam niet kent. Zo, en nu wegwezen hier.

It's coming home,
it's coming home,
it's coming home,
football's coming home – maar behalve twee jongemannen die dassen en rare zachte hoeden in de Engelse nationale kleuren dragen wijst nog niets op de komende wedstrijd. De zon schijnt, ik slenter met mijn handen in de zakken van mijn heuplange jas over Trafalgar Square. De jas is bijna een kaftan, anders zie ik er in een broek namelijk verschrikkelijk uit. Toen ik boven de honderdtien kilo kwam begon ik te snuiven en te waggelen. Tot mijn verbazing word ik nu, sinds ik echt vet ben, veel minder aangegaapt en becommentarieerd dan in de tijd dat ik bijna slank was. Als ik mijn kilo's door de veel te nauwe tourniquet van een supermarkt wurm stoten de mensen elkaar soms aan, maar de mannen en jongens die me vroeger nariepen vanwege mijn kont, zíén me nu niet eens meer. Hun

blikken glijden langs me heen, als ze al niet dwars door me heen kijken alsof ik een spook ben, wat ik in hun ogen natuurlijk ook geworden ben. Dat is een opluchting, maar tegelijk maakt dat gebrek aan belangstelling me onzeker, want ik weet niet of ik behalve mijn lichaam nog iets anders te bieden heb. Nog steeds met mijn handen in mijn jaszakken struikel ik over een duif en val languit op de grond. Op hetzelfde moment heb ik zoveel aandacht als ik maar kan wensen. Toeristen van alle nationaliteiten kijken enthousiast naar de verongelukte dikzak die met een zakdoek het bloed van haar kin dept. Maar omdat niemand erbij betrokken wil raken, moet ik helemaal alleen weer op de been zien te komen. Als ik op mijn handen steun is het niet mijn hele romp die beweegt, maar buigt binnen in mijn lichaam zich mijn oude, slanke ik, terwijl een golf van vet tegen mijn ribben klotst en tot onder mijn oksels stijgt. Om weer op te staan moet ik praktisch in mijn eigen lichaam duiken.

In de hal van het museum is het lekker koel. Een in het zwart geklede man van de security wil mijn schoudertas zien, hij steekt er voorzichtig een hand in en geeft me de tas terug. Ik loop een rondje om een groep kleine meisjes in zwarte schooluniformen die in kleermakerszit, met de ene witte kniekous over de andere, op de grond zitten en met waskrijtjes de tijger van Rousseau in hun tekenblok tekenen, daarna slenter ik langs fantastische zonnebloemen en gestippelde landschappen tot ik voor een enorm schilderij van een historische ramp blijf staan. Daarop is de volstrekt realistische terechtstelling te zien van de zeventienjarige Lady Jane Grey, koningin voor negen dagen. Lady Jane knielt in een duistere kerker, waarbij ze een heel elegante, stralend witte, ongeloofwaardig schone zijden of taftzijden jurk draagt. Rond de jurk en de koningin heeft de kunstenaar nogal sombere kleuren gebruikt, de muren van de kerker zijn van hetzelfde doffe grijs als de plastic zakken waarin de stukken van de lijken worden verzameld als er een vliegtuig is neergestort. De kameniersters en de beul hebben zwarte en rode kleren aangetrokken en onwillekeurig moet je eraan denken hoe de witte jurk van de jonge koningin zich zo dadelijk vol zal zuigen met bloed. Lady Jane is geblinddoekt. Ze probeert alles goed te doen, als een gehoorzaam kind tast ze naar het blok waarop ze haar hoofd moet leggen. Niemand voelt zich hier helemaal op zijn gemak, de hevig geëmotioneerde kameniersters al helemaal niet, maar ook de oude man niet die haar helpt bij het vinden van het blok en daarbij vaderlijk en bezorgd het babyvet van haar armen aanraakt. Zelfs de beul is verdrietig, hoewel slechts op de autistische en inconsequente manier waarop een beul verdrietig kan zijn. Op een van zijn mouwen draagt hij een lint zoals je op ponyconcoursen krijgt, alleen groter. Je hebt er meteen alle vertrouwen in dat hij de klus goed zal klaren en dat Lady Jane niet lang zal lijden. Maar dat is misschien nog wel het ergste, dat het zo vlug voorbij zal zijn en het stralende, lichte niet de geringste kans heeft tegenover alle duisternis eromheen.

Een halfuur staan en mijn achillespezen zijn zo dik als kabeltouwen. Ik beëindig mijn bezoek aan het museum, koop bij een kiosk de *Daily Star*, zet koers naar het dichtstbijzijnde café en laat drie stukken taart plus een kan thee brengen. De vrouwen aan de tafeltjes naast me verbleken. Ik kan tot op de bodem van hun verschrompelde hartjes kijken. Twee keer chocoladetaart à zevenhonderddertig kilocalorieën, rekenen ze, en één keer aardbeien met slagroom à minstens vijfhonderdzestig. Die kan het wel gebruiken! En tegelijk voelen ze afgunst in zich opkomen.

En dat terwijl de drie stukken taart waar zij zo mee in hun maag zitten, helemaal niets voorstellen. Als ik mijn beste beentje voorzet eet ik vijf repen chocola en daarna nog een en dan nog een zak chips en een zak koekjes en vervolgens vier broodjes met kaas. Na de tweede workshop heb ik niet alleen de therapie opgegeven, maar ook elke poging om dieet te houden. Ik ben op een punt aangekomen waarop ik niets en niemand meer geloof behalve een reep chocola. Het is als een roes, een onstuitbare val, en natuurlijk word ik intussen vetter en vetter. Er is precies gebeurd waar ik altijd bang voor was. Soms kijk ik naar mezelf terwijl ik me ongans vreet, en dan vraag ik me af: wat is er met je aan de hand? Ben je nou nog niet vet genoeg?

Honderdzeventien kilo – wie nu nog geen vriend heeft krijgt er ook geen meer. Wie nu nog alleen is zal dat heel lang blijven. Nog even en ik ben een echt monster. Als ik lees over iemand die driehonderd of vierhonderd kilo weegt, dan denk ik nooit: hoe krijgt hij het voor elkaar? Ik denk: waarom weeg ik eigenlijk nog niet zoveel? Na mijn vreetbuien voel ik me ziek en opgeblazen, alsof ik boordevol stijfsel zit en er in plaats van bloed stinkend zwart slijm door mijn aderen stroomt. Maar dat is nog niet het ergste. Het ergste is dat er een moment komt dat zelfs ik niet nog meer kan eten. Er komt een punt waarop er niets meer in gaat. Ook niet met geweld. En dan weet ik van angst niet wat ik moet doen. Als ik niet eet is het alsof er een grote bruine muur op me afkomt. Zolang ik eet staat die muur stil.

Ik trek het tweede stuk taart naar me toe en sla de krant open: 'WATCH OUT YOU GERMAN SAUSAGES. TONIGHT EL TEL'S BOYS ARE GOING TO SHOW YOU WHAT IT MEANS TO GET A GOOD KICKING IN THE STRUDELS.'

De rechterhelft van de titelpagina van de *Daily Star* is gereserveerd voor een halfnaakte blondine met zwaar opgemaakte ogen en op haar slipje het wapen met de leeuw. Het slipje is net zo stralend wit als de jurk van de jonge koningin bij de terechtstelling. HANDS OFF, FRITZ! staat er op de schouder van de blondine. YOU'VE GOT YOUR OWN PAGE FRAU BIRD INSIDE. De pin-up voor de Duitsers vind ik op pagina 3. Zij is ongeveer even dik als ik en draagt een goedkope lichtblonde Gretchen-pruik, een grote vleeskleurige, groezelige bh en een Beierse *Lederhose* met zelfgemaakte bretels van beschilderde repen stof. Haar kuiten zijn in ouderwetse soldatenlaarzen geregen. In haar ene hand heeft ze een vreemd glas met een oor, dat met een beetje Engelse fantasie kan doorgaan voor een bierkruik. In haar andere hand heeft ze een heel brood dat als een broodje is opengesneden, besmeerd met boter en met als beleg een hele worst. Onder de afbeelding staat: MEIN GOTT! SHE MAY LOOK LIKE YOUR WURST NIGHTMARE: BUT TODAY YOUR FAIR PLAY DAILY STAR STRIKES A BLOW FOR ANGLO GERMAN ACCORD BY PROUDLY PRESENTING OUR VERY FIRST PAGE FRAU GIRL: LEDERHOSEN LOVELY BRUNHILDE GROSSENTITTI BOOBS MIGHT NOT SEEM SO WUNDERBAR TO REGULAR READERS THOUGH SHE IS A HUN-EY.

Als ik om een uur of zeven weer naar huis ga zijn de meeste straten vol mannen en vrouwen met vlaggenhoeden, Engelse vlaggen en wimpels. Iedereen is uitgelaten, alsof Engeland al heeft gewonnen. Bij de gedachte terug te gaan naar Hemstedts minimalistische woning en in zijn zwarte bed te kruipen, voel ik me alleen maar uitgeput en aan het eind van een lange vergeefse weg. Liefde is niet iets waarop ik nog kan hopen. Liefde is iets wat ik in het verleden ben misgelopen. Ik kan net zo goed achter al deze hoopvolle mensen aan naar een pub gaan en kijken hoe het Duitse elftal zonder Jürgen Klinsmann en al die andere geblesseerde spelers aftrapt en door Pearce, Platt en Gascoigne de World Cup 1990 en de Tweede Wereldoorlog betaald gezet krijgt. DON'T MENTION THE WAR – WHY NOT FRITZ, YOU STARTED IT.

De dichtstbijzijnde pub is al afgeladen, zoals vermoedelijk alle pubs, maar iemand die erbij wil zijn om op zijn manier bij te dragen aan de overwinning wordt niet afgewezen. Het wachten is op een grote, allesbepalende wedstrijd, die de natie van de verliezer moet demoraliseren. Opnieuw is mijn lichaam een probleem, want ik kan niet zomaar tussen de mensen door dringen, ik moet vragen of ze voor me opzij willen gaan. Verbazingwekkend genoeg is er vlak bij de bar een grote plek vrij, zo groot dat zelfs ik er makkelijk kan staan en me bewegen. Overal elders is het een gedrang van jewelste, maar ik kan meteen mijn glas bier bestellen. Pas als de wedstrijd begint begrijp ik waarom. Ik sta recht onder de televisie. Om iets van de wedstrijd te zien moet ik ver achteroverleunen en mijn hoofd in mijn nek leggen. Ik verdedig hier de nationale kleuren en ben natuurlijk voor Duitsland, maar dat ben ik alleen omdat het nog stommer zou zijn om niet voor Duitsland te zijn. In 1990 zat ik samen met een taxichauffeur en zijn beide vrienden voor de tv om naar de finale van het wereldkampioenschap te kijken. Een van de vrienden, een leraar, zei midden onder de wedstrijd dat hij eigenlijk voor Argentinië was.

'Jij hebt niets van het spel begrepen', zei de tweede vriend, redacteur van *Welt am Sonntag*. 'De zin van de voetbalsport is dat je voor je eigen team bent. Elke Argentijn is voor Argentinië en elke Fransman is voor Frankrijk en elke Colombiaan is voor Colombia...'

'Kan me niet bommen,' zei de leraar, 'ik ben tegen Duitsland.'

'Daarom zullen ze jou Auschwitz ook niet vergeven', zei de taxichauffeur, en zijn vriend, de redacteur, vervolgde: '...en elke IJslander is voor IJsland en elke Italiaan is voor Italië, en elke Fijiër is voor Fiji en elke Guatemalteek is voor Guatemala...'

'En kom nou niet aanzetten met een of ander sympathiek of stilistisch superieur elftal uit Afrika', zei de taxichauffeur, en de redacteur vervolgde: '...en elke Kameroener is voor Kameroen en elke Noor is voor Noorwegen en elke Duitser dient dus maar voor Duitsland te zijn, en een Duitser die niet voor Duitsland is heeft niets van het spel begrepen.'

Ik lurk net van mijn bier als het gejuich van de pubbezoekers mijn kant op golft, eerst aarzelend en bijna vragend en dan, met een vertraging van twee seconden, nog een keer, maar dan echt. Nog geen drie minuten gespeeld en Engeland leidt al. Nog nooit heb ik de emoties van zo veel mensen tegelijk gevoeld: dankzij Shearer zal alles goed komen.

Nu kan alles toch nog goed komen, nietwaar? Pas drie minuten gespeeld en we staan al op voorsprong. O, Shearer, Shearer, Shearer! Al hun emoties richten zich op het punt onder de televisie, daar waar ik sta, en als nog geen kwartier later Kuntz gelijkmaakt, treft hun schrik me als een vuistslag in mijn maag. Kuntz, Kuntz, Kuntz, denk ik zo enthousiast mogelijk om me te wapenen tegen hun aanrollende teleurstelling, maar om geen aandacht te trekken bal ik alleen heel vlug mijn vuist. Op de televisie voeren de Duitse fans een rituele dans uit, als beren wiegen ze van de ene voet op de andere, waarbij ze afwisselend hun rechter- en linkervuist in de lucht steken, zonder hun armen te strekken, ze trekken onzichtbare energiedraden naar zich toe en verweven die tot een gelukstapijt. Door de spanning van het staan tussen de pubgasten trilt het bierglas in mijn hand. Een gemeenschappelijke kreet, vol hoop, die al is weggeëbd voordat hij op volle sterkte is. De paal! En dan opnieuw wanhoop, wanhoop over weer een doelpunt voor Duitsland, o, wat een wanhoop, maar meteen is er ook iets van hoop. Was dat foul? Dat was toch foul? De doelman zegt foul. En de scheidsrechter zegt het ook. Foul! Foul! Opgelucht grijpen de mensen naar hun hart of hun voorhoofd, laten zich achterover in de armen van hun vrienden vallen. De opluchting van de hele pub spoelt om mijn voeten.

Als de serie strafschoppen begint, baad ik al in het zweet, mijn nek is helemaal gespannen. Engeland schiet en scoort, Duitsland schiet en scoort, Engeland schiet en scoort, Duitsland schiet en scoort. Schot en gejuich, schot en teleurstelling, schot en gejuich... Steeds weer verdwijnt de bal in de rechterbovenhoek. Op het televisiegras zit de afgepeigerde en berustende rest van de elftallen. Zij kunnen niets meer doen, hoeven ook niets meer te doen. Overwinning en nederlaag liggen nu in de handen van één enkele man, van degene die als eerste niet scoort, en die man zal het allemaal gedaan hebben. Gascoigne scoort en springt in een houding als van een turner die bij de vrije oefening na een drievoudige schroef weer neerkomt. Daarna brult en vloekt hij in de richting van het publiek, ooit moet hem iets verweten zijn, en wat het ook was, nu moeten de mensen het terugnemen. Ziege. Ziege scoort en niemand kan aan hem zien wat er in hem omgaat. Sheringham. Ook Sheringham scoort rechts in het doel. Opnieuw rechts. Sheringham stompt vanuit zijn heup met zijn vuist in de lucht. Kuntz. Kuntz heeft het van allemaal het makkelijkst, want hij heeft al een doelpunt gemaakt en bovendien een tweede doelpunt dat afgekeurd is. Zonder hem zouden deze penalty's niet eens genomen hoeven worden. Zonder hem had het Duitse elftal al verloren. Hem zou niet echt iets te verwijten zijn. Kuntz schiet en scoort. Rechts, alle ballen lijken naar rechts te gaan. Kuntz balt zonder al te veel emoties zijn vuisten op borsthoogte, een man die al van tevoren wist dat hij raak zou schieten. Southgate. Southgate lijkt op het eerste gezicht op Sheringham, nee, toch niet. Hij is jonger. En aantrekkelijker. Southgate is bang. De angst van de doelman voor de strafschop is niets vergeleken met de angst van degene die de strafschop moet nemen. Ze waren allemaal bang, maar allemaal beheersten ze de truc hun angst door iets anders te vervangen, door woede of plichtsbesef of concentratie. Southgates angst voelt gewoon aan als angst, en hij begint te denken. Hij denkt: omdat tot nu toe alle doelpunten rechts zijn gemaakt zal de doelman deze keer naar rechts duiken. Southgate schiet anders dan hij eigenlijk van plan was. Southgate schiet naar links. Links is fout. In machteloze woede kwakt Gascoigne zijn waterfles op het gras. Engelands kansen verprutst, door één enkel schot. De wanhoop in de pub perst me tegen de bar aan. Southgate voelt niets. Nog steeds voelt Southgate niets. Nu pas sijpelt langzaam de wanhoop zijn lichaam binnen, mechanisch mompelt hij iets wat vermoedelijk kut betekent en hij begrijpt dat hij de ongelukkigste mens van de hele wereld is en dat zelfs zijn moeder zich van hem zal afkeren. Zijn onderkaak komt iets naar voren, maar hij huilt niet. Ik zou wel eens willen weten hoe hij dat voor elkaar krijgt. De volgende die schiet is Andy Möller. Als hij scoort zal dit zijn overwinning, zijn Europees kampioenschap zijn. De ontzetting in de pub is grenzeloos. Iedereen probeert te hopen, maar niemand twijfelt eraan dat Andy Möller raak zal schieten en Möller schiet inderdaad raak. Oh, not again! Ze slaan de handen voor hun gezicht. Andy sprint naar de zijlijn, posteert zich als een dikke haan met opgezette borst voor de toeschouwers, zet zijn handen in zijn zij en zwaait triomfantelijk met zijn hoofd naar links en rechts. Maar de mensen om me heen zijn veel te verbijsterd om zich over hem op te winden. De klaargezette sekt parelt niet meer. Dat was het. Nog één 'Oh, so near!'

De helft van de gasten verlaat meteen na afloop van de wedstrijd de pub, de rest loopt naar de bar, wil ook in de teleurstelling solidair blijven en zich gemeenschappelijk laten vollopen, en dat verschaft mij de corridor die ik nodig heb om hier weg te komen zonder iemand in gebroken Engels excuus te moeten vragen. Vet en Duits, dat zou op dit moment wel eens een beetje te veel van het goede kunnen zijn. Buiten. Mannen die elkaar ondersteunen en over elkaars gebogen hoofd strijken. De afgang drukt als een zware last op Brittannië. Het was niet alleen het team, het is ook hun eigen schuld, omdat ze niet hard genoeg hebben geloofd, niet hard genoeg hebben gejuicht, omdat ze er niet live bij zijn geweest en hun geluksjacks niet hebben gedragen. Een jongeman leunt tegen een muur, hij heeft de Engelse vlag om zich heen geslagen en staat hartverscheurend te snikken. Maar wat is zijn pijn vergeleken met wat Southgate op dit moment moet voelen. Hoeveel jaar psychotherapie heeft iemand nodig om zo'n misser te boven te komen?

En ik, de stralende profiteur van de overwinning die Andy Möller net voor mij heeft behaald, begeef me weer naar het flatgebouw waar Hemstedt woont, kraak de weerbarstige deur, loop de trap op naar Hemstedts woning, ga naar binnen, doe de deur achter me dicht, kleed me uit zonder naar mezelf te kijken, neem een douche, trek mijn pyjama aan, poets mijn tanden en ga naar bed. En vergeleken met Southgate ben ik gelukkig.

Tegen middernacht, althans ik kan me voorstellen dat het middernacht is, hoor ik geluiden bij de deur. Eerst denk ik: Hemstedt. Dan denk ik: inbrekers! Hoe hebben ze de buitendeur open weten te krijgen? Dan schiet me te binnen dat Hemstedt nog iets heeft gezegd over een onderhuurster die op reis was. Als er op de deur van de slaapkamer wordt geklopt, weet ik dat het Hemstedt is.

'Ja?' zeg ik terwijl ik vlug rechtop ga zitten. Gelukkig draag ik de pyjama met de blauwe en gouden strepen, het enige kledingstuk waarin ik er een beetje acceptabel uitzie.

'Hallo', zegt Hemstedt, die als een decoratief silhouet in

de deuropening leunt. 'Sorry dat ik je wakker maak, maar ik moet nog even in de kleerkast zijn.'

'Ik dacht dat je allang in het vliegtuig zat.'

'Ik heb het niet gehaald. Het was ontzettend druk op de weg en toen de taxi bij het vliegveld kwam was mijn vliegtuig al vertrokken.'

'En wat doe je nu?'

'Ik ga morgen met het volgende vliegtuig.'

Je kunt het lot geen verwijten maken. Het lot heeft gedaan wat het kon. Het ligt aan Hemstedt.

'Ik ga wel op de bank slapen', zegt Hemstedt aarzelend. Hij loopt naar zijn begaanbare kleerkast en kleedt zich daar tot op zijn onderbroek uit. Die is zwart, net als alle andere in de commode.

Blijf, wil ik zeggen. Ga morgen niet weg! Ik wil van alles zeggen, maar ik vraag alleen hoe de wedstrijd was, en de wedstrijd was natuurlijk fantastisch, want Duitsland heeft gewonnen en dan doet het er niet meer toe hoe.

'Hebben ze je niet gelyncht? Je moet toch tussen allemaal Engelsen hebben gestaan?'

'Tussen allemaal mensen van mijn bedrijf, en die ken ik natuurlijk. Er was alleen een zakenrelatie die zei dat hij mijn hoofd tegen de muur zou slaan als ik zo hard bleef juichen.'

'Waarom juich je dan ook zo hard?'

'Omdat we gewonnen hebben', zegt Hemstedt tevreden en gaat naar de badkamer. Hij geeft me de tijd om zijn lichaam te bewonderen. Hij heeft zich niet voor mij zo goed in vorm gebracht, maar ik mag het natuurlijk best zien. Terwijl hij doucht vraag ik me af of hij verwacht dat ik zal zeggen dat hij ook in zijn bed mag slapen. Iets in zijn gedrag doet dat vermoeden en natuurlijk zou ik ook wel met hem willen vrijen, maar nog altijd is daar mijn verwaarloosde en, met uitzondering van de pyjama, uit alle kleren puilende lichaam dat gewoon niet zo bedoeld kan zijn. Met een logge beweging verplaats ik mijn gewicht en laat mijn benen over de rand van het bed hangen. Mijn vet beweegt in golven onder de stof en komt lillend tot rust. De man die daarginds staat te douchen is een mooie, sportieve en succesvolle man. Ik ben niet meer dan een dikke vrouw zonder zelfbewustzijn, die beter thuis had kunnen blijven. Hemstedt komt dampend uit de badkamer en voert opnieuw de act met het badlaken om zijn heupen op. Ik wil dat hij naast me komt zitten en ik wil mijn hoofd in zijn schoot leggen en ik wil dat hij zijn hand op mijn hoofd legt en dan zal het eindelijk goed zijn en voordat hij van gedachten verandert en zijn hand weer weghaalt zal ik heel vlug sterven. In de deur draait Hemstedt zich om, kijkt me aan en loopt zonder een woord te zeggen de kamer uit. Even later hoor ik in de woonkamer muziek. Ik sta op en trek de zwarte badjas aan die hij eerst uit de kast heeft gehaald en toen toch niet heeft gebruikt. Ik sluip de gang in. Hemstedt heeft het licht aan gelaten. Ik zou zo graag naar hem toe willen gaan en hem aanraken, maar het gewicht van mijn lichaam maakt dat ik als een blok lood blijf staan waar ik sta. Dit lichaam is de oorzaak van al mijn nooit gestelde daden. Ik leun tegen de muur. De muziek die nu begint is somber en toch zacht en heeft een gejaagd, stampend indianenritme. Het is dat ene, dat prachtige en unieke lied, het dringt bij me naar binnen, het is in me, doorstroomt me, maakt me licht en trekt me de gang in. De gang komt uit in een keuken en achter de keuken ligt de woonkamer. De keukenmuren zijn oker, niet wit. Op het aanrecht naast het fornuis staan een koffiezetapparaat, een citroenpers en een waterketel – allemaal van Alessi. Voor het barretje duw ik met mijn dikke heup een van de drie hoge krukken omver. Hij valt met veel kabaal op de terracottategels. Als je zo vlug zo veel bent aangekomen als ik, dan duurt het een poosje voor je je hebt ingesteld op je nieuwe omvang en je zonder problemen met zo'n grote bak kunt manoevreren.

Hemstedt doet de deur van de woonkamer open en gaat opzij om me binnen te laten. Hij is naakt, op een van zijn zwarte onderbroeken na, die hij kennelijk overal in de woning heeft gedeponeerd. De slaapbank is uitgetrokken en opgemaakt met een laken en een deken. Hij staat daar nogal eenzaam op de vloer. Aan de rechtermuur hangen planken vol platen, cd's en cassettes. Tegen de linkermuur staat een kleine boekenkast met vier planken. Puur uit verlegenheid loop ik ernaartoe en kijk wat er staat. Voornamelijk rechtlijnige mannelijke literatuur. *De grote opstand*, *Hollywood Babylon*, *Compulsion*, maar ook *De nevelen van Avalon* en het *Grote zomer-reis-lees-boek*. Ik pak het *Grote zomer-reis-lees-boek* en hou het omhoog.

'Wat is dat? Wie zet zoiets nou in zijn boekenkast?'

'Waarom niet?'

'Wat een vraag! Dat is toch hetzelfde als Pop-Explosion van K-Tel bij je platenverzameling zetten.'

'Het was een cadeautje. Ik heb maar weinig boeken en dus heb ik het er gewoon bij gezet.'

Ik trek *Hermann Hesse. Een golfje op de stroom* van de plank en gooi het samen met het zomer-reis-lees-boek op de grond. Hemstedt komt naast me staan en kijkt wat ik doe.

'Ik lees dat spul toch niet. Ik kom er nooit aan toe omdat

ik bijna elke avond tot negen uur werk. Ik kom er zelfs niet meer aan toe om naar cd's te luisteren. Ik koop steeds nieuwe, maar naar de meeste luister ik niet eens.'

'Dit hier – en dat – en dat. Allemaal troep!'

Ik gooi steeds meer boeken op de grond.

'*De nevelen van Avalon* – dan kun je net zo goed meteen een cd van Enya kopen. Merk jij eigenlijk wel wat er om je heen gebeurt? Ik weet echt niet waarom ik hou van iemand als jij. Waarschijnlijk heb je trouwens nog nooit gemerkt dat ik van je hou!'

'Jawel,' zegt Hemstedt, 'dat heb ik wel gezien. Het viel me best op dat je altijd weer bij me opdook. Ik vond het ook heel vleiend. Het was best vleiend.'

'Dat weet ik,' zeg ik, 'maar je hoeft je niets te verbeelden. Het is niet omdat je zo'n beminnelijk iemand bent, maar het heeft met mijn onverwerkte jeugd te maken. En?'

'Wat en?'

'Maak ik een kans?'

'Nee.'

'Dat dacht ik al.'

'Droom je dan nog altijd van mij?'

Ik zet het boek dat ik als laatste van de plank heb gepakt weer terug en draai mijn hoofd langzaam naar Hemstedt. Ik kijk hem in de ogen.

'Ik heb nog nooit van je gedroomd. Ik droom helemaal niet. Ik slaap niet eens. Ik heb nog geen nacht van mijn leven geslapen. Waarom kun je niet van me houden?'

Hij haalt zijn schouders op. 'Volgens mij was ik vroeger bang voor je.'

Daar had ik op voorbereid moeten zijn. Maar dat ben ik niet.

'Je kwam altijd zo snibbig uit de hoek', gaat hij verder. 'Dat was nogal intimiderend.'

Ik raap *De nevelen van Avalon* op en zet het boek terug. 'En nu? Ben je nu nog altijd bang voor me?'

Hemstedt steekt zijn arm uit en strijkt met twee vingers langs mijn hals tot aan mijn oor en dan weer omlaag. Dat is misschien de enige plek van mijn lichaam die nog slank is.

'Je denkt waarschijnlijk dat ik vreselijk vet ben geworden,' zeg ik, 'maar dat lijkt maar zo. Vanbinnen ben ik slank en kwetsbaar en begerenswaardig. Het is alleen niet te zien.'

'Kom', zegt Hemstedt, en hij pakt mijn hand en neemt me mee naar zijn slaapbank. Zijn naakte bovenlichaam raakt mijn in badstof gehulde arm. Hoe laat zou het zijn? Twee uur? Ik doe de badjas uit, grijp de enige deken en sla hem meteen om me heen.

'Goed, jij ziet er fantastisch uit', bijt ik hem toe. 'En heb je daar iets aan gehad? Ik bedoel, in absolute termen! Verloopt jouw leven naar tevredenheid? Ben je gelukkig?'

'Nee,' zegt hij sussend, 'eigenlijk niet.'

'Jij denkt misschien dat het een prestatie is om eruit te zien zoals jij eruitziet, maar in werkelijkheid ben je volgens mij alleen maar te laf om het lelijk en vet tegen je medemensen op te nemen!'

'Dat zou kunnen', zegt Hemstedt. Hij gaat naast me liggen, schuift een hand onder de deken en probeert hem dan ook nog onder mijn pyjamajasje te schuiven.

'Niet doen', zeg ik. 'Nee, ik wil niet dat je me daar aanraakt! Kun je niet gewoon mijn hand vasthouden? Ik wil niet dat je iets vastpakt wat onder de deken zit.'

Hemstedt trekt de deken een eindje omlaag en kijkt me aan. Zijn ogen hebben niets kwaadaardigs. Zijn ogen zijn als nachtelijke ruiten waarin je er veel beter uitziet dan in werkelijkheid. Ik kan het haast niet verdragen zoals hij me aankijkt. Hemstedt slaat zijn arm om me heen, waarvoor hij een beschamend grote zwaai moet maken, en gaat half op me liggen. Het is goed om hem te voelen, maar hoeveel beter zou het zijn als ik dun was en zijn lichaam echt kon voelen, niet alleen door een dubbel neopreenpak van vet. Ik huil. Ik huil omdat ik ooit, zonder het te beseffen, een mooie, slanke jonge vrouw ben geweest. Toen hield Hemstedt al niet van me. En als het niet mijn lichaam is dat me in zijn ogen onaantrekkelijk maakte en maakt, dan moet het iets existentiëlers zijn en zal ik er nooit iets aan kunnen veranderen.

'Niet huilen', zegt Hemstedt terwijl hij met een punt van de deken rond mijn ogen wrijft. Hij denkt natuurlijk dat ik nu om hem huil, en eigenlijk is dat ook zo.

'Ik hou zo veel van je,' zeg ik, 'ik wou dat het anders was, maar ik kan er niets aan doen. Ik zal niet langer aan je hoofd zeuren, morgen ga ik weer naar huis, dan ben ik weg.'

'Nee,' zegt hij, 'je blijft hier. Bovendien ben ik morgen toch weg.'

Hij heeft bijgeleerd, intussen zoent hij goed, houdt hij mijn bovenlip met zijn tanden vast terwijl zijn tong over mijn lip strijkt. Hij drukt zijn grote mond op de mijne en raakt mijn hart. Hij wil indruk op me maken. Hij wil niet dat ik er spijt van heb dat ik verliefd op hem geworden ben. Hij zoent echt verrukkelijk, zelfs als je merkt hoe hij zijn best moet doen om zo lekker te zoenen. Alles wat ik ooit heb gewenst ligt naast me, alleen de wens zelf lijkt uit een oneindig verre duisternis te komen.

De tranen lopen zomaar uit mijn ogen. Het wil maar niet

ophouden. Het eindspel zal wegens overstroming niet kunnen plaatsvinden.

'Nu heb je genoeg gehuild,' zegt hij ten slotte vriendelijk en een heel klein beetje ongeduldig, 'nu moet je even stoppen en glimlachen.'

'Ik kan niet glimlachen', huil ik. 'Jij hebt een keer gezegd dat als ik glimlach mijn hele gezicht één grote grimas wordt.'

'Heb ik dat echt gezegd? Dat is echt iets voor mij. Niet meer aan denken.'

Hemstedt neemt me weer in zijn armen en wiegt me zachtjes heen en weer. Hij heeft een reusachtige reuzenpad in zijn armen. Ik wil niet weten hoe dat eruitziet. Dat is het erge: als je vet bent kan niets waaraan je meedoet nog mooi of teder of romantisch zijn. Niets. Nooit. Jouw aanblik verpest alles.

'Het spijt me!' zegt hij, hoewel hij er niets van begrijpt. 'Het spijt me dat je zo verdrietig bent.'

Hij blijft me heen en weer wiegen en lebbert mijn gezicht af en zijn adem gaat een beetje vlugger. Ik sla mijn dikke armen om hem heen, om zijn lichaam dat zo jong en zo mooi en zo overduidelijk niet voor mij geschapen is. Ik denk aan de elegante, gedisciplineerde vrouwen die bij hem op de zaak langs ons liepen en dat maakt me heel timide.

'Ik wil graag met je vrijen,' zegt hij, 'maar alleen als jij dat ook wilt', en hij zoent me nog een keer. Hij kan zo goed zoenen, en het is niet erg dat hij dat weet. Hemstedt laat me los en stroopt zonder gêne zijn onderbroek naar beneden. Ik kijk niet. Hij rommelt wat naast het bed, daar moet een nest voor condooms liggen, en dan trekt hij met één hand mijn broek naar beneden. Ik sla mijn handen voor mijn gezicht. Het is zo verschrikkelijk. Medelijden, schiet het door mijn hoofd. Hij wil alleen uit medelijden met me vrijen. Straks kijkt hij naar me en merkt hij wat hij aan het doen is. Zonder broek pleiten alle argumenten tegen mij. Hemstedt duwt mijn benen uit elkaar, knielt ertussen en pakt voorzichtig mijn ellebogen vast zodat ik mijn handen opzij doe en mijn ogen weer open. Eenvoudig en vanzelfsprekend neemt hij zijn roze verpakte lul in zijn hand, voelt even met zijn vingers en is in me. Ik houd me vast aan zijn schouders, mijn handen glijden langs zijn wervelkolom omlaag, dwalen langs zijn ribben omhoog, tasten over zijn moeizaam verworven partij buikspieren. Ik druk mijn lichaam tegen het zijne aan, voel zijn leven en zijn kracht.

'Anne', zegt hij zacht. 'Anne...' en hij streelt mijn gezicht.

Nu pas arriveer ik in het heden, nu pas word ik echt en de huiveringwekkende leegte die zich achter me uitstrekt raakt me niet meer. In mijn hoofd begint een heel veld papegaaitulpen te bloeien en mijn ziel reikt tot aan de sterren. Samensmelten, megalomane vervulling van alle wensen, betovering, regressie, zelfverlies en het tegenovergestelde – al die heerlijke toestanden waar onze therapeuten ons voor hebben gewaarschuwd, blijken te bestaan. O, alle therapeuten hebben vast gelijk, het is vast veel verstandiger om jezelf pijn, waan en bezetenheid te besparen en rationeel en bezonnen met andere mensen om te gaan. Alleen kun je dan natuurlijk nooit voelen wat ik op dit moment voel.

Later staat Hemstedt op om een nieuwe cd op te zetten. Daarna loopt hij naar het raam en kijkt naar buiten. Ik steun op mijn ellebogen. Het dreunt alle kanten op, want de boxen staan op de grond, en een treurige mannenstem zingt 'Don't try so hard to be different'.

'Southgate', zeg ik. Het lot van Southgate heeft weliswaar niet al te veel met de songtekst te maken, maar Peter begrijpt toch meteen wat ik bedoel.

Nog later, als Peter al slaapt, stel ik me voor hoe hij de volgende dag broodjes voor ons gaat halen en daarbij door een auto wordt overreden. Dat zou een mooi einde zijn. Ik zou de rest van mijn leven om hem huilen. Het is het mooiste einde dat ik me kan voorstellen. Zelfs in mijn stoutste dromen is mijn fantasie nooit groot genoeg geweest om me een leven met Hemstedt voor te kunnen stellen. Dat ik geen enkele andere wens meer heb dan met hem samen te zijn, betekent natuurlijk niet dat ik dat ook zou kunnen. Peter ademt zacht. Ik zal altijd van hem houden. Daar is niets aan te doen. Dit is de nacht waar ik naartoe heb geleefd. Hierna komt er niets meer. Ik voel me op een vreemde manier verlaten. Natuurlijk gaat hij morgen geen broodjes halen. Hij zal vroeg opstaan en wat telefoontjes plegen om erachter te komen wanneer zijn volgende vliegtuig naar Italië vertrekt. Het beste is waarschijnlijk dat ik hem van kant maak nu hij nog naast me ligt. Ik zou naar de keuken kunnen sluipen om een Alessi-mes te halen. Met mijn wijsvinger raak ik de plek op zijn borst aan waar ik de punt van het mes zou zetten. Peter slaapt diep en vast. Hij beweegt niet. Het probleem is alleen dat ik echt van hem hou en hem nooit pijn zou kunnen doen. Als ik mijn vinger weer terugtrek beweegt hij in zijn slaap en ademt heftig in en uit. Er glijdt iets uit het bed en valt op de grond. Ik raap het op. Het is mijn pyjamabroek. Voorzichtig sta ik op en schiet de broek aan. Dan loop ik zachtjes terug naar de slaapkamer, kleed me aan en pak mijn koffer.

Dankbetuiging

Ik dank Doris Engelke, Wolfgang Hörner en Christina Hucke voor hun geduld en vertrouwen, Karin Graf voor haar uitleg over het verschil tussen goede en slechte seks, Thomas Meinecke voor zijn muziekhistorische adviezen, Guido Schröter voor zijn informatie over voetballen en Friedemann Sittig voor Engelse kranten.

Karen Duve bij De Geus

Regenroman

Leon Ulbricht, een onbemiddeld dichter, krijgt de kans om voor veel geld een biografie van een louche bokser te schrijven. Van het riante voorschot koopt Leon een vrijstaand huis op het platteland, waar hij met zijn kersverse vrouw Marina in trekt. Maar het regent voortdurend, de tuin zit vol met naaktslakken en zijn opdrachtgever is niet te spreken over de wijze waarop Leon hem portretteert.

De ontvoerde prinses

Een ontvoerde prinses en een vertwijfelde prins, de eeuwige strijd tegen dominante ouders, onbereikbare trots en razende harten – Karen Duve maakt ook van een fantasierijke ridderroman vernuftige en meeslepende literatuur.